Ludwig Harig und sein französischer Freund Roland Cazet sind fast gleich alt, geboren 1927 und 1928. Einmal, 1949/1950 in Lyon, sind sie sich begegnet, und seitdem haben sie sich nicht mehr aus den Augen verloren. Doch sie stammen aus Ländern, die lange verfeindet waren, und ihre Jugend war geprägt vom Krieg gegeneinander. Danach will der eine, Cazet, reisen bis in die Wüste Kalahari, die für ihn die Versprechungen der ganzen Welt enthält. Wie der Dichter Rimbaud wird er seinen Traum von Freiheit leben und auf drei Kontinenten umherziehen. Der andere aber, Ludwig Harig, bleibt fortan im heimatlichen Saarland und schreibt schließlich, Jahrzehnte später, das Buch einer lebenslangen Freundschaft.
Ludwig Harigs bewegendes Buch ist Roman und Wirklichkeit, persönliche Erinnerung und Zeitgeschichte: eine Eloge auf die Freundschaft, die Sehnsucht und die lebenslange Suche – und zugleich der Bericht vom Träumen, Leben, Scheitern und Sterben eines Menschen.

Ludwig Harig, geboren 1927 in Sulzbach/Saarland, arbeitete von 1950 bis 1970 als Volksschullehrer; seit 1974 lebt er als freier Schriftsteller in seiner Heimatstadt. Für sein Gesamtwerk erhielt er zahlreiche Auszeichnungen, darunter den Heinrich-Böll-Preis und den Friedrich-Hölderlin-Preis. Im Fischer Taschenbuch Verlag sind lieferbar der Roman »Ordnung ist das ganze Leben«, der Erzählungsband »Der Uhrwerker von Glarus« sowie die autobiographischen Bücher »Weh dem, der aus der Reihe tanzt«, »Wer mit den Wölfen heult, wird Wolf«, »Und wenn sie nicht gestorben sind«.

Unsere Adresse im Internet: www.fischerverlage.de

Ludwig Harig

Kalahari

Ein wahrer Roman

Fischer Taschenbuch Verlag

Veröffentlicht im Fischer Taschenbuch Verlag,
einem Unternehmen der S. Fischer Verlag GmbH,
Frankfurt am Main, August 2009

Lizenzausgabe mit freundlicher Genehmigung
des Carl Hanser Verlags, München – Wien

Druck und Bindung: CPI – Clausen & Bosse, Leck
Printed in Germany
ISBN 978-3-596-18299-2

Wähntest du etwa
Ich sollte das Leben hassen,
In Wüsten fliehen,
Weil nicht alle
Blütenträume reiften?
Goethe, *Prometheus*

Das Gelobte Land:
Geographisch durchaus bestimmt und präsent,
es wartet hinter der Wüste in zugesicherter,
wenn auch unerforschter Pracht.
Ernst Bloch, *Das Prinzip Hoffnung*

Literatur ist immer Erfindung.
Alles Erdichtete ist etwas Erdachtes.
Wer eine Geschichte wahr nennt,
beleidigt Kunst und Wahrheit zugleich.
Vladimir Nabokov, *Die Kunst des Lesens*

Ein letztes Gastmahl

In seinen letzten Lebensjahren rauchte mein Freund Roland nur mit Zigarettenfilter. Dieser Filter, außergewöhnlich in Form und Wirkungsweise, setzte alle Welt in Erstaunen. Wo immer er hinkam, ob zu den Äthiopiern nach Afrika oder zu den Insulanern in die Südsee, die Leute drehten sich um und starrten auf den weißen Mann mit der bizarren Röhre, die er manchmal zwischen Zeige- und Mittelfinger, meist aber zwischen den Lippen hielt. Rolands Zigarettenfilter war ein neun Zentimeter langer Zylinder aus durchsichtigem Glas: Er hatte nichts zu verbergen. Wenn er den Rauch einatmete, beschlug sich, sichtbar für jedermann, die Röhre nach und nach mit Teer und Nikotin. Ein gewöhnlicher Gebrauchsgegenstand, dennoch ein Gerät der höheren Art: Es besaß das Vermögen, zugleich den Beweggrund wie auch die Bekämpfung eines Lasters öffentlich vorzuführen, ohne etwas zu erklären. Zur Feier seines siebzigsten Geburtstags hatten wir auf Bitte von Roland die Freunde nach Quierschied eingeladen. Er hatte es sich gewünscht und so eindringlich darum gebeten, daß wir fürchten mußten, es würde unser letztes Treffen sein. Aber noch waren alle am Leben. Wir kannten uns seit vielen Jahren, waren eng miteinander befreundet, keiner konnte sich vorstellen, daß einmal einer fehlen würde. Als Brigitte und ich mit Roland bei Nico im Restaurant eintrafen, standen schon ein paar Freunde am hinteren, über die ganze Seite des Salons reichenden Fenster und schauten auf das Quierschieder Schwimmbad, das unmittelbar neben Nicos Haus liegt. Sie hielten ein Glas Champagner in der Hand und prosteten sich zu. Abwechselnd reckten sie ihr Glas mit ausgestreckten

Händen nach der Wasserfläche, als grüßten sie Poseidon und seine Nymphen.

Wir sind eine überkandidelte Gesellschaft, die aus jedem Luftzug einen Orkan macht, und so kann ich es auch jetzt nicht einfach beim Säuseln des Windes bewenden lassen. Zwar liegt es mir fern, aus dem Quierschieder Schwimmbad den Strand von Hiddensee oder gar das Gestade von Balbec zu machen, doch weil wir uns in einer Erzählung befinden, darf das Wasser nicht unerwähnt bleiben, auch wenn es bei seinem Einfluß auf die Gemüter bis zum Ende der Geschichte warten muß. Roland hatte achtzehn Gäste eingeladen, nach und nach stellten sich die letzten ein. Wie es sich bei solchen Anlässen ergibt, traten die Auffälligsten sogleich ins Rampenlicht: Kleid oder Hosenanzug, Krawatte oder Rollkragenpullover, der entsprechende Auftritt, die ersten Worte entschieden über die Rolle, die jemand im Verlauf des Abends spielen wollte. Es gab kein Textbuch, keinen Regisseur, keine Souffleuse: Aus dem Stegreif entwickelte sich ein Lehrstück.

Es war ein Zusammentreffen der gewohnten Art, zuerst umarmten alle einander, nahmen ihren Platz ein, erhoben die Gläser, tranken sich zu –, und einer führte das große Wort. Es war Fred, unser lebendes Nachschlagewerk. Noch bevor er Brigitte und mich begrüßte, faßte er Rolands Zigarettenfilter ins Auge, lachte zweimal markerschütternd auf und schrie durch das Lokal: »Sieh da, sieh da, unser Globetrotter aus *Tausendundeiner Nacht*! Jetzt trägt er sogar die Wasserpfeife mitten im Gesicht!« Das Stichwort war gegeben, die Losung ausgesprochen, die Debatte eröffnet. Roland kam nicht dazu, die Freunde einen nach dem andern an seine Seite zu nehmen: Sie waren mit dem ersten Wort in ein Streitgespräch einbezogen und konnten sich lange nicht daraus befreien. Da war Hans, der Maler, mit dem Roland sich seit vielen Jahren schon über Gauguins Alkoholprobleme unterhielt; da war Eugen, der Übersetzer, der sich bei jeder Gelegenheit mit Roland in einer Plauderei über französische Weine verlor; da war Leo, der Bildhauer, dem Roland seit seinem Besuch der Osterinsel aufgetragen hatte nachzuforschen wie es möglich sei, daß die weltberühmten Steinfiguren so viele Jahrtausende den Unbilden des Wetters hatten widerstehen können, obwohl sie nur aus Tuff bestünden –, »aus Tuff«, rief Roland mit abschätziger Betonung, »diesem hinfälligen Schlackenkalk«. Und da war schließlich Fred, der Enzyklopädist, der Hans und Eugen und Leo nicht zu Wort kommen ließ, sondern Roland in eine Debatte über Sinn und Wirkungsweise seines Zigarettenfilters verwickelte. Dabei wäre es an der Zeit gewesen, Roland endlich einmal seine seit Jahren schon schuldig gebliebene Meinung über Descartes' Maschinenmensch darlegen zu lassen.

Descartes und Gauguin, der Rotwein und die Osterinsel blieben fürs erste unerörtert, Fred hatte eins seiner beliebten Gedankenspiele begonnen, wieder einmal fand ein Ideendrama statt. Nicos Gäste im Lokal spitzten die Ohren, sie hatten keine Not, eigene Gespräche beginnen zu müssen, sie lauschten Freds Debattenstück. Einige, die uns schon von früheren Auseinandersetzungen her kannten, stießen sich gegenseitig in die Rippen und schmunzelten vor Vergnügen. Die Debatte hatte eigentlich ganz harmlos angefangen. Jeder sprach, wie ihm der Schnabel gewachsen ist, es wurden keine großartigen Behauptungen und Gegenbehauptungen ausgetauscht, denn schließlich ging es ja nur um einen Zigarettenfilter. Kein Außenstehender hätte erwartet, daß ein Zigarettenfilter zum Stoff für ein Gedankendrama taugen würde. Roland handhabte sein Gerät auch diesmal ganz unauffällig. Er hielt den Filter nicht zwischen Zeige- und Mittelfinger herausfordernd hoch in die Luft, damit alle ihn sehen sollten, führte ihn auch nicht mit aufreizender Gebärde an den Mund, als wolle er wunders was beweisen.

Unsere Begegnungen beim Essen und Trinken sind leider nie besonders gesittete Zusammenkünfte gewesen. Vor allem sind wir zu laut, fallen einander ins Wort, mißachten den schönen Brauch, die Tafel zu würdigen, das Essen zu loben, den Koch zu preisen. So ist es kein Wunder, daß wir zu Rolands Festmahl bei Nico statt in ein gemäßigtes Tischgespräch von Anfang an wie gewohnt in einen hitzigen Streit gerieten. Der Wein tat sein übriges, schon beim Amuse gueule begann ein ziemlich lebhaftes Geplänkel. Wir schnabulierten Nicos mundgerecht servierte Lachshäppchen, was sogleich zu feinen Sticheleien Anlaß gab. Eugen monierte, daß einige statt nach der Gabel lieber nach der Zigarettenschachtel griffen, amüsierte sich über das unbezwingbare Laster und wies mit versteckten Anspielungen auf das Lebensbedrohliche alles Geräucherten hin.

Für eine Weile durchkreuzte er Freds Einwürfe, lenkte von Rolands Wunderfilter ab und zog den Freund in ein Gespräch über den Wein, der uns von Nico kredenzt wurde. Seit Eugen sich zum Kenner der feinsten Sorten emporgearbeitet hatte, war Roland, mütterlicherseits einer burgundischen Winzerfamilie entstammend, sein bevorzugter Gesprächspartner, wenn's ums Trinken ging. Beide hoben die Gläser zum Mund, schlossen die Augen und mit weit aufgesperrten Nasenflügeln schnupperten sie am Bouquet des Weins. Es war ein junger Chardonnay Casa Ernesto, den sie mit kritischem Augenaufschlag über ihre Lippen ließen. Sie schauten sich an, Roland nickte, Eugen schüttelte den Kopf und eröffnete ihre Aussprache mit Worten, die leider nicht bis zu mir vordrangen. Ich verstand nur einige Brocken, hörte sie von norditalienischen DOC-Weißweinen, von zugelassenen Rebsorten, von einem der besseren VdT-Weine sprechen, verstand die Namen Antinori, Felsina, Lungarotti, vermißte den Namen Ernesto, griff aber im Lautgewirr den Namen Nico auf. In ihrem weinseligen Tête-à-Tête fielen die Wörter blumig und holzig, Gehalt und Gefüge, Roland benutzte Begriffe wie charmant und elegant, Eugen operierte mit höheren Wörtern wie Anspruch und Ausgewogenheit. Sie hielten sich längere Zeit bei dem Wort Abgang auf, das im Deutschen offenbar andere Vorstellungen hervorruft als im Französischen. Ich hörte Wörter, manchmal nur Laute, die ich nicht einmal zu Wörtern zusammenfügen konnte: Und so wurde mir nicht klar, ob sie über Nicos Casa Ernesto oder Weine ihrer eigenen Vorliebe sprachen, was sie schließlich vom Trinken abhielt.

Wir anderen tranken. Wir tranken, ohne darüber zu reden. Wir kümmerten uns weder um Gefüge noch um Abgang: Wir tranken. Während Roland und Eugen noch nippten und mit der Zunge schnalzten, wunderte ich mich, wieviel Worte man über den Wein verlieren kann, was mich aber nicht vom Trinken abhielt. Wir ließen uns nachschenken, der weiße Chardonnay rann über unsere Lippen und belebte Hirn und Gemüt. Roland kostete den Wein mit Sachverstand, kam vom Wein auf die Frauen, von den Frauen auf deren Anziehungskraft zu sprechen. Mit gespielter Würde vertrat er die Eigenheiten seiner Familie, die eine verrückte Familie ist. Statt sich um Ernte und Verkauf seines Weins zu kümmern, setzte Vetter Richard Hab und Gut aufs Spiel, erwarb ein prächtiges Schiff, auf dem er die Breitseite des Lac d'Annecy stundenlang hin- und herfuhr, um am gegenüberliegenden Ufer seine angebetete, doch unerreichbare Geliebte zu grüßen. Immer wieder, schon in früheren Jahren, war Roland auf diese und andere Geschichten ähnlichen Inhalts zurückgekommen: An diesem Abend schien es, als wolle er am Beispiel Henri Richards noch einmal seine eigene Beziehung zu Frauen hervorkehren.

Hans hatte schon glasige Augen, bevor der Kellner die gebratenen Jakobsmuscheln auf den Tisch brachte. Er vertrödelte seine Zeit nicht mit Betrachtungen über Charme und Eleganz des Weins –, er hob sein Glas an den Mund und trank in großen Schlucken. Zum Glück sind wir eine Clique ohne Ärzte. In unserer Runde kann man rauchen und trinken, ohne von unverständlichen Fremdwörtern in einen tödlichen Abgrund gestürzt zu werden. Wir blieben verschont von gefährlich klingenden, unaussprechlichen Namen lebensbedrohender Krankheiten. Unser Gesundheitsapostel, von allen geliebt und geehrt, empfahl zeitlebens den heilsamen Aufguß verschiedener Teesorten, lobte das Knuspermüsli von Dr. Oetker und den Joghurt von Danone, die wir ja alle aus der

Fernsehwerbung und der Apothekenumschau kennen. Er schwor auf die schweißdrüsenbelebende Heißluft der Sauna, pries die vegetative Heilkraft der Natur. Trinkerleber und Trinkerherz, Raucherlunge und Raucherbein klingen nicht vertrauenswürdig, doch man kann ihnen ja zu Leibe rücken, weil man sich hinter ihrem Namen etwas vorstellen kann im Gegensatz zu den undurchschaubaren Koronarsklerosen und Epithelschäden.

Wir aßen und tranken, wir aßen und rauchten, einige aßen und tranken und rauchten: Jeder von uns hatte sein ganz persönliches Maß des Genießens, es reichte von einem kritischen Untermaß bis zu einem bedrohlichen Übermaß, je nach Weltanschauung und Lebensplan. Ein Außenstehender könnte auf den Gedanken kommen, er hätte es mit einer Gesellschaft zu tun, die sich beim Essen und Trinken mit fixen Ideen beschäftigt. Mir schwante: Es war nichts Gutes, was Roland mit seinem Wunderfilter angerichtet hatte. Denn statt das Thema fallenzulassen, kam Fred trotz heftiger Gegenwehr noch einmal darauf zurück. Sein erneuter Hinweis auf Rolands Filter war kein spöttischer Einfall, er wollte das Gespräch auf Teufel komm raus an sich reißen und traf mitten in eine gesellschaftspolitische Auseinandersetzung. Fred war nicht bereit, unsere läßlichen Meinungen über Alkohol und Nikotin als allgemeingültige Urteile zu billigen. Er mahnte uns, die Gefahr berauschender Gifte nicht auf die leichte Schulter zu nehmen.

Eugen war auf Zigarillos ausgewichen, er verwies auf seine paffende Rauchart, die gänzlich unschädlich wäre. Hanno hatte auf Marlboro übergewechselt, sie betonte die Harmlosigkeit ihrer Zigarettensorte, die mit 0,8 Milligramm Nikotin, 10 Milligramm Teer und 10 Milligramm Kohlenmonoxyd an der Untergrenze jeglicher Gefahr liege. Nur Gerhard rauchte noch aktiv, ihn verlangte nach dem schwarzen, unverfälschten Kraut. Er hatte keine Ausflüchte nötig, seine Sucht zu rechtfertigen: Weder die Vorsicht des Gesundbeters noch der Leichtsinn des Todesverächters bewogen ihn zu einer Aussage. Er rauchte, weil es ihm schmeckte und er die Abhängigkeit mit allen Folgen akzeptierte. Als Nicos Kellner die Vorspeisenteller abräumten, stand er noch für ein paar Minuten rauchend an der Theke. Dann kam er in die Gaststube zurück, räusperte sich und krächzte, Freds moralisches Aufbegehren sei eine lachhafte Empörung, die sich nur auf Zahlen und Daten stütze, »ein positivistisches Nachbeten der Mitteilungsblätter regionaler Gesundheitsämter«, schnarrte er und fügte hinzu: »Mir scheint, wir sind zur Abwechslung heut' Abend zusammengekommen, uns gegenseitig krank zu reden.«

Zum Glück erschien in diesem Augenblick das Trou auf dem Tisch: Sorbettino alla Grappa, ein alkoholisches Heilgetränk, das die verstopften Eingeweide schlagartig mit einem Verdauungsloch versieht. Bei unserer Spielsucht mit fixen Ideen wäre es nicht verwunderlich gewesen, hätte jemand zum medizinischen Vergleich Rolands Filter herangezogen: Entgiftetes Nikotin, stimulierter Magensaft, auf den gesunden Durchlauf kommt es an! Im richtigen Moment bog Nico mit seinen Kellnern um die Ecke der Theke. Geschickt balancierten sie Teller und Schüsseln, Fischplatten und Fleischterrinen durch das Lokal und setzten sie mit italienischer Grandezza auf den Anrichtetisch. Fachmännisch hantierten sie mit Tranchiermessern und Vorlegegabeln, schwangen Soßen- und Schöpflöffel und legten auf: Für die Fleischesser zur Auswahl ein Lammkarree in Kräuterkruste oder ein Kalbsrückensteak mit Pfifferlingen, für die Fischesser zur Auswahl ein Zanderfilet auf Blattspinat oder einen Heilbutt an Gemüsestroh. Nicos Menükarte sparte nicht am vielfältigen Gebrauch deutscher Verhältniswörter, die ja so haargenau die Anordnung der Speisen auf dem Teller bezeugen. Welche Freude beim Essen, wenn sogar die Menükarte dem Auge beispringt und ihm mit Worten anzeigt, wo sich das Karree oder das Steak, wo sich der Zander oder der Heilbutt befindet.

Mit einem Schlag waren die flüchtigen Gedankenspiele hinweggefegt: Wir aßen, wir tranken, vergessen waren die Querelen um den Zigarettenfilter. Die Fleischesser, mit energischer Miene, zermalmten Lamm und Kalb, die Fischesser, in sanfte Betrachtung versunken, ließen Zander und Heilbutt zwischen den Zähnen zergehen. Süße Qual der Wahl! Wir verirrten uns im Labyrinth der Nudelbeilagen, waren unentschlossen, ob wir die Kartoffel püriert, fritiert oder gratiniert wollten. Die einen schwelgten in der Kräuterkruste, die anderen ergötzten sich an den Pfifferlingen –, und erst die Liebhaber des Blattspinats, die Anbeter des Gemüsestrohs! Ein prekärer Sonderfall ist allerdings der Salat. Unverständlicherweise mögen ihn nur die Gesundheitsapostel, sie vertilgen ihn massenhaft, ungeachtet des Kadmiums und des Bleis, das der saure Regen auf die Blätter träufelt.

Fast hätten Vorspeise und Mittelgericht die cholerischen Wortwechsel vergiftet, nun aber, auf dem Höhepunkt des Festmahls, besannen wir uns eines Besseren, und es entspannen sich Tischgespräche weitab von diesem Gegenstand. Während Hans und Leo das regionale Kultursponsoring angingen, drifteten Eugen und Hermann ins Finanzpolitische ab. Ich hörte, wie der Frauenflügel auf der rechten Tischseite sich mit den Folgen gefährlicher Frühgeburten auseinandersetzte. Gabi, Gertrud und Irmgard, schon Großmütter seit kurzem, beklagten die angepaßte Zweckethik der pädiatrischen Intensivmedizin und den blinden Gehorsam der Hausärzte, sich dem Machbaren nicht zu widersetzen. Auf der anderen Tischseite, Aug' in Auge mit Margrit, Hanno und Annemarie, wollte Hannelore den Inhalt eines Romans nacherzählen, den ihr Sohn gerade aus dem Finnischen übersetzt hatte. Hanno wandte sich rasch ab und schwärmte Anneliese von einem sensationellen Schnäppchen vor, das sie beim Sommerschlußverkauf gemacht hatte. Anneliese ihrerseits, Liebhaberin der schönen Literatur, war im Zweifel, wem sie zuhören sollte. Da sie blind ist, drehte sie den Kopf nach allen Seiten in der Hoffnung, dem Wirrwarr der Stimmen und dem Geklapper der Eßbestecke erfolgreich zu trotzen. Benno hatte sich mit Hans Joachim in theologische Abgründe gestürzt, Gerhard, der ihnen gegenübersaß, befreite sie von ihrem Los und lockte sie in einen Problemfall audiovisueller Natur. Auf der Stelle brach Hannelore ihre Romanzusammenfassung ab und bat Brigitte, mit ihr noch vor dem Dessert die Plätze zu tauschen, damit sie den speziellen Aussagen von Gerhard ein Ende machen und sie ins Allgemeine überführen könne. Roland, honoriger Gastgeber, thronte über allen. Gern hätte er Fred am Beispiel dieser wechselnden Frage- und Antwortspiele das wunderbare Funktionieren des Maschinenmenschen erklärt. Fred aber widersetzte sich energisch, riß die Augen auf, fletschte die Zähne, gestikulierte mit beiden Händen. Vom unteren Tischende her schien es mir, als böte der Freund ihm eine Erklärung der Menschennatur an, die er nicht einmal hören wollte. Ich bin mir beim Erzählen dieses Gastmahls wohlbewußt, daß sich Leser und Zuhörer in der Vielzahl der Namen verirren. Auch wenn sie sich Mühe geben, Annemarie und Anneliese, Hannelore und Hanno auseinanderzuhalten, auch wenn sie versuchen, die Zusammengehörigkeit der Partner herauszubekommen, es wird mir nichts anderes übrigbleiben, als nach und nach alle Geheimnisse zu lüften.

Das Lehrstück hatte eine Wende genommen. Während die Salatesser ihre überhäuften Teller leerten, steckten sich die Raucher Zigaretten und Zigarillos an und atmeten lustvoll die giftigen Dämpfe ein und aus. Jetzt klang Gerhards Krächzen milder, Hans Joachims Schnarren gedämpfter, Freds Zischen nicht mehr ganz so scharf. Nur aus Hannos Mund drang ein Stöhnen, das ihr Verlangen begleitete, der empfindlichen Leber mit dem schärfsten Digestif beizuspringen. Ihrem leiblichen Notruf folgte die zauberhafte Idee von Felicitas, den Gefeierten mit ein paar kryptischen Versen zu ehren. Wir lauschten mit Andacht –, wie immer, wenn die Poesie zu Wort kommt, denn nach Fees rätselhafter Strophe erhob sich auch Johannes von seinem Platz und rezitierte ein huldigendes Gedicht. Nach dem Eisteller und dem Tiramisu kamen die Grappas und sorgten für das gründliche Verdauen. Roland tauschte seinen Platz, um mit Hermann über den

Vorzug hausgemachter Schnäpse zu reden, wechselte dann wieder zu den Rauchern, zwischen denen Fred ausharrte wie der Heilige unter den Sündern.

Das Festmahl war zu Ende, das Lehrstück gelangte zu seinem entscheidenden Akt. Wir wetzten wieder die Schnäbel und kamen nach dem unterhaltsamen Hin und Her zwischen Dichterlesung und Sommerschlußverkauf auf Rolands Zigarettenfilter zurück. Denn kaum war das Vanilleeis auf den Zungen zerschmolzen und der Grappa darüber hinweggeflossen, zückten die Raucher ihre Zigaretten- und Zigarilloschachteln, Feuer flammte auf, alle schauten auf Roland, der erneut seinen Wunderfilter zelebrierte. Er tat einen tiefen Lungenzug, nahm mit ganz natürlicher Geste den Filter aus dem Mund, hielt ihn einen Augenblick lang zwischen Zeige- und Mittelfinger und legte ihn dann in die Rille des Aschenbechers. Die Röhre strotzte vor Teer und Nikotin. Roland schwieg. Der Filter sprach für ihn und für sich selbst, aber auch für die Sinnfälligkeit der Methode. Der Kellner kam und räumte die Aschenbecher samt Kippen vom Tisch. Rolands Lunge war verschont geblieben vom tödlichen Gift. Er konnte sich jedes Wort ersparen, fragte nicht nach dem Warum. Er hatte vorgeführt, wie man es macht. Es wäre gar nicht nötig gewesen, die zweckmäßige Arbeitsweise dieses Filters mit dem Namen Descartes in Verbindung zu bringen –, wir aber, stets bereit, aus einer Mücke einen Elefanten, aus einem Zigarettenfilter ein philosophisches Beweisstück zu machen, genierten uns nicht, ihn zu nennen. Mit einer unantastbaren Autorität im Rücken machten die Raucher noch einmal Dampf auf: Von ihren Filtern geschützt, sogen sie den Rauch in tiefen Lungenzügen ein und kosteten entspannt, ja beseligt das gefährliche Gift. Als Roland sich zu seiner Dankrede erhob, bat Hanno freundlich den Kellner, noch einmal die mit Kippen und Filtern überhäuften Aschenbecher fortzubringen.

»Fünfzig Jahre sind vergangen, seit wir uns kennengelernt haben«, begann Roland seine Rede, »es war eine schöne Zeit, und gern denke ich zurück.« Und so ließ er unser beider gemeinsames Jahr in Lyon aufleben, ich schloß die Augen und rief mir das alte Fort S. Irénée ins Gedächtnis, in dem wir mit asiatischen und afrikanischen Studenten hausten. Beim Erzählen erinnere ich mich an meine kahle Stube, in der ich sitze, lese und französische Gedichte übersetze, während er in seiner Räuberhöhle an alten Radioapparaten herumbastelt, magische Augen austauscht und die Funktionsweise der Röhren ergründet. Er denke an seinen ersten Besuch in Sulzbach, an meinen Vater und seine Schießkunst, an meine Mutter und ihren Kartoffelsalat, er denke vor allem an Hermann, der kein einziges Mal die deutsche Schicksalsfrage nach dem Warum gestellt habe und deshalb nicht in einen Abgrund der Verzweiflung gestürzt sei. »In praktischen Dingen sind wir uns ziemlich ähnlich«, sagte er zu Hermann gewandt, »du hast es noch besser gewußt, wie man's anpackt. Du hast nämlich Gebrauch gemacht von dem, was man den gesunden Menschenverstand nennt. Du hattest dir vorgenommen, dein Glück in der Kalahari zu machen: Diese Idee hat mich elektrisiert. Was für ein Wunsch! Was für ein Traum! Du hast deine Kalahari gefunden«, sagte er und steckte sich eine Zigarette an, »ich habe sie gesucht und verfehlt. Wo habe ich mich nicht überall herumgetrieben, bin nach Alexandrien, nach Addis Abeba, nach Damaskus, bin bis in die Südsee gereist, habe die Kalahari gesucht und nicht gefunden.« Ein Wunsch, den man sich zielstrebig erfülle, sei nämlich etwas anderes als ein Traum, dem man vergebens hinterherlaufe, meinte Roland –, und ich fürchtete schon, er würde sich in seiner Gefühlsaufwallung um Sinn und Verstand reden. Aber nein, Roland blieb auf dem Boden der Tatsachen und fuhr fort: »Schaut Hermann genau an«, blies den Rauch über Hermanns Kopf hinweg: »So sieht ein Abenteurer aus, der erkannt hat, daß seine Kalahari vor der Haustür liegt.«

Roland strich sich über den Mund und dankte fürs Kommen, für die Gespräche, für die Verse der Dichter. Wenn man siebzig sei, werde man nur noch im Kopf übermütig, schloß er seine Ansprache, nie zuvor habe er eine so lange Rede gehalten. »Gestattet mir, daß ich noch drei Worte auf Französisch spreche«, bat er, und dann sagte er: »Je vous aime.« Damit hatte das Lehrstück seine dramatischen Stationen durchlaufen. Wir rückten die Stühle zurück, erhoben uns von den Plätzen –, und mit den anderen Restaurantgästen, deren Tischgespräche im Fortgang unseres Gesellschaftsspiels nach und nach verstummt waren, applaudierten wir frenetisch. Fred brach in Tränen aus. Er zitterte am ganzen Leib, wollte etwas sagen, doch sein Kinn zuckte, seine Mundwinkel bebten, die Rührung erstickte seine Stimme. Aus den schon geöffneten Fenstern zog der Essensdunst, vermischt mit hartnäckigem Zigarettenrauch, über die Wasserfläche des Schwimmbads hinweg. Das Wasser, das Wasser, das Schrekkensgesöff aller Weintrinker! Ein leichter Dunst stieg auf, Fetzen des Morgennebels, die der Wind hinwegblies. Über die Straße schallten letzte Hochrufe auf Roland, die Nicos Nachbarn unweigerlich aus dem Schlaf schreckten. Aber so sind wir nun einmal! Wir hatten nicht nur Rolands siebzigsten Geburtstag, wir hatten den Geburtstag eines halben Jahrhunderts gefeiert. Das Fest war zu Ende: Roland packte den ominösen Zigarettenfilter in die Innentasche seiner Legionärsjacke. Nachdem er Hermann und Gertrud umarmt hatte, kam er zu uns ans Auto und stieg ein. Wir fuhren nach Hause. Wer ihm je begegnet, wird ihn an seiner Zigarettenspitze erkennen, vorausgesetzt er stürbe nicht. Wir haben Roland nicht wiedergesehen.

Ruhmesblätter Deutscher Geschichte

Eines Tages brachte ich meinen Freund Roland Cazet ins Haus. Obwohl Roland nicht einmal auf drei Meter ein Scheunentor getroffen hätte, gewann er Vaters Sympathie. Mein Vater war ein ganz unauffälliger Mensch. Man konnte es ihm nicht ansehen, daß er imstande gewesen wäre, auf dreihundert Meter jemand ein Auge auszuschießen. Meine ganze Kindheit und Jugend hindurch ging er sonntags ins Schützenhaus, doch kein einziges Mal prahlte er mit seiner Schießkunst. Nie hat er das große Wort geführt, nie Sprüche geklopft, das Selbstverständliche war ihm keine Übertreibung wert. Es enttäuschte ihn, daß die Leistungen seiner ruhigen Hand von meinem Bruder und mir unbeachtet blieben, wir uns ein Leben lang weigerten, selbst eine Waffe in die Hand zu nehmen. Hermann und ich rührten nicht einmal ein Sportgewehr an: Unsere Gewaltphantasien lebten wir freitags abends im Kino aus, wenn George Raft seine Pistole in die Jackentasche steckt und beim Verlassen des Hotelzimmers zu Virginia Mayo sagt: »Ich hab' zu tun, spiel' du mit deinen Pelzen.«

Rolands Pläne fürs Leben regten Vaters Wißbegier an, sie redeten und redeten miteinander, hörten nicht auf, sich den Sinn des Lebens zu erklären, es hätte nicht viel gefehlt und Vater wäre so weit gegangen, dem Freund seine eigenen Wünsche anzuvertrauen. Es war Rolands Absicht, Europa zu verlassen, seine Vorstellung vom Glück in der Fremde, was Vater beschäftigte, diese unstillbare Sehnsucht, die zurückreichte auch in Hermanns Kindheitswünsche. Im Frühherbst 1949, viereinhalb Jahre nach Kriegsende, hatte ich meine Stelle als Assistant d'allemand am *Collège Moderne* in Lyon angetreten, arbeitete tagsüber als Deutschlehrer in der Schule, saß abends im Fort St. Irénée an meinem langen Holztisch und hatte Gedichtbände und Wörterbücher vor mir ausgebreitet. Schon am ersten Abend ging die Tür auf, Roland Cazet stand auf der Schwelle und stellte sich vor. Wir sahen uns täglich, wir wurden Freunde. Wir fanden zueinander, ohne uns zu verabreden, und wir suchten uns, wenn einer gerade nicht dort war, wo er vermutet wurde. Roland und ich trieben keine Interessenkumpanei, jeder wandte sich dem anderen zu, keiner drängte dem anderen seine Vorlieben auf. Ich erinnere mich an meine neugierigen Fragen nach Gleichrichterröhre und Kollektorfunktion, nach Niederfrequenz und positiver Anodenspannung –, und seinerseits denke ich an Rolands verwunderte Blicke auf meine Reime, die ich bei der Übersetzung der Gedichte von Ronsard und DuBellay aufs Papier schrieb. Er sei erstaunt, allein vier Reime auf das Wort Reise zu entdecken, sagte er, und immer wieder seien vier Reime nötig in dieser von mir bevorzugten Gedichtform, dabei sehe er auf meinem Tisch kein Reimlexikon, wie die allergrößten französischen Dichter eins benutzt hätten.

Was findet ein Liebhaber des Dampfradios am Formenspiel gereimter Gedichte? Und was sucht ein Freund der Poesie im Steuerungsspiel elektronischer Röhren? Ich bin nicht verwegen genug, uns einen Forschertrieb zu unterstellen. Und doch bin ich bis heute nicht müde geworden, immer wieder von unserem Erkenntnisdrang nach rätselhafter Verwandlung zu erzählen. Vor den Osterferien 1950 wollte Roland auch meine Eltern und meinen Bruder Hermann kennenlernen. Am Ostersamstag packte er sein Köfferchen, brach in aller Herrgottsfrühe auf und nahm den nächsten Zug nach Saarbrücken. Ich mußte noch in Lyon bleiben, bis ich Hefte korrigiert und meinen Schulbericht geschrieben hatte. Als ich zwei Tage später zu Hause eintraf, stand Roland zwischen Vater und Hermann am Küchentisch, mit großen Augen über meinen alten Volksschulatlas gebeugt. Sie hatten die Seiten 34 und 35 aufgeschlagen, die Karten von Deutsch-Südwest-Afrika: das Gebirge mit den Städten Windhuk und Keetmanshoop im Süden und die Grassteppe mit dem Waterberg und der Etoscha-Pfanne im Norden. Vater fuhr mit dem Finger entlang der Linie, die sich von Deutsch-Südwest nach Britisch-Betschuanaland hinzieht, von der Grassteppe kerzengerade in die Wüste Kalahari.

Auf diesen schmalen Landstrich war ich als Schüler beim Lesen von Hans Grimms Erzählung »Der Zug des Hauptmanns von Erckert« aufmerksam geworden. Immer wieder schlug ich mit Hermann in unserem Zigarettenalbum *Ruhmesblätter Deutscher Geschichte* die Seite auf, wo wir auf einem Bildchen die Soldaten einer Kamelreiterabteilung hoch im Sattel sitzen sahen, den Südwesterhut auf dem Kopf, den Karabiner umgehängt. Einer zeigt mit ausgestreckter Hand auf ein Ziel außerhalb des Bildes, ein zweiter schaut durch den Feldstecher in dieselbe Richtung.

Es ist eins der verlockenden Bilder nach Gemälden von Carl Becker, einem angesehenen Historienmaler seiner Zeit, der in opulenten Gemälden legendäre Szenen der Herero- und Hottentottenaufstände festgehalten hat. Hermann schaute sich diese Bildchen stundenlang an, legte sich, wenn er gestört wurde, mit dem Album in die Küchenecke auf den Boden und malte sich die Strapazen der Strafexpedition aus, die Hauptmann von Erckert zur Verfolgung der schwarzen Rebellen in die Wüste zwingt. »Jenseits des langen geraden Striches, der auf den Europäerkarten durch das Durstland der Kalahari gezogen ist«, las Hermann in Grimms Erzählung, »in Wasserlosigkeit und Weite und Menscheneinsamkeit.« Mehr als Fernrohre und Maschinengewehre, mehr als der entbehrungsreiche Durstmarsch und der unerbittliche Kampf gegen die Hottentotten interessierten ihn das von Windhand gestrichene gelbe Gras und das in den Dünen verlorene und verzauberte Wasser, diese bizarre Landschaft, die in der Beschreibung des Erzählers eine besondere Gestalt annimmt: Diese unermeßliche Kalahari, die fast so groß ist wie Deutschland und so leer wie ein Sandloch mit ausgetrockneten Salztümpeln.

Dorthin hat es schon den kleinen Jungen von dreizehn gezogen. Hermann glühte im Feuereifer, er war beseelt von den Abenteuern seiner afrikanischen Gedankenspiele. Ein Farmerleben im zurückgewonnenen Deutsch-Südwest-Afrika, Löwenjagden in der Grassteppe, Entdeckungsreisen in die Wüste Kalahari, das waren seine Wünsche für später. Auch Bildergeschichten, die er mit Klassenkameraden tauschte, hatte er bald gelesen, in der Gemeindebücherei lieh er sich dicke Wälzer aus, die von den Verlockungen Afrikas erzählten –, wenn erst die Kalahari mit ihrem Reiz des dunklen Erdteils darin vorkam, kannte seine Begeisterung keine Grenzen. Im Wettstreit mit Vater schmökerte er wochenlang in einem Buch, das 1942 erschienen war: *Der Erste war ein Deutscher.* Darin gab es ausführliche Geschichten von deutschen Expeditionen ins Eismeer und in die Südsee, aber kein Wort über die Trampelpfade durch die Kalahari.

Roland war in seinem Element. Was neben dem Atlas auf dem Tisch lag, waren keine Romane, keine Gedichte, keine Ausgeburten der Phantasie. Es waren Sachbücher, die Hermann im Krieg gelesen hatte, Lebensberichte deutscher Kolonialpioniere und Siedler. Und doch schien es, als übte das Wort Kalahari auch auf die drei Wirklichkeitsmenschen um mich herum seinen unwiderstehlichen Reiz aus: dieses dreifach offene a, das gleichsam die Weite dieser Landschaft erschließt. Ihr Lockruf hallt in den Ohren, ihre Farbe springt in die Augen, ihr Salzgeschmack prickelt auf der Zunge.

Ich beobachtete Rolands Unruhe, spürte seinen Unternehmungsdrang. Sein Finger mußte früher schon suchend über die Afrikakarte geirrt sein, entlang der somalischen Küste, durch das Bergland von Äthiopien Wege ergründend nach dem rätselhaften Harar und durch das paradiesische Grasland der Ebene von Bilen. Während Rolands Finger der Bahnlinie von Dschibuti nach Addis Abeba folgte, umkreiste Hermann mehr aus Jux und Spielerei die Salzpfannen der Kalahari, überquerte noch einmal den langen Strich und folgte in Gedanken dem Weg über die Düne, wo er den Hottentotten einst das Singen und das Pfeifen auf den Fingern beibringen wollte. Roland aber wird ins abessinische Gebirge ziehen, um die Eingeborenen in einer Schulklasse das französische Denken zu lehren. Und er selbst? Ihm steht der Sinn nicht nach irdischen Gütern wie dem Salz aus Salzpfannen, dem Kaffee aus den Kaffeeplantagen, wonach aber sonst? Vielleicht nach der Erkenntnis vom Fressen und Gefressenwerden, die in der Wüste Kalahari und in der Ebene von Bilen leichter zu gewinnen ist als in mitteleuropäischen Wolkenkuckucksheimen, wo die Illusion gedeiht! Bei uns fühlte sich Roland wohl. Er hatte Gefallen gefunden an allem, was Vater betraf. Im gefiel Vaters Sorgfalt, seine Akkuratesse, sein Sinn für Genauigkeit, sein Umgang mit dem Kleinkalibergewehr. Ihm gefiel Vaters Geschicklichkeit, der Kunstgriff an sich, nicht seine Fähigkeit, auf dreihundert Meter jemand ein Auge ausschießen zu können.

Es war Mitternacht geworden. Wir schlugen den Atlas zu und rauchten eine letzte Zigarette. Tags darauf brach Roland nach Burgund zu seinen Eltern auf. Zum Abschied umarmte er Mutter und entschuldigte sich für sein entnervendes Beharren auf dem Namen Kalahari. Vater ging auf ihn zu, drückte ihm die Hand und sagte: »Auf Wiedersehn, Roland.« Dabei sprach er Rolands Namen mit deutscher Betonung auf der ersten, doch unter Verzicht auf den Nasallaut der letzten Silbe aus. »Rolang«, sagte er, »ich hab' mich gefreut, dich kennenzulernen. Hoffentlich sehen wir dich bald wieder.« Hermann flüsterte ihm ins Ohr: »Es muß nicht gerade in der Kalahari sein«, aber er flüsterte so laut, daß jeder es hören konnte.

Ich nehme mir das Meine

Roland war dreizehn oder vierzehn, als er zum erstenmal seine Lebensmaxime hörte: »Ich nehme mir das Meine, wo ich es finde!« Würde er das Seine vielleicht im Fremden, im Anderen, im Unbekannten finden? Jetzt war er zweiundzwanzig, hatte seine Nase ins Deutsche gesteckt und platzte vor Neugier, es zu ergründen. Ein folgenreicher Austausch war in seiner Familie früh schon angestoßen worden: Als Schuljunge kam er mit deutschen Besatzungssoldaten in Berührung, sein Vater studierte vor dem Ersten Weltkrieg an deutschen Universitäten, sein Großvater Isidore grub gleich nach dem Krieg von 1870/71 in Alesia einen gallorömischen Brunnen aus und tauschte Steine mit einem deutschen Edelsteingräber.

Die Spur dieses Mannes suchte er, als er eines Tages überraschend bei uns eintraf. Schon am nächsten Morgen in aller Herrgottsfrühe nahm er den Zug nach Idar-Oberstein. Bei seiner Ankunft hüpfte die noch schräg stehende Sonne in prallen Lichtsprüngen über die Dächer der Stadt und beleuchtete die in die Nische einer steilen Porphyrwand hineingebaute Felsenkirche. Eine Kapelle in einem Felsen, von scharfem Frühlicht angestrahlt! Das groteske Bühnenbild eines aus der Fuhr geratenen Romantikers, dachte Roland, ein phantastischer Wahn des Mittelalters, in den er da hineingerät! Roland sieht die Fachwerkhäuser mit ihren Butzenscheiben, das Gasthaus Zum alten Goten aus dem frühen fünfzehnten Jahrhundert, die Schloßschenke, in der es den Original Obersteiner Spießbraten gibt. Dann steht er vor dem alten Wasserrad der Schleiferei, das sich gemächlich in einem Rahmen aus breiten Schieferplatten dreht. Er zahlt und betritt den Innenraum der Schleiferei.

Mitten zwischen mannshohen Rauchquarzkristallen aus Südafrika und höhlenförmigen Amethystdrusen aus Brasilien kommt er sich vor wie ein Abenteurer, der sich inmitten rätselhafter Gebilde der Natur nach und nach an Figurenspiele eines Panoptikums verliert. Zärtlich streicht er über die Außenhaut bizarrer Platten gespaltener Achatdrusen, die zu wunderlichen Körpern verarbeitet sind, und spürt die eigenartige Beseelung der Steine.

Doch was für einen Stein hatte der Schleifer aus Idar-Oberstein an Isidore Cazet nach Burgund geschickt? Einen violetten, einen grünen, eine orangefarbenen oder einen Achat von aggressivem Umbra? War es gar ein Kalaharijaspis, wüstengelb mit einer Zeichnung wie von Paul Klee? Bis zur Rückfahrt mit dem Zug hatte Roland noch eine Stunde Zeit. Er verließ das Museum und stieg zur Felsenkirche hinauf. An der Kirchenwand las er ein Wort Luthers, das ihn aufmerken ließ: »Die Seele kann alles Dings entbehren ohn das Wort Gottes. Und ohn das Wort Gottes ist ihr mit keinem Ding geholfen.« Roland dachte an seinen Großvater, dem die Geistlichen mit großspurigen Sinndeutungen und kleinmütigen Anweisungen das Leben schwergemacht hatten.

Ein Wort von Montaigne fiel ihm ein, es gebe letzten Endes überhaupt nichts Beständiges, weder in unserem Wesen noch im Wesen der Dinge, noch im Wesen des Worts: Alles fließe unaufhörlich dahin. Roland Cazet, ein aufgeklärter Mensch wie sein Großvater Isidore, stand vor einem unverständlichen deutschen Wort, das ausgerechnet von einem Franzosen widerlegt wird und wußte nicht weiter. Es gibt keine Eisenbahn durch das Idartal zur Sägemühlschleife hinter der Kirschweiler Brücke, zur preußischen Schleife im Katzenloch, zur Klingeschleife bei Allenbach, die Roland allesamt hätte aufsuchen können, obwohl sie längst außer Betrieb waren. Und es gab niemanden, der ihm hätte weiterhelfen können, die

Spur des Schleifers zu finden, der dem Großvater den kalaharigelben Achat geschickt hat.

Rolands Neffe Claude kramte tagelang in Stößen von Papier, wählte aus, eliminierte, sortierte, fotokopierte und schickte mir eines Tages ein dickes Paket. Es enthielt, von ihm handgeschrieben, die Lebensdaten von Rolands Vater Léon und Rolands Großvater Isidore, eine Ahnentafel, eine Fotosammlung, eine Familienchronik, geschrieben von Léons Enkelin Emélina, und alte Landkarten ihrer Lebensräume über vier Generationen. Ich prägte mir den Verlauf von Straßenzügen und Bahnlinien, von Flußläufen und Kanälen ein, doch sie erhoben sich mir nicht aus der Fläche, gewannen keine Gestalt. Wie mit der Landschaft, den Ortschaften und den Wäldern erging es mir mit den Menschen: Léon trat nicht aus den Fotografien hervor, Isidore verließ nicht Emélinas Satzbau –, nur Roland lebte in dieser Vater- und Großvaterwelt, er hatte Haut und Knochen, ließ sein schnarrendes burgundisches R hören und zeigte seinen schaukelnden, etwas gebeugten Gang. Erst nachdem ich mir bis in den letzten Winkel dieses Archivs Zugang verschafft hatte, entschloß ich mich, Rolands Leben zu erzählen. Allerdings wollte ich nicht einem aufgezeichneten Lebensweg nachlaufen, ich wollte auf eigenen Füßen stehn, den eigenen Augen vertrauen, mit eigener Nase nachspüren. Ich wollte hinter Rolands Wünsche zurückgehen und wissen, was seinen Vater Léon bewogen hatte, in Deutschland zu studieren, was seinen Großvater Isidore angetrieben hatte, einen Brunnen auszugraben und einen Steinsplitter davon nach Idar-Oberstein zu schicken.

Voriges Jahr im Herbst suchte ich mir die Straßenkarten von Burgund zusammen, blätterte und las im Guide Bleu, packte die Reisetaschen für drei Tage, und zu viert fuhren wir los. Wir ließen es uns nicht nehmen, Isidores Lebensweg nachzufahren, nachzugehen, nachzuspüren bis auf die Höhe von Alesia. Noch von der Schule her wußten wir: Hier wollte einst der Keltenfürst Vercingetorix dem machtlüsternen Cäsar trotzen. Doch die Römer zerschlugen den doppelten Mauerring, überrannten die Gallier, nahmen ihren Heerführer gefangen und schleppten ihn nach Rom, wo ihm am Fuße des Capitols der Kopf abgehauen wurde. Und was für ein Kopf! Von allen Buchumschlägen, die im Eingangshäuschen der Ausgrabungsstätte reihenweis auf den Regalen stehn, glotzen uns die finsteren Augen dieses Kopfes entgegen. Doch wir sind ja nicht hergekommen, den hundertfach fotografierten immergleichen Kopf des Vercingetorix zu betrachten. Wir spazieren zwar zu den Öfen der Bronzegießer und bestaunen das Kanalsystem der Unterbodenheizung, schlendern zu den Resten des gallorömischen Theaters und wundern uns über seine bescheidenen Ausmaße, doch erst ein Gang über das Forum bis ganz ans Ende der Häuserblocks, wo ein einstmals gefliester Hof den öffentlichen Brunnen von dreiundzwanzig Metern Tiefe umrahmt, führt uns zum Ziel. Wir beugen uns über den Schacht, schauen in die Tiefe, und ich behaupte: Diesen Brunnen hat Isidore Cazet ausgegraben.

Wir stutzten. Augenblicklich fragten wir uns, ob ein einzelner Mann diesen tiefen Brunnen hätte ausgraben können. Es gibt keine Tafel, die den Namen des Ausgräbers nennt, auch das offizielle Faltblatt der *Société de Science* von Semur hüllt sich in Schweigen. Ja, wir waren hergekommen, um Isidore Cazets Brunnen zu suchen, liefen kreuz und quer über das aufgeräumte Trümmerfeld, schauten in flache und tiefe, in schmale und breite, auch in geheimnisvolle Brunnenlöcher. Wir hatten das Glück, uns den Brunnen aussuchen zu können, der am besten in unsere Geschichte paßt.

Doch was ist nun mit diesem Steinsplitter, den Isidore einem deutschen Schleifer geschickt und dafür einen Achat zum Geschenk erhalten hat? Roland ist nach Idar-Oberstein gefahren, wir sind nach Alesia gekommen: Wir haben es nicht ergründet.

Am Ende wissen wir nichts. Wir kennen aber die Geschichte, die davon erzählt. In Emélinas Chronik ist sie sehr spärlich, in Rolands Bericht dagegen außergewöhnlich üppig ausgefallen –, den kärglichen Satz Emélinas: »Er macht Studien über einen gallorömischen Brunnen und schreibt ein Buch darüber« gestaltet Roland zu einer Geschichte aus. Erst beim Erzählen wird Isidore wieder lebendig: In den Mauerresten von Alesia hören wir seinen Spaten klappern, auf den Blättern seines Notizbuchs hören wir die Feder kratzen. Isidore grub und schrieb, packte am Abend Handwerks- und Schreibgerät ein, schulterte den Spaten und suchte sein Nachtquartier auf. Und Roland erzählt. Er läßt ihn die Hacke schwingen, läßt ihn den Rücken beugen und auf den Knien rutschen, vor Erschöpfung schnaufen und in Schweiß baden. Und so sehen wir ihn Speerspitzen, Dolchspitzen, Lanzenspitzen ausgraben, bewundern seine Sorgfalt, mit der er Steinchen um Steinchen in die Hand nimmt, nach allen Seiten dreht und mit feinem Pinsel den Staub von jedem Splitter streicht. Was man doch mit Hacke und Spaten und Pinsel ausrichten kann! Wenn einer kommt, der daraus eine Geschichte macht, erhält der Einsatz sogar einen Sinn.

In Montbard, knapp zweieinhalb Wegstunden von Alesia entfernt, tritt Isidore Cazet seine erste Lehrerstelle an. Überglücklich, endlich den Studien entronnen zu sein, hat er sein künftiges Leben der Erziehungsarbeit des Milieus gewidmet, worin er seine Kindheit und Jugend zugebracht habe, schreibt seine Urenkelin Emélina in ihrer Familienchronik. Sie hält sich streng an die Daten und Fakten des Lebens –, und so weiß ich auch Einzelheiten der Herkunft und späteren Arbeit Isidores, die Roland über seiner Steinsplitter- und Achatgeschichte vielleicht vergessen, vielleicht aber auch für überflüssig gehalten hat, sie weiterzuerzählen.

1855 als Sohn eines Sattlers in Aubigny-les-Sombernon geboren, entwickelt er sich inmitten seiner bäuerlichen Umgebung rasch zu einem allseitig interessierten Schüler. Kindheit und Jugend verbringt er bei seinen Eltern, deren Vorfahren der Lehnsherr von Sombernon als Landarbeiter aus Spanien angeworben hatte. Isidores Eltern konnten lesen und schreiben, teilt Emélina mit, am Abend blätterten sie in alten Familienpapieren, lasen den Kindern aus der Bibel vor, berichteten von Plackereien während ihrer Brautzeit, die in ihren Erzählungen dennoch einen Hauch häuslichen Wohlbefindens verströmt. Rolands Vater erinnerte sich an das eine oder andere, Emélina aber weiß es genau: Auf seiner ersten Stelle in Montbard verdient Isidore 48 Franc im Monat und zahlt 60 Franc für Kost und Logis. Er liegt seinen Eltern auf der Tasche, was ihn sehr verdrießt. Doch unverdrossen unterrichtet er in der Schule, gräbt in Alesia, halbe Nächte lang sichtet und ordnet er seine Notizen und verbeißt sich zugleich in die Schriften des Naturforschers Buffon. Jede freie Minute verbringt er in seinem engen Zimmerchen, schreibt und liest und läßt nicht mehr ab von Buffons Beschreibung der Welt, in der er nicht nur von ihrer Entstehung, sondern auch von ihrem Fortgang nach unveränderlichen Gesetzen erfährt, nicht aber ungeduldig nach Sinn und Zweck all dessen sucht.

Das erste, was wir bei unserer Ankunft in Montbard mit Erstaunen wahrnehmen, ist ein zweistöckiges Haus mit schiefergedecktem Walmdach und hohen Räumen, die aber so schmal sind, daß man den auf jeden Sou achtenden Isidore Cazet darin hätte vermuten können. Da lebte er also in einem Zimmerchen, worin man nur sitzen oder liegen, sich aber nicht mit ausgebreiteten Armen umdrehen, hin und her gehen oder gar tanzen kann, schrieb sein Buch über die Ausgrabungen in Alesia zu Ende und studierte Buffon. Es amüsierten ihn Buffons Beispiele aus dem Leben der Tiere, vor allem sein Beispiel vom Körperbau des Schweins, das nicht nach einem ursprünglichen, besonderen und vollkommenen Plan gebildet, sondern aus Teilen anderer Tiere zusammengesetzt erscheine, offensichtlich aus völlig unnützen Teilen, von denen es überhaupt keinen Gebrauch mache, etwa von den Zehen, die ihm zu nichts dienlich seien. Doch über sein Vergnügen am Komischen hinaus überzeugte ihn Buffons heftige Kritik des Endzwecks. Roland hat es mehrfach von seinem Vater erzählt bekommen, der riet ihm dringend, es seinem

Großvater gleichzutun und den entscheidenden Absatz aus Buffons Naturgeschichte von 1755 so oft wie möglich wiederzulesen und zu beherzigen.

Und da ich nun einmal so neugierig Isidores Lerneifer hinterher bin, suche ich mir die Stelle, lese sie aufmerksam und denke dabei an Descartes, den Verteidiger der Methode, der für Roland von Jugend an der beste Ratgeber war. Buffon schreibt: »Wir denken uns Beziehungen aus, die keinerlei Begründung haben, in der Natur der Dinge nicht existieren und nur dazu dienen, sie zu verdunkeln. Wir achten nicht darauf, daß wir die Philosophie fälschen, ihr Ziel: das W i e der Dinge, die Art und Weise, wie die Natur handelt, entstellen und diesem wirklichen Gegenstand eine eitle Idee unterschieben, indem wir das W a r u m der Dinge, den Zweck, den sie beim Handeln setzt, zu erraten suchen.« Diese hat man im Museum von Montbard sinnfällig vor Augen. Man spaziert gleichsam an der ganzen Entwicklungsgeschichte entlang. Die toten Gegenstände in den Vitrinen werden lebendig und erzählen die Kosmogonie von ihrem Ursprung bis zur Gegenwart, ohne sie zu erklären. Die Bibel ist bei der Schöpfungsgeschichte aufgeschlagen, Meßbuch, Abendmahlkelch und Monstranz illustrieren das Geschehen und die Feier des ordnenden und regierenden Schöpfergottes. Dann aber tauchen Körperteile, Schaubilder und Geräte auf, die eine ganz andere Sprache sprechen: Das Ammonshorn und die Pferdezehe, das Kreislaufsystem der Himmelskörper und die Zeittafel vom Urknall bis zum Erkalten des Planeten, Fernrohre und Mikroskope, ein ineinanderwirkender Tatsachenkosmos, der den Menschen als Erzeugnis der Entwicklung erweist. Das Beiblatt zur Ausstellung spricht von einem metaphysischen Problem, mit dem Buffon den Klerus irritiert habe: Ja, was sollte ein braver Kaplan anfangen mit der Vorstellung einer Welt aus lauter vereinigten Molekülen, in denen die kleinsten Atome herumwirbeln und doch sinnvoll zusammenspielen –, ein Gedanke, der selbst den Bischof von Dijon aus der Fassung brachte. Buffon wollte keine Idee erklären, er wollte den Zustand und die Wirkkraft wahrgenommener Erscheinungen beschreiben, wollte den Schlußstein setzen in das Tor zum Weltverständnis, unter dem Isidore Cazet hundert Jahre später ungehindert hindurchtreten konnte. Es sollte eine Welt sein, die ihr einleuchtendes Spielwerk einer freien Naturwissenschaft verdankt. Wären Buffon und Isidore Cazet noch am Leben gewesen, hätten wir beide bestimmt Seite an Seite spazierengehend entdeckt, als wir den geschotterten Fußpfad in den Park hinaufstiegen, der heute Buffons Namen trägt. Wenn sich Roland hin und wieder nicht allzu tief in seine Steinsplittergeschichte verbohrt hatte, spielte er mit der Vorstellung der beiden spazierengehenden Männer: Dann sprach er von Isidores Gefallen an Buffon, von der Wissenschaftsbesessenheit des Großvaters. Obwohl bei dessen Tod erst zwölf Jahre alt, erinnerte er sich lebhaft an Isidores Beschreibungen des Körperbaus mancher Tiere, so wie man es in den kuriosen, aber auch gelungenen Wendungen bei Buffon nachlesen kann. Roland hob in seinem Kopf die Zeit auf und sah seinen Großvater tatsächlich im Gespräch mit Buffon parkaufwärts zu dessen Gartenhaus schlendern: Seine Spaziergänge riefen Gedankengänge in ihm hervor, und seine Gedankengänge verlockten ihn zu Spaziergängen. Wie Buffon liebte auch Isidore Cazet die Natur, wollte sie kennenlernen und kennenlehren. Er erweiterte mehr und mehr seine Steinsammlung, seine Pflanzensammlung, seine Insektensammlung, tauschte seine Funde mit anderen Gelehrten, nicht nur mit dem legendären Achatschleifer aus Idar-Oberstein. Isidore Cazet war inzwischen Lehrer in Villeneuve-sous-Charigny, einem Dörfchen achtzehn Kilometer südlich von Montbard gelegen, trostlos, grau und unscheinbar, nur ein paar Schritte vom Canal de Bourgogne entfernt.

Er ist zweiundzwanzig Jahre alt, hat den Verlockungen des ruhigen, sicheren, alteingeübten Priesterberufs widerstanden und sich für den aufregenden, schwierigen, zukunftsweisenden Berufsweg des Lehrers entschieden. Schon in der Frühzeit seines Lehramts gerät er in die Scharmützel des Kulturkampfs zwischen Kirche und Staat, die erst abklingen, als der Staat dem Klerus nur noch das Brimborium der Zeremonien überläßt. Isidore heiratet die Tochter eines Lehrers, die früh stirbt, vergräbt sich immer tiefer in seine Arbeit, schließt seine Studien über Ausgrabungen ab und wendet sich den Methoden des modernen schulischen Anschauungsunterrichts zu. Seine Mutter Pierrette, mit zwei Körben voller Würste, Käse und Wein, läuft jede Woche einmal querfeldein von Aubigny nach Villeneuve, den Sohn zu besuchen. Es sind sechzig Kilometer hin und zurück, doch nach sechs Jahren wird der Weg um die Hälfte kürzer. Isidore wird nach Beurizot versetzt, einem Dörfchen südwestlich von Vitteau, wo er zweiundvierzig Jahre lang als Volksschullehrer tätig sein wird. Er heiratet Emélina Laboureau, ein neunzehnjähriges Mädchen, Tochter eines republikanischen Landwirts von Thoisy-la-Berchère. Den folgerichtig denkenden Buffon im Kopf und ein streng geregeltes Leben im Alltag, genießt er die Wohltat der Ordnung.

Von der Landstraße steigt eine schmale asphaltierte Nebenstraße leicht an, führt über die Bahnlinie und schwingt sich mit einer Linkskurve ins Dorf Beurizot. Die Kirche, mit quadratischem Turm und Spitzdach, prunkt mit einer mächtigen Uhr über dem Portalfenster und einem noch mächtigeren Kreuz direkt über dem Portal. Die Schule ist zweistöckig, ein Türmchen, hinter dessen Jalousien die Schulglocke hing, sitzt mitten auf dem Walmdach. Wir blieben eine Zeitlang unbewegt auf der Stelle stehen, Kirche und Schule erschienen uns als rivalisierende Orte der Obrigkeit. Das immer noch triumphierende Kreuz und die längst verrottete Schulglocke erregten unsere Gedanken. Wir schlugen Emélinas Chronik auf und lasen von Isidores Kampf gegen die klerikale Macht. Längst hatte sie ihre einst sprudelnde Kraft der frohen Botschaft mit einem diktatorischen Dogma zugestopft, schreibt Emélina in außergewöhnlich gewähltem Französisch –, und wir lasen vom Pfarrer des Dorfs, der jeden Freitag in Isidores Küche kam, den Topfdeckel hochhob und nachprüfte, ob nicht etwa Fleisch darunter am Schmoren war. Die Hausfrau, jung und couragiert, begegnete der Schikane mit List: Sie versteckte den Braten im Backtrog, wo sein kräftiger Duft mit dem Wohlgeruch des Brotes verschmolz. Isidore, im Kopf bewaffnet gegen die schäbigen Überfälle aus dem Hinterhalt, hielt es mit Buffons Auslegung der Genialität, die er in seiner Antrittsrede bei der Akademie als Beharrlichkeit gekennzeichnet hatte. Nein, nein, die Genialität sei gar nicht die halbgöttliche schöpferische Veranlagung, die nur in den Köpfen unbeherrschter Geister herumspuke: Genialität sei nichts anderes als eine große Fähigkeit der Geduld.

Und so geht Isidore seinen Weg unverdrossen voran, einen klug geplanten Lebensweg, den Emélina auf ihre zuverlässige Art und Weise beschreibt. Obwohl sie hin und wieder aus der Fassung gerät, zuweilen sogar in Verzückungen ausbricht, hat sie sich rasch wieder in der Gewalt und hütet sich dann für einige Zeit vor Übertreibungen. Und so beschreiten wir den von ihr vorgezeichneten Weg zu Isidores Wohn- und Arbeitsstätten Ort für Ort entlang der ineinanderwechselnden Departementsstraßen. Über sein segensreiches Wirken in Villeneuve notiert der Schulinspektor: »Ein Bienenkorb im Schulgarten faßt dreizehn Körbe, davon einige in Holzrahmen.« Und schließlich: »Ein mit verschiedenen Getreidearten eingesätes Versuchsfeld unterrichtet die Landwirte ebenso über die besten Getreide- wie über die besten Düngersorten.« In Beurizot legt er im Schulgarten genau bemessene Versuchsbeete an, mit deren täglicher Betrachtung und Bearbeitung er seine Schüler in die Fortschritte des modernen Ackerbaus einweiht, erzählt seine Urenkelin in der Familienchronik, sie schwärmt von Isidores jugendlichem Feuereifer, seinem festen Vertrauen in die Naturprozesse der Entfaltung und des Wachstums; sie schreibt: »Die Zuversicht Isidores strahlt aus«, ja diese Zuversicht erscheint ihr wie ein weithin leuchtendes Strahlenbündel. Aus Emélinas Worten hört man für einen Augenblick, wie im Schulgarten von Villeneuve die Bienen summen und ihre Lehre von Ordnung und Fleiß erteilen –, und man sieht, wie im Schulgarten von Beurizot der Weizen sprießt und Isidores Erkenntnis von Fortschritt und Gedeihen verkündet. Monsieur Cazets Verdienste sprechen sich herum, und es ist nicht verwunderlich: Die »Gesellschaft für Geschichte und Naturwissenschaften von Semur« beruft ihn zu ihrem Mitglied, ernennt ihn zum Ratgeber für den öffentlichen Schulunterricht im Departement von Côte d'Or –, und Isidore, so schreibt seine Chronistin, folgt begeistert und unbeirrt den beiden Fährten seiner Wahl: den Wissenschaften und der Erziehung.

Es war ein strahlender Frühsommertag, als wir dem Turm der Wissenschaften in der Rue du Rempart gegenüberstanden. Es ist ein runder Turm mit Spitzdach, aus behauenen Bruchsteinen gemauert und fest in die alte Stadtmauer eingefügt. Das Mauerwerk zu beiden Seiten ist glatt verputzt, das Wiederhergestellte läßt den Turm mit seinem verwitterten Sockel unversehrbar erscheinen, obwohl sich ein Riß von oben nach unten durch die Mauer zieht. Sollte er den Riß symbolisieren, der seit eh und je zwischen den praktischen und theoretischen Wissenschaften verläuft, so mag es daran liegen, daß Isidore Cazet längst gestorben ist und niemand da ist, der ihn schließen kann. Zu seinen Lebzeiten hat er es immer wieder versucht, immer wieder hat er Feder und Tinte mit Hacke und Spaten vertauscht, immer wieder ist er zwischen Semur und Alesia hin und her gependelt: Er hat darauf gedrungen, über dem Kopf die Hand nicht zu vergessen –, sogar noch nach seinen ergiebigen Ausgrabungen. Auf einer Sitzung der gelehrten Versammlung seiner Gesellschaft habe er den Wunsch ausgedrückt, daß sie die unterbrochenen Ausgrabungen in Alesia nach dem Tode Napoleons III. wieder aufnehmen und bis zum Neuaufbau der gallorömischen Siedlung fortsetzen möge, berichten die Annalen der Gesellschaft: »Diese Ausgrabungen haben als aufeinanderfolgende Förderer einen Kaiser und einen Volksschullehrer.«

Die Gesellschaft macht sich Isidores Idee zu eigen, bis er schließlich, unter der Leitung und Mitarbeit angesehener Gelehrter, mit feierlicher Geste den letzten Spatenstich setzt. Sein Name sei dennoch unerwähnt geblieben, klagt Emélina, der einfache Lehrer vom Land erfahre keine Beachtung, erwerbe sich keinen Ruhm. Monsieur Jules Toutain, Geschichtsprofessor an der Sorbonne, der die Titel nur so übereinanderhäufe, wie auch der Präsident der wissenschaftlichen Gesellschaft von Semur böten ihre Hand keinem titellosen Ausgräber, ihr Verhalten erinnere daran, daß die Undankbarkeit eine bleibende Charaktereigenschaft des Menschen sei. Eine halbe Stunde verharren wir vor dem Turm der Wissenschaften, der Riß im Gemäuer hat sich nicht geschlossen. Es lohnt sich nicht, die Treppe hinaufzusteigen, die im rechten Winkel zur Eingangspforte führt. Fenster und Türen sind fest verriegelt. Die braune Farbe auf Toren und Läden verblaßt und blättert ab. Nur das edelglänzende Bronzeschild unter blühenden Geranien ist unbefleckt geblieben: *»Société des Sciences Historiques et Naturelles de Semur-en-Auxois Fondée en 1842«*. Es hat keinen Grünspan angesetzt. Auch das Foto der Akademiemitglieder in Emélinas Chronik ist nicht vergilbt. Alle neun schauen stolz und zuversichtlich drein, ihre Augen leuchten, es scheint, als schwöllen ihre Schnurrbärte im Forscherdrang an. Drei der sitzenden Herren in der vorderen Reihe halten ihre Hände auf Stöße von Papier gepreßt, der Prälat mit Beffchen ist in der Bewegung erstarrt, den Stiel der Sitzungsglocke zu ergreifen. Und so wartet die Gesellschaft und die ganze Welt darauf, daß sich noch einmal der Geist von Semur über alle Grenzen hinweg regt. Vielleicht haben aber die gelehrten Herren ihre Tagesarbeit getan, ihre Gedanken ausgetauscht, ihr humanistisches Ideal beschworen und der Prälat bittet zum Kirchgang, dem sich seine Schafe widersetzen, weil ihnen das heilige Wasser schon lange nicht mehr schmeckt.

Ich sitze vor einem Berg von Papieren, den Rolands Neffe Claude vor mir angehäuft hat. Es ist Isidore Cazets Lebensgeschichte, aufgezeichnet von seiner Urenkelin Emélina. Mir graust es, und ich werde mich hüten, diesen Papierberg gewissenhaft Blatt für Blatt abzutragen. Ich sitze da und lese, und je tiefer ich eindringe in das Leben dieses Mannes, um so deutlicher wird mir bewußt, daß ich selbst mehr und mehr diesem Leben zugehöre. Emélinas Bericht und Rolands Erinnerungen entzünden in meinem Kopf die Idee eines neuen Wegs, auf dem ich mich Isidore nähern kann. Lebensdaten und Fotografien, Bemerkungen aus amtlichen Schriftstücken und Zitate aus zeitbezogenen Chroniken verbinden sich mit halbwahren, halberfundenen Geschichten, schlingen sich in meine eigenen Gedankengänge –, und schon bin ich mittendrin in meinem Spiel, vielleicht ein bißchen zu übermütig im Umgang mit den Tatsachen und dem, was dafür gehalten wird. Mir ist sehr bald, als spräche mit mir ein nicht in Papieren verstecktes unsichtbares Geschöpf: Wenn ich die Ohren spitze, höre ich sogar Isidores Stimme, die mich zu meinen Denkspielen ermuntert.

Ein Foto zeigt mir den Lehrer Isidore Cazet mit seinen Schuljungen von Beurizot. Ich sehe einen bärtigen Mann mittleren Alters mit Stehkragen und Querbinder und einer Uhrkette über der Weste. Vor dreiunddreißig Knaben, in Dreierglied hintereinander aufgestellt, steht er alle überragend in der Mitte zwischen den vier Größten. Es sieht gar nicht so aus, als hätte sich dieser Lehrer in altfränkischer Montur je zu den revolutionären Prinzipien Rousseaus und den Grundsätzen einer freien Erziehung bekannt. Wenn ich nicht wüßte, daß er durch ein frühes Studium vom Militärdienst freigestellt blieb, ich hätte gedacht, er wäre den falschen Weg gegangen und hätte den Beruf verfehlt. Aber schon mit zwanzig, nachdem er den geistlichen Verlockungen widerstanden hatte, entschloß er sich für die weltliche Schule, horchte auf, als er von neuen Erziehungsgedanken aus Deutschland und der Schweiz erfuhr, kaufte sich die nötigen Bücher in Dijon und studierte die Unterrichtslehre Pestalozzis. Da sei er ganz hellhörig gewesen, meinte Roland, selbst später noch habe er in diesen Büchern gelesen. »Darin gab es mit spitzer Feder unterstrichene Stellen«, erzählte Roland,

»nie las er kreuz und quer, nie huschte er flüchtig darüber hinweg, ich habe nicht gezählt, wie oft er das Wort Anschauung unterstrichen hat.« Die Anschauung, ein deutsches Zauberwort, das auch ihm selbst immer wieder zu denken gegeben habe, ein Wort, das man nicht einmal wörtlich ins Französische übersetzen könne.

Ich möchte mehr wissen als das, was mir ein Foto zeigt, mehr wissen als das, was mir Emélina berichtet, möchte sogar noch über Rolands Geschichten hinausgehen und mir einen Lehrer Isidore Cazet vorstellen, der mich in sein Schulzimmer einlädt. Da steht er nämlich vor seinen Schülern, knöpft den Rock auf, nimmt die Uhr aus der Tasche, streicht über seinen Bart, und ich weiß genau: Jetzt wird er auf Buffon zu sprechen kommen. Deutsche Unterrichtslehre, schön und gut, aber was gibt es Schöneres als Isidore Cazet vor seinen Schülern von Beurizot sitzen zu sehen, Buffons Naturlehre aufgeschlagen. Ja, jetzt sitzt er zwischen bunten Bildern und ausgestopften Tieren und liest vor. Er liest Buffons wunderbare Beschreibung des Eichhörnchens, macht wieder eine Pause und schreibt nun mit der Kreide einen Satz an die große Schultafel. Es ist der Satz, in dem Buffon von der Anmut, der Fügsamkeit, der unschuldigen Lebensweise des Eichhörnchens spricht. Es ist ein einfacher Satz, der über zweieinhalb Zeilen geht, prachtvoll gegliedert, gestrafft und in einer mit vielen i-Lauten prickelnden Sprachmelodie. Die Sechsjährigen streicheln das Fell des ausgestopften Tieres, die Zehnjährigen zeichnen es so naturgetreu wie möglich auf ein Blatt Papier –, und die Vierzehnjährigen gehen über das Streicheln und das Zeichnen hinaus und ziehen Schlüsse, versuchen, das Tier als Ganzes zu begreifen. Isidore weiß: Nur wenn die Eigenschaften des Eichhörnchens für jedes Kind gut lesbar aufgeschrieben sind, existiert es. Einer, der nur aus dem Fenster schaue und seiner Aufgabe nicht bis auf den Grund nachgehe, bestätige ein Vorurteil wie einer, der sich bequem zurücklehne und unbedacht aufnehme, was ihm vorgegaukelt werde: Beide frönen ihrer Unwissenheit.

Isidore Cazet war kein Prediger der Arbeitsmoral, er rüttelte wach, ermunterte seine Schüler, über den Kirchturm hinauszublicken: »Es war Buffon, der den Schleier weggerissen hat, der in Frankreich viel zu lange über Vorurteil und Unwissenheit gebreitet war.« Ein Satz, der mehr über Isidore als über Buffon aussagt! Mir scheint sogar es ist Isidore Cazet gewesen, der diesen Schleier weggezogen hat –, nicht Buffon. In dieser Welt der Vorurteile und der Unwissenheit könne man nicht in der Mitte und zugleich am Rande stehn, auch der liebe Gott nicht, zieht Isidore seine Lehre aus Buffons Erkenntnis. Er zweifelt an der Allmacht des Schöpfers: Wenn Gott rechts stehe, gehe es auf der linken Seite drunter und drüber, und wenn er sich nach links begebe, sei auf der rechten Seite der Teufel los. Buffon und Isidore Cazet wissen um die Ohnmacht des Allmächtigen, der ja nach der Sintflut, den lieblichen Geruch des Brandopfers in der Nase, fest versprochen hat, die Erde nicht mehr um der Menschen willen zu verfluchen.

So etwas erwähnt Emélina mit keiner Silbe, ausgenommen den versteckten Freitagsbraten, der dem Pfarrer von Beurizot unentdeckt blieb. Emélina dokumentiert Isidores Leben, als sei sie verpflichtet, einen Rechenschaftsbericht abzufassen, der ins Höhere weist. Was sei er doch für ein großer Mann gewesen, der seine ganze Lebenskraft drangesetzt habe, jeden anderen auf seinen ihm angemessenen Weg zu bringen, schreibt sie voller Stolz und kommt dabei auf Cunisset-Carnot zu sprechen, den Schwiegersohn von Sadi-Carnot aus der bekannten burgundischen Mathematiker- und Politikerfamilie. Einen Freund von Isidore habe er sich genannt, sei im Schulhaus von Beurizot ein- und ausgegangen und habe, Madame Cazets regionale Naturkost zwischen den Zähnen, den Rat der Hausfrau befolgt, sich künftig vor den überfeinerten Pariser Speisen zu hüten. Emélina wird nicht müde, auch die Urgroßmutter, ihre Namenspatronin, über den grünen Klee zu loben, verdirbt mir damit aber meine Freude an dem Schnippchen, das diese dem Pfarrer geschlagen hat. Wer weiß, vielleicht hat sie gar ihren Isidore bewogen, Cunisset-Carnot zur Teilnahme an seinen archäologischen Forschungen und zum Angeln einzuladen.

In gezierter Objektivität rühmt sie das Lebenswerk des Urgroßvaters: Aus Übervorsicht, mit ihrer Ehrerbietung eine Idee zu hoch zu greifen, dämpft sie ihre Begeisterung mühsam und ruft privilegierte Zeugen herbei. »Monsieur Cazet ist der erste unserer Lehrer, der sich zu historischen Studien aufgeschwungen hat«, zitiert sie aus dem Gutachten der Akademie von Dijon, die Isidore Cazet für sein Buch *Historische Notizen über Beurizot* mit der Silbermedaille auszeichnet, ein Werk, das sorgfältige Forschungen und von der Revolution angeregte Ideen aufnehme und zusammenfasse. Der Stil dieses weltlichen Lehrers widersetze sich dem Stil der Geistlichkeit, schlußfolgert Emélina wörtlich und wölbt schamlos einen Heiligenschein des Gelehrten über Isidores Haupt. Isidore Cazet hatte den Preis empfangen, weil er gegen das Verharren an althergebrachten Vorstellungen aufgetrumpft und die Besserung der Sitten mit der Moral der Revolution verknüpft hatte. Und überdies habe er das alleinige Recht des Klerus mißachtet, kommunale Monographien zu verfassen. Einmal im Monat fährt Isidore nach Dijon, wo er als Mitglied einer Organisation vereinigter Linker die Privilegien und Pflichten der weltlichen Schule verteidigt, »emporgetragen von einem ehrbaren Schwung«. Emélina, die Urenkelin, lobpreist Isidore: Der Urgroßvater ist obenauf!

Isidore Cazet, der Volksschullehrer aus Hochburgund! Was hat seine Urenkelin Emélina aus ihm gemacht! Aus einem Aufklärer wurde ein Eiferer, aus einem verständnisvollen Lehrer ein ehrgeiziger Förderer! Lobenswert, liebe teure Emélina: So kommt es mir jetzt schuldbewußt von den Lippen –, statt herumzumäkeln und deine Arbeit herabzusetzen, muß ich dir dankbar sein, daß deine Chronik es mir möglich macht, mein ureigenstes Spiel damit zu treiben. Dieses Spiel, das die übermittelte Wirklichkeit in erfundenen Geschichten belebt, bringt einen Isidore ans Licht, der sicherlich kein falscher Isidore ist!

Mein Stolz ist von ganz anderer Art. Mir gefällt der Geschichtenerzähler Isidore, der sich ohne Aufsehen zu erregen als Kompagnon Buffons erfindet, sich mit volkstümlichen Legenden als wahrer Lehrer erweist. Wie gern erinnerte Roland sich an die sechs Bände des illustrierten Larousse, die breit und schwer in Isidores Bücherschrank alphabetisch nebeneinandergereiht waren. Das Brett, auf dem sie standen, bog sich knirschend, wenn der Großvater einen Band herausnahm und ihm daraus vorlas. Kein einziges Mal hat Isidore vergessen, Roland das große L zu zeigen, gegen das sich die französische Marianne lehnt, in die gefiederten Fruchtborsten einer Löwenzahnblüte bläst, daß die Härchen nur so fliegen und dabei ausruft: »Ich säe in alle Winde!«

Oje! Mon Dieu!

Gedankenspiele hin, Gedankenspiele her, unabweislich steht fest: 1889 wird Isidores Sohn Léon geboren. Noch im selben Jahr nimmt Isidore zum erstenmal an einer Weltausstellung teil, 1893 wird er zum *Chevalier du Mérite agricole* geschlagen. 1905 trennen sich Staat und Kirche, für den Lehrer Isidore Cazet beginnt das neue Zeitalter furios. Der Ära unumstößlicher Gewißheiten folgt die Ära rasch wechselnder Vermutungen. Albert Einstein kommt und sagt: »Zeit und Raum verschwinden mit den Dingen.« Er vergleicht Äpfel mit Birnen, verknüpft das Licht mit dem Schall und behauptet, der gerade Raum sei gekrümmt und die Zeit richte sich nicht nach der Uhr. Isidore Cazet ist jetzt fünfzig, kein junger Mann mehr. Bislang hätte er seine Hand dafür ins Feuer gelegt, zwei und zwei sei vier, nun spricht man von irrationalen Zahlen und stürzt in den Abgrund unendlicher Dezimalbrüche. Isidore bewegt sich in einer Welt der Widersprüche und Unwägbarkeiten. Hat er sich gewünscht, daß es mit ihm, dem Pionier des Fortschritts, einmal so weit führen würde? Sollte er in seinem Atelier noch das Nullsummenspiel und den Umgang mit leeren Mengen wagen oder es nicht besser seinem Sohn Léon überlassen, dem er Augen und Nase geöffnet hat für neue Bilder und frische Luft?

Der kleine Léon wechselt rasch von der Volksschule ins Collège, vom Collège auf die École Normale über: Er will seine Gedanken ordnen, den Weltlauf begreifen, vor allem aber Deutsch lernen, damit er eines Tages den Achatschleifer aus Idar-Oberstein grüßen könne, der mit dem Vater einst einen kalaharigelben Achat gegen einen gallorömischen

Steinsplitter getauscht hat. In seiner Stube in Dijon sitzt er festgenagelt auf seinem Stuhl und lernt deutsche Vokabeln, deutschen Satzbau, deutsche Sprachbedeutung. Noch ist er längst nicht bei dem Wort Vermutung angekommen, mit dem man die kuriosesten Gedankenspiele aufziehen kann. Es läßt sich nämlich nicht so glatt ins Französische übersetzen wie Tisch und Stuhl, wie Tür und Fenster, doch der Tag ist nicht fern, an dem er seine Nase ganz vorn haben wird. Mit vierzehn liest er deutsche Zeitschriften mit geographischen, historischen und ökonomischen Inhalten; er grübelt nach, was es wohl mit den Eigenschaften und Absichten der Deutschen auf sich haben könne, erschrickt aber vor den Haßtiraden seiner Landsleute, den Schmähungen der Dorfbewohner, die alles Deutsche für falsch und gefährlich halten. Wenn Monsieur Berthollet aus der Metzgerei seinen Kunden zum besten gab, die Deutschen seien zwar ordnungsbesessen und fleißig und brächten wer weiß welche neumodischen Apparaturen und Waffen zustande, äßen aber nur Bratkartoffeln und tränken Starkbier, stutzte Léon: Das von den Zeitungen und Zeitschriften der Dritten Republik nur oberflächlich erforschte Ausmaß des technischen und industriellen Vorsprungs der Deutschen in täglichen Greuelberichten vor Augen, grauste sich der Junge vor den gräßlichen Karikaturen der preußischen Menschenfresser Bismarck und Kaiser Wilhelm.

Er amüsierte sich dagegen beim Durchblättern und Betrachten der farbigen *Image d'Epinal*, worauf der triumphierende gallische Hahn dem räuberischen germanischen Adler die Federn rupft –, doch schon der Vierzehnjährige kann die Drohgebärden der Plakatfiguren deuten und versteht auch die Drohgesten der Straße: Wer überhaupt mit einem Abzeichen am Revers daherkommt, schwingt unsichtbar das Gängelband in der Linken und den Schlagstock in der Rechten. Es gab Streit. Da aber Halbwüchsige noch nicht sinnvoll mit Worten streiten können, verprügelten sich die Widersacher in der hintersten Ecke des Schulhofs. Lucien packte Léon am Jackenärmel, drängte ihn in den Holzschuppen, worin der

Lehrer sein Brennholz und seine Gartengeräte verstaut hatte, und traktierte ihn mit Faustschlägen gegen den Brustkasten. Lucien, ein Junge aus dem Nachbardorf, vertraute der Kraft seiner Muskeln und hieb kräftig drauf; Léon, der sich nicht schlagen wollte wegen einer Meinungsverschiedenheit, die er lieber mit Begründungen und Erklärungen ausgetragen hätte, versuchte Lucien von sich fortzustoßen. Sie schubsten und rempelten sich, statt sich ein Beispiel an den beiden Staren zu nehmen, die vor dem Schuppen im Apfelbaum saßen, lauthals krächzten und ihren Zwist mit den auf- und zuklappenden Schnäbeln austrugen. Je länger der Streit zwischen den Jungen anhielt, um so mehr kam Léon zu der Überzeugung, in einem Streit um den gallischen Hahn und den preußischen Adler könne eigentlich nur Lucien recht behalten, denn was darf ein Franzose Gutes am preußischen Adler und Schlechtes am gallischen Hahn finden! Ja, was darf man, was darf man nicht, wenn es darum geht, seiner eigenen Nation die Stange zu halten? Ist es nicht ein nationales Gebot: Liebe und billige das Eigene, hasse und verachte das Fremde!

Dennoch, wenn auch mit gemischten Gefühlen, bewunderte Léon den deutschen Adler, der ihm auf einer prächtigen Abbildung unter die Augen gekommen war: Sein feurig kühnes Auge, seine scharfschneidend nadelspitzen Krallen, sein siegesbewußt majestätischer Flug als körperliche Sinnbilder von Kraft und Stärke! Kein Wunder, daß diese Bestie als Wappentier zahlreicher Herrscherhäuser sein einschüchterndes Wesen treibt!

Inzwischen sechzehn und Schüler des Lehrerseminars von Dijon, änderte sich etwas in Léons Kopf. Als hätte ein Blitz gezündet, hellt sich seine von Begriffen und Symbolen halbverdunkelte Gedankenlandschaft auf. Aus Deutschland kam die Kunde einer Weltbetrachtung, deren französische Auslegung er schon von seinem Vater her kannte. Sie zeigte an praktischen Beispielen aus der Naturwissenschaft auf, unsere Wirklichkeit sei, obwohl verschiedenartig gestaltet, von einheitlicher Beschaffenheit, eins hänge vom anderen ab, eins sei mit dem anderen verknüpft, eins tausche sich ins andere und Körper, Geist und Seele seien verzweifelt herbeigerufene Wörter, mutwillig auseinanderzureißen, was notgedrungen zusammengehöre. Rasch machte ein Wort des deutschen Arztes Virchow in ganz Europa die Runde, das Leben sei nur eine besondere Art der Mechanik, und zwar die allerkomplizierteste Form derselben.

Mechanik: Eine geradezu ungewöhnliche Bezeichnung aus der Physik, frecherweise auf Lebens- statt auf maschinelle Vorgänge bezogen –, was sollte das bedeuten? Von fern erinnert diese Auffassung von der Menschmaschine an Descartes' und Lamettries Körperlehre, die Zirbeldrüse sei ein Katalysator und der Geist im Hirn dynamische Luft: Doch diese deutschen Wechselwirkungen mit ihrem kuriosen Ineinandergreifen der Stoffe und ihrer Kräfte waren völlig körperlos und hatten mehr mit fixen Ideen als mit handfesten Dingen zu tun. Auch der Gedankenspieler Einstein hatte auf seine verwirrende Weise in diese neuartigen Kabinettstückchen eingegriffen –, und so schwirrten eher märchenhafte als sachliche Geschichten durch Léons Kopf, Fabeln von elektromagnetischen Strahlen, Erzählungen von geheimnisvollen Wellen, die sich formstreng im All bewegen wie betonte und unbetonte Silben in deutschen Gedichten.

Sein Vater Isidore hatte recht behalten, und Léon blieb nur eines übrig: Er mußte Deutsch lernen, um dieses Strahlen- und Wellenspiel zu verstehen. Ein deutscher Forscher hatte seine verrätselte Lichtlehre ganz und gar in deutscher Sprache verfaßt, sie entbehrt jedes französischen oder englischen Wortes und liest sich wie ein romantisches Gedicht, in dem es von Weltwundern orakelt. Alles Licht sei eine Erscheinung von Strahlen und Wellen –, »das Licht an sich, alles Licht, das Licht der Sonne, das der Kerze, das eines Glühwurms. Nehmt aus der Welt die Elektrizität, und das Licht verschwindet ... Auch wenn ein Körper nicht leuchtet, solange er nur noch Wärme ausstrahlt, ist er der Sitz elektrischer Erregungen.« Und so ist auch das Wort Elektrizität dank des Physikers

Heinrich Hertz ein deutsches Wort geworden: Der junge Forscher aus Hamburg gebrauchte es so freimütig, als hätte er es einem Wörterbuch entnommen. Nun war Léon fest entschlossen: Er durchforstete die deutsche Sprache bis in ihre feinsten Wurzelhaare, las deutsche Bücher, entwirrte ihre Versteckspiele, entschlüsselte ihre Bedeutungsrätsel; schließlich konnte ihm keiner mehr ein X für ein U vormachen.

Léons Studium hatte gerade begonnen, als ein politisches Ereignis, das ganz Frankreich länger als ein Jahrzehnt in Aufruhr versetzt hatte, die Menschen weiterhin in Atem hielt. Alfred Dreyfus, ein Offizier jüdischer Herkunft aus dem Elsaß, wegen Landesverrats verurteilt und zwölf Jahre lang auf die Teufelsinsel bei Cayenne verbannt, war begnadigt, freigesprochen und wieder in seine bürgerlichen Rechte eingesetzt worden. Sein Schicksal bewegte die Leute im Land, Politiker, Schriftsteller und Journalisten befürchteten die Spaltung der Nation. Wie sollte Léon Cazet umgehen mit den fix und fertigen Wahrheiten zweier Lager? Wieder hagelte es Zustimmungen von der einen und Schmähungen von der anderen Seite, wieder kamen die gefährlichen Schlagworte ins Spiel. In einer scharfen Streitschrift hatte der Schriftsteller Émile Zola Gesellschaft, Staat und Kirche der heuchlerischen Anmaßung eines zweifelhaften Rechtes angeklagt, in wüsten Kanzelreden widersetzte sich ein Abbé aus der Nachbarschaft dem Freispruch des Offiziers. Was sei das für ein schwacher Staat, der einen verurteilten Landesverräter freispräche, ihm seine Ehrenrechte wiedergebe und sein bürgerliches Ansehen herstelle, das er so sträflich verwirkt habe, hört Léon Cazet den Abbé ausrufen: Militärische Geheimnisse an das Deutsche Reich zu verraten komme einer Todsünde gleich, als Strafgefangener hätte er auf der Teufelsinsel verrotten müssen wie ein räudiger Hund! »Dieser seelenlose Judenbengel aus Mühlhausen macht sich der persönlichen Strafe Gottes schuldig, verliert die übernatürliche Gnade und verdient die ewige Verdammnis«, wetterte er, »denn wer sein rechtes Verhältnis zu Frankreich zerstört, der zerstört auch sein Verhältnis zu Gott.« Abbé Laurent malte den Teufel an die Wand: Er sprach vom Sterben der Hoffnung, vom Tod der Seele, vom Auslöschen nichtsnutzigen Lebens, denn Landesverrat sei auch Gottesverrat: Wer Frankreich verleugne, verleugne den Herrn!

Léon Cazet, Student in Dijon, erfuhr aus Briefen seines Vaters von den Kanzelreden des Abbés –, er wußte zuerst nicht, wie er sich verhalten sollte. Abbé Laurent war obenauf, er sprach den Leuten im Dorf aus der Seele, war der Nutznießer eines Höheren und kostete es aus. Was sollte Léon denken, wenn der Abbé bei jedem Auftritt den prominentesten Kanzelredner Frankreichs zu seinem Zeugen aufrief, ausgerechnet Jacques Bénigne Bossuet, den Zeitgenossen und Verklärer Ludwigs des Vierzehnten. Léon dachte an die Sonntagsausflüge nach Franxault, seinen späteren Schulort, erinnerte sich der spätsommerlichen Exkursionen in die Pfifferlingsgründe der Umgebung, der Spaziergänge zu Bossuets Geburtshaus im nahen Wald, wo Vater Isidore regelmäßig anhielt, die Familie um sich versammelte und die Geschichte von Bossuets Geburt mehr als ein halbdutzendmal zum besten gab. »Es war der 21. September 1627«, erzählte Isidore und umkreiste mit seinem Spazierstock die Mauerreste eines Hausgevierts, das vor ihnen im Gebüsch lag, »Monsieur Bossuet, Advokat im burgundischen Parlament, war mit seiner hochschwangeren Frau zur Besichtigung ihres neuen Sommerdomizils hierher in den Wald gekommen. Ein schwüler Tag ging zu Ende, ein heftiges Gewitter zog auf und zwang das Ehepaar, auf einem benachbarten Bauernhof Unterschlupf zu suchen. Da schlug plötzlich der Blitz ein und entfachte einen jähen Brand. Die Flammen loderten so ungezügelt aus Haus- und Scheunendach, daß die werdende Mutter außer Fassung geriet, in der Aufregung niederkam und den kleinen Bossuet gebar. Bei einem Gewitter zur Welt gekommen: Das war ein Wetterzeichen für seine Zukunft als Kanzelredner, der späterhin Blitz und Donner über seine Widersacher niedergehen ließ.«

Isidores Geschichte ließ es an nichts fehlen, weder an Genauigkeit noch an Spannung, ihm sei es darauf angekommen, seinen Kindern einen außergewöhnlichen Menschen näherzubringen, mit dem er selbst samt Kindern und Kindeskindern immerzu Schwierigkeiten bekommen würde, erzählte Léon, ohne die Gründe dafür je zu begreifen. Dennoch, der kleine Léon behielt die Worte des Vaters im Gedächtnis. Später dann, da er sich als Schüler einer École Normale einbildete, Bossuets burgundischer Bauernschläue auf die Schliche gekommen zu sein, wandte er sich von ihm ab und nahm den Abbé Laurent, seinen vermeintlichen Nachahmer, aufs Korn. Nicht Bossuets Ausrufung der Gottgleichheit des Königs, auch nicht die Gleichsetzung des irdischen französischen mit dem himmlischen göttlichen Staat ärgerten Léon: Zur Weißglut brachte ihn die Heimtücke des Abbés, der mit Bossuets raffinierten Ideen hausieren ging und sie als ordinäre Schlagworte schamlos unter die Leute brachte.

Der Abbé zog im Land umher und gebärdete sich vor den Leuten, als sei aus ihrer Mitte ein neuer Bossuet erstanden. Léon erlebte seinen Auftritt am Ende der Sommerferien in der Kirche von Beurizot. Er sah ihn gestikulieren, hörte ihn wettern und erschrak, als er vor dem Credo seine Strafpredigt hielt, in der er Bossuets Glaubensbekenntnis in ein Todesurteil für Leutnant Dreyfus und seine Fürsprecher umwandelte. Ein Mann in den mittleren Jahren, war der Abbé kleingewachsen und ziemlich gedrungen von Statur, so daß er sich auf die Zehenspitzen stellen mußte, um gesehen zu werden. Halsbrecherisch balancierte er auf der vordersten Altarstufe. Da er in diesem schwankenden Zustand seinen Körper nicht lange im Gleichgewicht und die Heilige Schrift nicht unbewegt über die Köpfe der Gläubigen halten konnte, legte er seine ganze Anstrengung in einen einzigen Satz des Paulus aus seinem zweiten Brief an Timotheus. Der Abbé reckte sich über alle Köpfe hinweg, doch bevor er Gefahr lief ins Straucheln zu geraten, rief er: »Verleugnen wir, so wird Er uns auch verleugnen!« und faßte wieder Fuß. Kein Wort des Verständnisses, kein Satz des Verzeihens. Wer wollte ihm widersprechen, da er sich mit jedem Wort auf den weltberühmten Bürger Bossuet aus Franxault berief!

Um die Mittagszeit kamen wir in Franxault an, zur ungünstigsten Stunde. Die Straße war leergefegt, die Fenster fest geschlossen, alle Türen verrammelt. Kein Mensch war zu sehen, den wir nach dem Weg in die nahe gelegenen Waldstücke hätten fragen könne. Auf der Michelinkarte ist kein Pfad eingezeichnet, der zu der Ruine von La Chaux führt, wo der kleine Bossuet unter Blitz und Donner das Licht der Welt erblickt hat. Brigitte und Irmgard drängten auf Nachfrage, und wenn diese nichts nutze, auf eigene Unternehmungslust, schließlich hätten wir ja dieses Ortes wegen alle Strapazen auf uns genommen. Sie öffneten den Kofferraum des Autos, packten ihre festen Schuhe aus der Reisetasche –, doch Benno, der schon eine Weile abseits stand und in Rolands Lebensgeschichte blätterte, meinte, dem pfiffigen Bossuet sei am besten durch Lesen auf die Schliche zu kommen. »Irgend etwas hat Rolands Vater übersehen, oder er war ihm auf den Leim gegangen und konnte sich keine eigene Meinung bilden«, sagte er, bei Bossuets Geburt sei der Blitz wohl nicht nur in das Bauernhaus eingeschlagen, sondern in seinen Kopf und habe dort früh schon die ausgefallensten Ideen entzündet. Benno hatte recht. Die Frauen packten die Wanderschuhe wieder ein, und wir nahmen uns vor, die Nasen noch tiefer in Bossuets Bücher zu stekken. Dabei hat sich herausgestellt: Bossuet, der Erfinder, paßt in mein Spiel, dem Léon, der Grübler, sich verweigert.

Es lohnte sich gar nicht, mit Bossuets Hokuspokus über die Gottesstaatlichkeit Ludwigs XIV. so viel daherzumachen, gäbe es nicht eine Verbindung zu meinen eigenen Gaukeleien. Da nämlich Gott nun einmal das schöne Gesetz von Ursache und Wirkung erschaffen hat, wirkt es notwendigerweise auch in der Geschichte, schließt Bossuet in raffinierter Denkart und wendet das kurz zuvor von Isaac Newton entdeckte Gesetz auf seine Erfindung an. Bis heute kann man natürlich nicht wissen, ob er selbst seiner eigenen Schlitzohrigkeit vertraut hat, es nutzt aber auch nichts, Vorsicht walten zu lassen bei der Nachprüfung seiner Schlußfolgerungen: Denn wie jeder Erfinder ist Bossuet auch ein Spieler –, und als guter Spieler mißtraut er sogar Gottes allmächtiger Vorsehung, solange er selbst seine Finger im Spiel hat. Was die Ursachen und Wirkungen in geschichtlichen Abläufen angeht, entscheidet er klipp und klar in seinem Vortrag über die Weltgeschichte: »Es verhält sich im großen und ganzen ungefähr so wie im Spiel, in dem der Geschickteste mit der Zeit den Sieg davonträgt.« Die Finger im Spiel behalten, das ist das A und O, auch für Léon. Später wird er seinem Sohn Roland die Vorteile der spielerischen Geschicklichkeit erklären: Wie erfreulich ist, daß alle klugen Köpfe sich Gedanken über Bossuets Weisheit gemacht haben, auch Dichter wie Beaumarchais in seinem Lustspiel von der *Hochzeit des Figaro*. Man könne es drehen und wenden, wie man wolle, beim Fortkommen im Leben sei das Wissen weniger nötig als das Geschick. Behendigkeit ist keine Hexerei! Was gibt es da nicht alles zu tun? Oje! Mon Dieu!

In den freien Stunden sitzt er stundenlang am Fenster seiner kleinen Stube und liest. Jetzt sind es nicht mehr Lehrbücher für deutsche Sprache, jetzt sind es deutsche Romane, deutsche Gedichte, Bücher deutscher Philosophen. Ihm scheint, als sei die deutsche Mechanik eine andere Mechanik als die französische, und mit der Dichtkunst sehe es nicht anders aus. Immer weniger gefällt es ihm, sich in politische Auseinandersetzungen verwickeln zu lassen, er verabscheut die jesuitischen Winkelzüge der französischen Sprache und versenkt sich in grüblerische Beschreibungen selbsterfahrenen Lebens. Von seinem Lehrer erfährt er, deutsche Schriftsteller seien seit einiger Zeit damit beschäftigt, entzifferte Welträtsel in die Erkenntnisse über Geist und Seele einzubeziehen. Jeden Tag gibt es neue Einsichten.

Ausgestattet mit ersten Preisen in deutscher Sprache nimmt Léon erfolgreich an Wettbewerben zum Stipendium

Armand Colin teil und reist nach Deutschland. Er logiert vorwiegend bei jüdischen Familien, die längst in die deutsche Gesellschaft eingegliedert sind, bei Pflugmachers in Dresden, bei Rosenzweigs in Frankfurt, bei Wassermanns in Heidelberg, verkehrt mit Leuten aus dem Volk, mit Studenten aus allen Ländern, mit Freunden und Zufallsbekanntschaften. In seiner Neugier, ein unbekanntes Land mit unbekannten Menschen zu ergründen, stürzt er sich täglich in immer neue Abenteuer. Schweißgebadet rennt er von einer Verabredung zur nächsten, nimmt die Straßenbahn, springt auf und ab bei voller Fahrt und ist wieder woanders, sitzt in der Oper und hört den *Tannhäuser*, sitzt im Speiselokal, ißt und genießt Königsberger Klopse und Leipziger Allerlei. Am 1. Mai steht er mit nackten Beinen im Moritzburger Schloßteich, im Arm einen Hecht, den er mit seinem Freund Konrad gefangen hat. Am 15. Juli flaniert er mit einer Freundin durch den Frankfurter Zoo und beobachtet das Gebärdenspiel der Schimpansen, die ihre Stirn runzeln wie deutsche Philosophen. Einmal, mitten im Trubel einer Kirmes, stürzt er an einer Schießbude einem Betrunkenen vor die Flinte und empfängt eine Kugel in den Arm, denkt aber im Wirbel der Gaudi nicht daran, die sich entzündende Wunde zu pflegen, und muß operiert werden. Ein andermal, spät in der Nacht vom Zahnweh gepeinigt, eilt er auf die Straße, sucht nach einem Zahnarzt, weckt ihn auf, bittet ihn um Erlösung von seiner Qual, vergißt aber im Hochgefühl des gestillten Schmerzes, zu bezahlen. Ein Dutzendmal verliert er seinen Zwicker, vergißt im Eifer des Lesens ausgeliehene Bücher zurückzugeben. Auch wenn er sich tolldreist in fatale Situationen manövriert, ihm der Angstschweiß ausbricht, ihm die Haare zu Berg stehen: Das Entzücktsein im Fremden öffnet die Jagdreviere seiner Phantasie: Er lebt in der Einbildung, alles was er sehe und höre, rieche und schmecke und mit den Händen greifen könne, sei nur für ihn geschaffen. Léon Cazet offenbart seine Eigenschaften und Vorlieben, die ich vierzig Jahre später bei seinem Sohn Roland wiederfinde.

In Heidelberg lernt er einen Landsmann aus dem Elsaß kennen, einen kleinen zierlichen Menschen mit zarten Fingern und hellen Augen. Er trägt einen buschigen Schnurrbart auf der Oberlippe, die beim Sprechen unsichtbar bleibt. Der junge Mann stand in der Nähe des Roten Ochsen, einem schmalen Fachwerkhaus, neben sich einen Koffer. Ohne Umstände stellten sie sich einander vor, nannten ihre Namen und begossen ihre Begegnung bei einer Flasche Frankenwein. Fernand war kaum fünf Jahre älter als Léon, lebte mal hier, mal da, gestern in Zürich, morgen in Amsterdam, heute in Heidelberg. In seiner rastlosen Art des Denkens war er stets in Kleinigkeiten und Nebensachen unterwegs, kam aber auf die Dauer irgendwo an. So freute er sich auf jede Begegnung mit Léon, der seinerseits keine Gelegenheit ausließ, ihn zu treffen. Oft kam Fernand zu spät, doch nie ging er, bevor er nicht seine Gedanken entwickelt und sie dem neuen Freund leidenschaftlich auseinandergedröselt hatte. Nachdrücklich betonte er, seine Ideen stöben ziemlich ungeordnet durch sein Hirn, erst müsse er sich noch mit einigem auseinandersetzen, dann aber, wenn er Zeit und Ruhe fände, würde er sich hinsetzen und alles aufschreiben, was ihn beschäftige. Léons Freund war vieles in einem, ein weitgereister Poet, dessen Kopf voll war von absonderlichen Ideen, die sich arabeskenhaft durch seine Sätze rankten. Am Tag seiner Abreise zog er aus seiner Jackentasche eine Zeitschrift mit frischgedruckten deutschen Gedichten, lauter kunterbunte Wortgebilde, schier aus allen Fugen geraten. Eines davon beschwöre eine Stadt herauf, deren Häuser aus Fleisch und Blut gemauert seien, sagte Fernand und blitzte mit den Augen, doch nicht nur das ganze Drum und Dran dieser Stadtarchitektur, auch der Satzbau stimme hinten und vorne nicht, und er fragte: »Was wird in hundert Jahren sein, wenn's jetzt schon in den Gedichten drunter und drüber geht?«

Nach Frankreich heimgekehrt, tritt Léon Cazet seine erste Lehrerstelle in Nuits-Saint-Georges an. Er komme von einem längeren Deutschlandaufenthalt zurück, erzählte er

Jeanne Poulin, der Tochter eines Winzers, die er drei Jahre später heiratet. »Was müssen das für Menschen sein, die so ganz und gar verrückte Dinge hervorbringen wie diese Deutschen«, quittierte sie Léons Erzählungen gereizt –, doch weil er dachte, seine erworbenen Kenntnisse seien auch für sie lebensnotwendig, strengte er sich an und beschrieb Deutschland in den buntesten Bildern und lockte sie vor die Luftschlösser, in die der elsässische Freund ihn, oft gegen seinen Willen, entführt hatte. Jeanne Poulin wollte aber nichts wissen von gespaltenen Strahlen und gezackten Schwingungen, sie mißtraute dem Techtelmechtel mit verstiegenen Gedanken und hütete sich, ihren Fuß auf eine Schwelle zu setzen, hinter der es knirschte und knarrte, als spräche der deutsche Hexenmeister mit verstellter Stimme. So oft ihr Sohn Roland in späteren Jahren deutsch mit seinem Vater sprach, hielt sie sich die Ohren zu. Als Roland uns nach Hause einlud und sie uns den Nachbarn ankündigte, warnte sie respektvoll vor dem deutschen Wortgeknister, das ihr wie Strohhacken in den Ohren klang.

Von 1910 bis 1913 leistet Léon Cazet im 221. Infanterieregiment von Langres seinen Militärdienst ab. Er kehrt nach Nuits-Saint-Georges zurück und beginnt mitten im Wirrwarr der politischen Debatten um Krieg und Frieden einen Briefwechsel mit Lucien, dem ehemaligen Schulkameraden aus dem Nachbardorf. Als kleine Jungen hatten sie sich verhauen, wenn sie nicht gleicher Meinung waren, nun versuchten beide, ihre gegensätzlichen Standpunkte auf gesittete Weise auszutauschen, Lucien war erfolgreicher als Léon, dem es nicht gelang, den Mitschüler von einst auf seine Seite zu ziehen. Allzu gern wollte er ihm die Kenntnisse vermitteln, die er sich in Deutschland erworben hatte, Lucien aber fühlte sich gestärkt in seinem nationalen Selbstbewußtsein und widerstand dem Wellengezwitscher aus Deutschland. Sie kamen nicht zueinander, ihre Standpunkte lagen verquer. Lucien schürte die Stimmung fanatischer Anhänger des Abbé

Laurent gegen Deutschland und seinen Hochmut; Léon warb für die Pläne der eben zur Vernunft gekommenen Politiker der Dritten Republik um eine Verständigung zwischen beiden Staaten. Er habe sich der Politik des Sozialisten Jean Jaurès zugewandt, schrieb er an Lucien, lese die Zeitung *L'Humanité*, die Jaurès gegründet habe und spiele mit dem Gedanken einer deutschfranzösischen Aussöhnung. In Zusammenarbeit mit der Sozialdemokratischen Partei Deutschlands unter August Bebel könne ein Krieg zwischen Frankreich und Deutschland verhindert werden, er getraue sich zu behaupten, Jean Jaurès könne den Frieden sogar retten. Anderntags ist Léon keines Wortes mehr mächtig: Er liest in der Zeitung, Jaurès sei in Paris von einem Nationalisten erschossen worden. Zwei Tage danach, am 2. August 1914, muß er sich zur Mobilmachung stellen und rückt am 2. September mit den Kampfeinheiten an die Front. Zuerst kämpft er im offenen Gelände der Champagne, dann in den schlammigen Schützengräben Lothringens. Léon ist fünfundzwanzig Jahre alt, ein Jahr jünger als Lucien, der schon am 18. August beim Vorrücken des achten französischen Armeekorps in die Wälder von Saarburg westlich von Saaraltdorf fällt. Rolands Auskünfte über den Kriegseinsatz seines Vaters sind knapp, karg, emotionslos: Sie lesen sich wie das militärische Bulletin eines Schreibers vom Stab. Leider seien ihm keine Berichte oder gar Erzählungen des Vaters in Erinnerung geblieben, deshalb wolle er seine Schwester Suzanne fragen, ob ihr vielleicht Kriegsgeschichten des Vaters im Gedächtnis geblieben seien. Doch auch sie weiß keine Einzelheiten außer dem wenigen, das aus den persönlichen Papieren hervorgeht: An der Schlacht von Verdun hat Léon Cazet als Telefonist und Funker teilgenommen, hat dafür die Verdun-Medaille erhalten und ist eingeschrieben ins Goldene Buch der Soldaten von Verdun. Nichts Genaues über seine fachkundige Tätigkeit, keine Silbe über verborgene Sprachzeichen, kein Wort über geheime Signale. Und er selbst hat beharrlich geschwiegen. Im späteren Leben hat er nie eine Verbindung zwischen den verwirrenden Gedankenspielen seiner Jugend und den ernüchternden Erlebnissen seiner Soldatenzeit erkennen lassen. Über seine Lippen kam zeitlebens nicht mehr als ein spärliches »Mon Dieu!«, das sowohl sein kindliches Erstaunen wie sein erwachsenes Erschrecken ausdrückte.

Wie leicht hätten sie sich begegnen können, der Funker Léon Cazet und der Meldegänger Louis Harig: Tagein, tagaus in den zerschossenen Dickungen des Chaume- und des Fosseswaldes unterwegs, waren sie oft nur wenige hundert Meter voneinander entfernt. Vielleicht sind sie an einem Sonntagvormittag beim Wasserholen am Brunnen von Chambrettes-Ferme zusammengetroffen, vielleicht haben sie sich einmal auf der Höhe 378 aus der Ferne gesehen, sind sich aber aus dem Weg gegangen. Wer weiß, ob nicht der eine den anderen getötet hätte, wären sie sich zu nahe gekommen und in Bedrängnis geraten. Am 24. August 1917, kurz nach zwei Uhr früh, verließ das Regiment meines Vaters seine Schützengräben im Chaume-Wald. Es war eine schwüle, gewittrige Nacht, die Soldaten liefen unter Schrapnellbeschuß auf Lattenrosten in die Ornes-Schlucht hinab, wo das Reserveinfanterieregiment 214 zur Ablösung bereitstand. Just zu dieser Stunde rückte Léon Cazets Infanterieregiment 221 in die verlassenen Gräben ein und hat sie bis Ende des Krieges nicht mehr aufgegeben.

Was haben beide Männer in jener Nacht getan? Siebzig Jahre später, auf den Tag genau, lief ich mit Roland die Pfade entlang, die mein Vater im Chaume-Wald auf allen Vieren gekrochen ist. Es war ein Montag, auch diesmal hatte ein Gewitterregen die Gräben mit Wasser gefüllt. Es schien, als wollten sogar die äußeren Umstände uns in die Lage unserer Väter versetzen. Ohrenzerreißender Geschützdonner hallte über die Kegelbahn, jene schmale, baumlose Schneise, die vom Fosses-Wald hinab zu den Ruinen des Dorfs von Douaumont und von dort hinaufreicht vor die Wälle des Forts. Die wöchentlichen Zweitagemanöver der französischen Armee pulverten unsere Stimmung auf. Wir wateten im Schlamm, suchten nach dem Stollen der französischen Funkstation, von der aus Rolands Vater an diesem 24. August die Verbindungen zu seiner stürmenden Truppe organisiert hat. Wir schauten durch die Lücken des Baumgestrüpps und scharrten verrostete Drahtverhaue und Eßgeschirre zur Seite: Da stieg Léon Cazet über die Brustwehr seines Grabens und funkte Befehle durch den Äther, den er als Student in Deutschland als poetische Himmelsluft lieben gelernt hatte; da stürzte mein Vater schwerverwundet in den Steinbruch der Ornes-Schlucht und schrie wie am Spieß. Wir konnten unsere Väter nicht mehr fragen, sie waren in unserer Erinnerung einander nah geblieben, doch längst gestorben und konnten es nicht mehr bezeugen. Wenn ich meinen Vater nach seinen Kriegserlebnissen fragte, war er außerstande, mir mehr zu antworten als: »O je!«, was ja das gleiche bedeutet wie Léon Cazets »Mon Dieu«. Im Herbst 1918 wird Léon in die Champagne, dann in den Argonnerwald verlegt und nimmt an den harten Endkämpfen des Krieges teil. Zur Verleihung des Verdienstordens am 21. Dezember 1918 heißt es: »Korporal Cazet, während der Kampfdauer vom 6. – 17. Oktober 1918 im Argonnerwald mit der T. P. S. beauftragt, hat sich seiner Aufgabe mit Zähigkeit gewidmet und sich des höchsten Lobes würdig erwiesen trotz allgemeiner Erschöpfung und großer Schwierigkeiten jeder Art. Im Verlauf der heftigsten Trommel- und Maschinengewehrfeuer ist es ihm gelungen, die Verbindung mit dem Oberkommando standhaft aufrecht zu erhalten.« Bis zur Demobilisierung am 24. Juli 1919 blieb Léon Cazet bei seiner Kampfeinheit, insgesamt neun Jahre unter Waffen.

Daten, Zahlen, Allgemeinplätze: Wir haben uns der Redseligkeit Dutzender Kriegsbücher ausgeliefert, die Sprachlosigkeit unserer Väter ist uns nicht erklärt worden. Bei ihrem Zusammentreffen in den fünfziger Jahren waren sie nicht bereit, mehr als heitere Kuriositäten zu erzählen. Sie amüsierten sich über die mit Teppichen ausgelegten und mit Bildern geschmückten deutschen Unterstände und schauten sich danach verständnislos an. Auch Roland und ich haben jahrzehntelang nicht vom Krieg unserer Väter gesprochen. Erst als ich anfing, dem Leben meines Vaters auf die Spur zu kommen, schickte mir Roland die kargen Aufzeichnungen über das Leben seines Vaters. Was nutzen uns die Rückblicke, was nutzen uns die Vorausblicke? Es gibt kein Durchkommen in die Erinnerungshöhlen der Väter, die Zugänge sind verstopft. Vielleicht hatten sie Angst, nur halbverheilte Wunden aufzureißen, vielleicht genierten sie sich, den Reiz des Grausigen zu bekennen, der sie so unwiderstehlich in den Krieg hineingezogen hat. »Eine lange Zeit der Ordnung und des Gesetzes, wie sie unsere Generation hinter sich hatte, bringt einen wahren Heißhunger nach dem Außergewöhnlichen hervor«, gesteht Ernst Jünger in seinen Stahlgewittern. Ein Mann, der den Augenblick, in dem er aus dem Graben gestiegen ist, überlebt hat, kann für den Rest seines Lebens keinen derartigen Augenblick mehr erleben, geschweige denn, etwas Sinnvolles darüber berichten. Ein Mann, der sich das Glücksgefühl dieses Augenblicks ins Gedächtnis ruft, redet lieber von Teppichen und Bildern und wie geborgen man sich zwischen ihnen fühlt, als daß er sich um kümmerliche Auslegungen müht, die ihm sowieso keiner glauben würde. Mein Vater und Léon Cazet betrachteten gemeinsam ein Foto, das Vater im Eingang seines Unterstands im Steinbruch der Ornes-Schlucht zusammen mit Leutnant Thiele zeigt. Léon schaute sich das Foto genau an, schüttelte den Kopf und sagte, noch immer wisse er nicht, was es mit der deutschen Gemütlichkeit auf sich habe. Vater konnte es ihm nicht erklären.

Jedesmal wenn beim Läuten der Schelle die Kinder ohne Drängeln, ohne Lärm zwei und zwei nebeneinander in langer Reihe aus der Schule kamen, sagten die Leute im Dorf: »Heute hat Monsieur Cazet wieder einmal ein Machtwort gesprochen.« Léon Cazet stürmte nicht mit erhobenem Rohrstock durch das Klassenzimmer und schrie auch nicht wie ein Unteroffizier beim Morgenappell. Sein Wort war kein Befehl. Es widerstrebte ihm, Weisungen zu erlassen, Richtlinien vorzuschreiben, als seien es unwiderrufliche Gebote. Sein Machtwort war von der Art, die jedem Wort innewohnt, das im rechten Augenblick und mit Überzeugungskraft ausgesprochen wird. Er war ein strenger, doch gerechter Lehrer, und die Leute von Franxault lobten seine besonnene Art. Ihm gefiel es, die nützlichen Grundsätze mit Witz in die Hirne der Schulkinder zu pflanzen, er lehrte die Maximen der Lebensführung, als seien sie der rote Faden durch ein Labyrinth, der Kompaß in unübersichtlichem Gelände. Monsieur Cazet sprach einfach und für jeden verständlich, er liebte es, treffende Beispiele zu gebrauchen, seine anschaulichen Wortbilder waren in prallen Farben gemalt und leuchteten schon den Allerkleinsten ein. Es sei ratsam, die gedeihlichen Grundsätze an einem luftigen Ort aufzubewahren, zitierte er gern einen deutschen Dichter: Luftig und trocken und gut aufgeräumt, damit man sie griffbereit zur Hand hat, wenn die Zeiten teuer und die frischen Gemüse rar werden. Auf den Einwand eines Jungen antwortete er: »Ein richtiges Wort ist so nahrhaft wie ein Eintopf mit Kartoffeln und Karotten, auch wenn du an seiner Stelle lieber eine Tafel Schokolade essen würdest.«

Als Léon Cazet seine Lehrerstelle in Franxault antrat, war das Jahrhundert des Kindes schon in vollem Gang. Die Schwedin Ellen Key hatte es überschwenglich ausgerufen, ihr Appell hallte bis in den letzten Winkel Europas. Alles verderbe, wenn der Erzieher den natürlichen Maßstab für die Fähigkeiten eines Kindes nicht besäße. Wo soll man Lehrer mit so hohem und großem Geist hernehmen, der in die Kindesnatur hineinzublicken und zu durchschauen vermag wie frisches Quellwasser? Wo man doch aus Erfahrung weiß, wie finster und unzugänglich die Natur eines Kindes ist – und nur liebende Mütter und verblendete Großväter diese Finsternis für eine besondere Erscheinung des Rätselhaften, ja des Genialen halten! Mich schreckt nicht so sehr meine Skepsis vor hochgestochenen Worten, mich beunruhigt viel mehr das Mißtrauen dem eben Erzählten gegenüber –, auch wenn es glaubhaft verbürgt ist. Ich fürchte, man könnte Monsieur Cazets erzieherische Milde für eine Anwandlung protestantischer Herzenswärme der Herrnhuter Brüdergemeine halten.

Eines Tages bringt der kleine Roland eine Klassenarbeit nach Hause. Es ist ein Diktat, vierzeilig, fast fehlerfrei, mit »ziemlich gut« benotet und der Bemerkung versehen: »Guter Schüler, immer ein bißchen polisson.« Die Lehrerin benutzt ein Wort, das man mit liederlichem Herumtreiber, aber auch mit gassenjungenhaft übersetzen könnte. Das Wort bedeutet den ungehobelten Rohling, womit sich Mademoiselle Moucaud sicherlich vergriffen haben muß. Wer Roland je kennengelernt hat, wird niemals vermuten, dieser charmante Mensch hätte sich aus einem Rohling entwickelt. Mademoiselle Moucauds Urteil gibt dem Vater dennoch zu denken: Da muß noch gefeilt, da muß noch verfeinert, da muß noch letzte Hand angelegt werden! Er unterschreibt die Bemerkung von Mademoiselle Moucaud: »Gesehen. Ab und zu den Hintern versohlen.« Das kleine Diktat von Roland samt den Bemerkungen von Lehrerin und Vater liegen vor mir auf der Tischplatte: Jeder Zweifler kann zu mir an den Tisch kommen und die gemessenen Schriftzüge von Mademoiselle Moucaud und die schwungvollen Hieroglyphen von Monsieur Cazet begutachten.

Wie schön wäre es, könnte ich Léon Cazet zum Musterbild des Lehrers machen! Wie würden sich die Leser freuen, dürften sie einem halbgöttisch verehrten Präzeptor begegnen! Leider hat Léon Cazet keine Emélina gefunden wie Isidore, er muß mit mir zufrieden sein. Der Erzähler ist kein braver Chronist, er schreibt mit spitzer Feder, die ihn zu allerlei Kuriositäten verführt. Es darf mich nicht kümmern, was der Schulinspektor von Léons Lehrergeschick gehalten hat. Es darf mich auch nicht kümmern, was Fräulein Key aus Schweden zu Léons Erziehungsmethoden gesagt hätte. Ich muß mich ums Erzählen kümmern, da hab' ich alle Hände voll zu tun. Aber wer glaubt mir meine Geschichte? Glaubt man den verbürgten Personen, die wirklichkeitsgetreu auftreten, oder glaubt man den Kunstfiguren des Erzählers, die mit allen Wassern gewaschen sind?

Der Lehrer Léon Cazet hat mir keine Ruhe gelassen. Erst heute verstehe ich: Nachdem er den Umgang mit Funk- und Morsegerät gelernt und damit experimentiert hatte und seinen ersten Detektor selbst bauen konnte, begriff er die zweckmäßige Seite der Wellen- und Strahlengesetze. Roland erinnert sich, wie er als Zehnjähriger den Vater im Schulgarten von Franxault vor einem Bienenstock stehen sieht, redend und gestikulierend – und sich vor den Augen und Ohren der Schulkinder das Leben der Bienen entfaltet. Er erzählt von Hochzeitsflügen und Drohnenschlachten, und während er die Arbeit der Tiere in Wabe und Staat erklärt, krabbeln die Bienen über seine Arme und Hände, fliegen auf und kehren zurück. In anschaulichen Unterrichtseinheiten verknüpft er die Ideen der Erziehungslehre mit den Praktiken der Imkerei: Es waren die gedeihlichen Jahre der Arbeitsschule, in der die Kinder in die Arbeit des Lehrers eingriffen, ihn unterstützten, schließlich die Mittel und Wege selbst fanden, das Ziel ihrer Beschäftigung zu erkennen. Roland erinnert sich, wie sein Vater mit einfachen Gedankenspielen über die reine Schularbeit hinausging und die Kinder in vergangene Zeitalter zurückversetzte. Die Honigbiene sei ja schon seit undenklichen Zeiten ein Haustier des Menschen, erzählt Léon Cazet, »die alten Ägypter hatten Bienenhäuser aus geflochtenem Schilf, und wenn die Bienen schwärmten, mußten die Imker immer besonders fleißig hinter ihnen her sein, damit sie ihren Korb ja nicht verfehlten.« Doch Isis, die Mond- und Naturgöttin, hätte ihnen beigestanden, den Weg immer wieder zurückzufinden. Roland, begeistert von dieser Legende, schwärmte von später, wenn er sich in der Provence niederlassen und selbst einmal Bienen züchten werde.

Léon Cazet, Anhänger der zivilisatorischen Idee der französischen Revolution, war ganz und gar Zivilist. Sein Privatleben blieb unberührt von politischen Querelen. Es war die Zeit des Kapott- und des Strohhuts, schreibt Roland unter ein Foto der Eltern, die unter der Markise einer Bar sitzen. Monsieur Cazet trägt eine dunkle Hose und eine quergestreifte Krawatte, Madame Cazet ein ärmelfreies Kleid und eine Halskette. Wenn ich durch die Lupe schaue, erkenne ich Léons Ordensband am Revers und Madame Cazets akkurat geschminkte Lippen. Auch Roland, der Dreikäsehoch, ist auf den Fotos zu sehen, als Dreijähriger vor dem Motorrad Marke Gnome Rhône, als Vierjähriger am Steuer seines ersten Rennwagens und als Fünfjähriger mit Vater und Mutter neben ihrem Sportkabriolett 5 CV Citroën Trèfle. Monsieur Cazet präsentiert einen Chronometer vor der Brust, Madame Cazet hält zwei bepackte Taschen und Roland eine weiße Schachtel in beiden Händen. Eben brechen Cazets zum Fischen nach Blagny-sur-Vingeanne auf, einem Dörfchen bei Mirebeau nordöstlich von Dijon: Dort war Léon nach dem ersten Krieg zehn Jahre lang Lehrer. Angelruten, Körbe, Taschen und Koffer sind außen am Wagen angeschnallt, festgeklemmt zwischen Kotflügel, Ersatzrad und Trittbrettern: ein Bild der frühen dreißiger Jahre.

Ich blinzele mit den Augen und stelle mir Cazets Nachbarn vor, wie sie hinter halbgeschlossenen Fensterläden ihre Nasen plattdrücken vor Neugier, den hochmodernen Volksschullehrer mit seiner Familie bei der Abfahrt in die Ferien zu bestaunen. Noch nach mehr als einem halben Jahrhundert sind die Dorfleute von Blagny, ihre Namen, ihr Aussehen, ihre ländlichen Besonderheiten dem aufmerksamen Roland im Gedächtnis geblieben. Suzanne, seine vierzehn Jahre ältere Schwester, ist unsichtbar gegenwärtig: Mit ihrem Kodak fotografiert sie dieses Jahrhundertbild, das Roland nicht vergessen wird. Sechzig Jahre danach, spätabends in einem Hotel in Singapur, schreibt er die Geschichte dieses Aufbruchs nach Blagny nieder, »eine veritable Präfiguration des Exodus von 1940«, aber auch ein Glücksmoment, ein Augenblick der Freude.

Roland sieht die Leute des Dorfs wirklichkeitsnah vor sich: die Witwe Favet und den Zwerg Pierrot, Vater Ducourand, der bei jedem Arztbesuch Blut spuckt und sich danach pudelwohl fühlt, Mutter Simon, die bei jedem Lärm die Explosion der Pulverfabrik von Vonge zur Sprache bringt – und den Paten Dourlot, der bei jeder Mahlzeit zwei Kilo Brot ißt, einen dichten Bart und einen imposanten Wanst trägt, der ihn zu einem Menschenfresser macht. Roland erinnert sich an die Spaziergänge mit Picknicks entlang der Vingeanne, an Ausflüge zum Viadukt von Oisilly unterhalb der Sägemühle: Das Wasser war tief, da gab's dicke Kieselsteine, auf denen er balancierte, blitzgewandte Elritzen fing und mit der schönen Huguette Cormillot schäkerte. Rolands Vatergeschichte, die er in Singapur aufschreibt, bringt Léon ganz nahe an mich heran. »Wenn du nur ein wenig unser Flüßchen kennst, weißt du genau, wo sich dein geschicktester Widersacher aufhält«, zitiert Roland seinen Vater: Es kommt mir vor, als wende er sich an mich, der neben ihm am Hoteltisch in Singapur oder gar am Ufer der Vingeanne sitzt und ihm einmal den Schreibstift und ein andermal die Angel reicht.

»Vater war den ganzen Tag über nicht im Haus zu sehen, außer beim Mittagessen«, erzählt Roland, »er war beim Fischen, und da draußen am Wasser wollte er allein sein, in seine eigenen Gedanken versunken, ohne Lärm in den Ohren. In späteren Jahren hat er mich mitgenommen, dann stand ich unbewegt und stumm wie er auf der Uferböschung und achtete genau auf seine Hand- und Fingerbewegungen. Er hat mich nicht ins Gebet genommen, mich nie gezwungen, von ihm die Angel zu übernehmen, er hat mir nichts Lernenswertes erklärt, mir nichts Bedeutungsvolles eingebleut. Er hat mich zuschauen lassen, *wie* das geschieht, was sich vor unseren Augen zutrug: *La Volante*, die Art des Fischens, die mir unbestritten die höchste Freude bereitet. Grillen und Heuschrecken sind deine Köder, du brauchst keinen Schwimmer, kein Blei, kein Netz und keinen Kescher, du hängst den gefangenen Fisch mit den Kiemen an einen kleinen gegabelten

Zweig, du mußt den Fisch geschickt festhalten, ihn vorsichtig abhängen, du mußt dich verhalten wie ein Sioux-Indianer beim Anschleichen, leise und immer getarnt, ein einziges trockenes Ästchen, das unter deinen Schuhen knackt, genügt schon den Fisch zu erschrecken.«

Roland weiht mich ein in die allerfeinsten Einzelheiten. Er vergißt weder die Zappelgebärde der Heuschrecke noch die Schnappgeste des Fischs zu erwähnen, jede Bewegung ist ihm beschreibenswert. Léon Cazet hat sie hervorgerufen, seine Glieder- und Augensprache verdienen auch meine Aufmerksamkeit. Wie aber kann ich den feinsinnigen Menschen erzählend wiedererschaffen, ganz gleich, ob den Telegrafisten oder den Lehrer, den Bienenzüchter oder den Angler? So komisch sich diese Geschichte ausnehmen mag: Ich will Léon Cazets Leben erzählen, als hätte er keiner Fliege etwas zuleide getan, als sei das Festheften einer Grille oder eines Heuschrecks an den Angelhaken ein feinfühliger Akt gewesen –, was es ja, von Léon aus betrachtet, tatsächlich gewesen ist. »Vater zuliebe bin ich wieder nach Blagny gefahren«, schreibt Roland, die kleine Vingeanne ist heute nur noch ein schmaler Graben. Das Wasser ist schwarz, die Zugänge sind versperrt. Nichts ist mehr von dem zu sehen, was wir einmal gekannt haben. Aber die Volante lohnte den Schweiß, den wir vergossen haben!« Ich schaue im Larousse, schaue im Langenscheidt, schaue im Sachs-Villatte nach: Die schönste Kunst des Fischens hat keinen deutschen Namen erhalten.

Léon Cazet starb an einem blendenden Augustmorgen beim Angeln an der Saône. Eine Hirnblutung versetzte ihn in eine tiefe Ohnmacht. Er stürzte von seinem Klappstühlchen, kam aber nicht mehr dazu, die ausgeworfene Leine, an der ein kapitaler Fisch zappelte, rechtzeitig auf die Uferböschung einzuziehen. Die rechte Wange platzte beim Aufschlag auseinander, ein paar Blutstropfen entströmten der Wunde, trockneten aber rasch, einen schwarzblauen Fleck hinterlassend. Der jähe Aufprall hatte Léons Brille beschädigt, das rechte Glas war zersplittert, die Brille auf die untere Gesichtshälfte herabgerutscht. Ein Nachbar fand den immer noch warmen Körper, den er über dem Flußufer liegen sah, lang hingestreckt neben dem Wassereimer, in dem drei Brassen vergebens nach Luft schnappten. Die Leine, flußabwärtstreibend, war straff gespannt, der Fisch, der eben angebissen hatte, schlug mit dem Schwanz, doch seine Kraft reichte nicht mehr aus, die im Boden eingerammte Rute ins Wasser zu ziehen. Monsieur Cazets Nachbar brachte Hilfe herbei, zwei Männer trugen den reglosen Leib in Léons Haus. Es gab keine Rettung mehr, die Gefäße im Hirn zerrissen vollends, und Blut ergoß sich in das Kammersystem des inneren Kopfes. Ein Schock? Ein Unfall? Léon Cazet starb den Tod aller Jäger, die mitten aus ihrem Geschäft herausgerissen werden, weil das erregende Adrenalin nicht mit sich spaßen läßt und keine Besänftigung des Blutdrucks zuläßt. Roland kam zur Beerdigung aus Addis Abeba, wo er eine Stelle als Lehrer innehatte. Zwanzig Jahre waren vergangen, seit er in Blagny mit Huguette Cormillot am Ufer der Vingeanne umhertollte und den Vater beim Angeln störte. Roland erzählte mir die Geschichte von Léons Tod bei seinem nächsten Besuch in Sulzbach. Er berichtete ausführlich, wiederholte jedes Wort, das er gehört und auch von des Nachbarn Lippen gelesen hatte – und zweifelte dennoch. Wer weiß, meinte er, vielleicht habe man ihm eine Sterbegeschichte erzählt, die eines Jägers würdig ist.

Rolands Kindheits- und Jugendjahre waren von Léon Cazet geprägt. Schon der unruhige Springinsfeld hatte ein Auge auf jede noch so flüchtige Geste des Vaters, spitzte die Ohren bei scheinbar nebensächlichen Bemerkungen. Léon Cazet trällerte »Alt Heidelberg, du feine«, der kleine Roland hörte ihm zu und fragte, was das bedeute. Der Gymnasiast von Auxonne grübelte über Léon Cazets Rat nach, nichts vor die Hunde zu werfen, der Student von Lyon drehte jeden Sou, den der Vater ihm schickte, zweimal um, bevor er ihn ausgab.

Seit seinem vierzehnten Lebensjahr sprach Roland deutsch mit seinem Vater, wenn Madame Cazet nicht erfahren sollte, was ihn bedrückte.

Cazets lebten zweiundzwanzig Jahre in Franxault. Vater Léon regelte das Leben, Mutter Jeanne besorgte den Haushalt. Wenn er sie liebkoste, nannte er sie Johanna, die Mutter quittierte es mit Freude, denn Johanna sei das einzige deutsche Wort, das nicht nach Strohhacken klinge. Jeder tat das Seine. Es waren die Jahre zwischen den Kriegen, auch die Dorfleute gingen unbeirrt ihren Arbeiten nach. Für die Haushaltsmesse von Nizza flocht Vater Dugat Blumenkörbe aus Weidenruten und brachte sie mit der Eisenbahn ans Mittelmeer. Beim Hühnerschlachten wühlte Mutter Berthot den Tieren mit der Haarnadel im Hirn, damit sich Adrenalin in die Muskeln ausschütte und das Fleisch zermürbe. Jeder im Dorf hatte sich in den Kopf gesetzt, aus dem Besten das Feinste zu machen. Roland eiferte dem Vater nach, schaute ihm auf die Finger und sprang ihm bei, wenn er Radioapparate auseinanderbaute und sie wieder zusammensetzte, hörte genau zu, wenn er dem Halbwüchsigen die elektromagnetische Raumwellentheorie erklärte. Als Léon sich anschickte, einen Detektor zu konstruieren, half Roland ihm mit aller Sorgfalt des Technikers. Dem deutschen Baukasten waren zwei Gebrauchsanweisungen beigefügt, eine französische und eine deutsche. Doch die deutsche, mit der sich Léon besonders aufmerksam beschäftigte, war Roland noch ein Buch mit sieben Siegeln. Bei dieser schwierigen Arbeit müsse die Gebrauchsanweisung bis aufs i-Tüpfelchen befolgt werden, riet der Vater, der Leiter, auf den eine Metallspitze drücke, sei aus Germanium, was ja darauf hinweise, daß es sich bei diesem Funkgerät um eine deutsche Erfindung handele. Der Vater war in seinem Element, und Roland begriff, wie das geheimnisvolle Wellen- und Strahlenspiel in einem brauchbaren Apparat feste Gestalt annahm.

Er hatte gerade Lesen und Schreiben gelernt, bei jedem Wort seiner Muttersprache ging ein Licht auf. Alles Deutsche war für ihn ja noch von einem rätselhaften Schleier umgeben –, bis ihn ein väterliches Possenspiel die ersten deutschen Sprachbrocken aufschnappen ließ. Wenn er beim Essen schmatzte, fragte der Vater auf deutsch: »Schmeckt's gut?« und es dauerte nicht lange, bis Roland antworten konnte: »Jawohl, lieber Vater.« So ging's voran. In seinen Erinnerungen schreibt er, ein Gemisch aus Angst und Respekt habe ihn damals erfaßt, obwohl ihn schon von zarter Kindheit an dieses so nahe und zugleich ferne Deutschland nicht gleichgültig gelassen habe. Während Madame Cazet über dieses deutsche Getue die Nase rümpfte, freute sich Léon über Rolands Fortschritte. Angespornt von Großvater Isidores Idee der Inthronisierung einer Lehrerdynastie namens Cazet, stachelte er Roland an, sich auf die Hinterbeine zu stellen, über die Grenzen Frankreichs hinweg in die Welt zu blicken, wo man allerhand wissenschaftliche und technische Eskapaden vollführe, als seien es Dummejungenstreiche. »In Deutschland ist man gerade dabei, die Erfindung eines Konstrukteurs namens Rumpler in die Tat umzusetzen«, verkündete er begeistert, »dabei geht es um einen Großraumflugzeug für hundert Passagiere, bei dem zehn Motoren zu je tausend PS auf zehn Propeller einwirken werden. Ist das nicht verrückt: zehn Motoren, hundert Passagiere, tausend PS? In einer deutschen Illustrierten kann man eine Werkszeichnung davon sehen: Das Unikum sieht aus wie zwei zusammengewachsene Walfische!«

Roland, der dem geschäftstüchtigen Korbflechter Dugat und der spitzfindigen Bäuerin Berthot nicht nachstehen wollte, hatte früh schon den Wunsch, über deren Fingerfertigkeit, sogar über die Kenntnisse und Fähigkeiten des Vaters und des Großvaters hinauszustreben. Am liebsten würde er als Pilot dieses Großraumflugzeuges nach Tahiti fliegen, wo es Mädchen mit bunten Kleidern und Blumen in den Haaren geben soll, die noch schöner seien als die Mädchen von Paris. »Die Erfüllung solcher Wünsche fallen einem nicht einfach in den Schoß«, erklärte Vater Cazet, und beizeiten prägte er dem Sohn seine eigene Lebensmaxime ein: »Je prends mon bien, où je le trouve!« Roland verstand den Spruch nicht, er besaß ja, was ihm gehörte, er brauchte keinen Holzbaukasten und kein Schaukelpferd mehr, da er doch als Vierjähriger schon sein erstes Auto besaß. Viele Male habe ich mit Roland über die Lebensmaxime seines Vaters gesprochen, die er sich schließlich selbst zu eigen gemacht hat. Doch bis heute weiß auch ich nicht, ob ich sie richtig verstanden habe. Was bedeutet mon bien? Ist es mein Eigentum, ist es das Gute an sich? Oder ist es vielleicht das, was mir gemäß ist, das Gut, das kein anderer begehrt? Viel zu überkandidelte Worte, die Léon Cazet auf die einfachste und praktischste Weise deutete und Roland verständlich machte. Wenn man sich an die Lebensregeln halte, seien alle Wünsche erfüllbar, erklärte er, und Wünsche erfüllten sich nur, wenn man die Regeln beachte. Das wisse keiner besser als er selbst, wenn er bedenke, was er befolgen mußte, bis schließlich der schöne Torpedo Renault vor dem Geburtstagstisch stand. Wer die Regeln einhalte, könne mit Zuversicht sagen: »Ich nehme mir das Meine, wo ich's finde!«

Der Vater legte ihm dieses Wort ans Herz und malte ihm, falls er ihm nacheifere und es erfülle, ein erfolgreiches Leben aus. Roland hörte zwar nicht gern, daß er, wenn er nehmen dürfe, auch geben müsse. Für nichts auf der Welt würde er nämlich seinen Torpedo Renault hergeben, doch wenn noch Schöneres und noch Begehrenswerteres zu erwarten sei, stimme er zu, auf Teufel komm raus! Wer will dem Gelöbnis eines Kindes widersprechen, wer will es in seine Schranken weisen, wenn es wie sein Namenspatron aus dem Heldenlied zu kämpfen bereit ist, auch wenn es am Ende auf verlorenem Posten steht? Die Kunde von Rolands Vorsatz drang bis zu Großvater Isidore nach Plombière, wo dieser seine Lehrerpension verlebte. Isidore kam für ein Wochenende nach Franxault, er wollte den Knaben in Augenschein nehmen. Sonntagsmorgens in aller Frühe spazierte die Familie hinaus in den Forêt de Pochon, an dessen Rand der Etang de l'Aillon liegt, Léon Cazets beliebtester Fischweiher. Doch schon auf halber Strecke bat Großvater Isidore, beim Forsthaus die Straße nach rechts in Richtung St. Aubin zu nehmen. Nach einer weiteren halben Stunde hielten sie vor einem hohen Randstein, der die Grenze der Départements von Côte d'Or und Jura anzeigt.

Roland kannte die Stelle längst, der Vater hatte ihn oft hierhin gelockt. Er dachte: Jetzt beginnt wieder Papas Galavorstellung. Ein halbes dutzendmal hat Roland mir dieses Possenspiel vorgeführt, immer mit seinem Sinn für Treppenwitze der Geschichte. Dieser Grenzstein zwischen Franxault und St. Aubin ist nämlich ein historischer Ort. Ein aus schmalen Kalkplatten gemauertes Brückchen, Pont d'Autriche genannt, kaum sichtbar für einen, der die Stelle nicht kennt, überquert einen Wassergraben, der einst das Kaiserreich Karls V. vom Königreich Franz I. trennte. Jeder Besuch dieser historischen Stätte wurde von den Cazets mit einem familiären Brauch besiegelt:

Nie vergaßen sie, sich breitbeinig über den Graben hinzustellen, um mit einem Bein in Frankreich, mit dem anderen in Österreich zu sein. Isidore war an diesem Sonntagmorgen mitgekommen, das familiäre Ritual zu vollziehen, und er kehrte seinen großväterlichen Stolz mit besonderer Würde hervor. Er war herbeigeeilt, den kleinen Roland zum Kaiser zu krönen. Roland spreizte die Beine, er war acht Jahre alt, noch ein Knirps, der seine letzten Kräfte aufbieten mußte, den schmalen Wassergraben zwischen die Beine zu nehmen. Da stand er, der kleine Weltherrscher aus Franxault, auch wenn er Roland hieß wie der karolingische Held, der die Nachhut Karls des Großen anführte und mit seinem Horn Olifant vergebens um Hilfe gegen die andrängenden Araber blies. Hier nun aber, Isidore sei Dank, hatte sich ein später Roland das Herz gefaßt, über die Widrigkeiten der Geschichte und der Natur zu triumphieren und sich das Seine genommen. Es sei immerhin das halbe Europa, rühmte Isidore die Tat des Enkels, auch er besitze nun ein Reich, in dem die Sonne nicht untergehe. Léon Cazet zog die schönen Worte des Großvaters ins Lächerliche und sagte: »Mir würde schon genügen, wenn der Junge mit beiden Füßen fest auf der Erde steht.«

Wer selbst einmal an dieser Stelle gestanden und den Atem der Geschichte verspürt hat, verfällt leicht in die gehobene Sprache des Poesiealbums. Denn nicht nur vom Atem der Geschichte, auch vom Atem der Natur angeweht, vergreift sich sogar der Erzähler gern in den Wörtern. Hier bläst der milde Lieblingswind des Dichters, streichelt über Entengrütze und Hahnenfuß und haucht von der N 468 sanft hinüber nach Franxault. So ist es nicht verwunderlich, wenn sich im Dichterwind schöne Geschichten entfalten, sich Hoffnungen und Wünsche ausspinnen: Isidores Überschwang und Léons Erwartung lassen Roland selbst erzählen. Doch in seinem Mund bleibt die überspannte Maxime ein einfacher Kernspruch, und der sattelfeste Weltherrscher entpuppt sich als gelehriger Schüler: »Sieben Jahre lang besuchte ich die Kleine, dann die Große Schule, lernte meine Lektionen und kam voran. Wie meine Klassen- und Spielkameraden war ich ein ganz gewöhnlicher Gassenjunge, mehr Taugenichts als Musterknabe –, da hatte Mademoiselle Moucaud mit ihrer Bemerkung gar nicht so unrecht.«

In Franxault sieht er seinen ersten Chinesen, seinen ersten Neger, seinen ersten Juden. Die Gelben und die Schwarzen unterscheidet er mühelos von den Weißen, doch was es unter den Weißen für Unterschiede gebe, sei nicht auf den ersten Blick zu erkennen. »Drück' dir einen Sombrero über die Ohren, und schon bist du ein Mexikaner, setz' dir eine Baskenmütze quer auf den Kopf, und du bist Saddam Hussein«, schreibt er später in seinen Erinnerungen. Eines Tages stand ein Jude vor der Haustür, er trug kein Käppchen, keinen Kaftan, Léon sagte, er sehe aus wie ein Deutscher, und er sprach tatsächlich deutsch. Ohne große Umstände zu machen, lud er aus einem geräumigen Auto einen Stoß Teppiche: Roland erinnert sich an große, mittelgroße, kleine, an schwere und leichte, an teure und billige, an Teppiche aus reinem Leinen und reinem Velours, helle und dunkle, gemusterte und ungemusterte: Wer nicht dabei habe sein können, würde es nicht für möglich halten, was für eine Menge von Teppichen ein Wageninneres fasse. Das sei alles, was er aus dem deutschen Unheil habe retten können, sagte der Jude, er müsse die Waren zum Schleuderpreis verkaufen, damit er seine Überfahrt in die Vereinigten Staaten bezahlen könne. »Nach der Mode der Epoche erweckte das auf Anhieb Vertrauen«, erzählt Roland in seinen Erinnerungen, »er hatte nichts Anmaßendes, er hatte nicht einmal das Verschmitzte seiner Volksgenossen, er versuchte nur, Mitleid zu erregen, denn er wollte verkaufen –, ganz einfach.« Der Vater habe nur über bescheidene Mittel verfügt, die Mutter, unvorbereitet auf einen solchen Überfall, zeigte sich empfänglich für ein gutes Stück, mit dem sie aufwarten und ihr Heim verschönern konnte.

Dieser Gauner schätzte seine Kundschaft richtig ein, Rolands Eltern blieb nichts anderes übrig, als sich überzeugen zu lassen. Der Teppich, ohne ernstzunehmende Empfehlung seiner Herkunft, besaß zu seiner Referenz nichts außer einer rätselhaften Plombe an der Webkante, die für Cazets jedoch keinerlei Bedeutung erkennen ließ. Zwar seien ein paar Haare herausgezogen und angesengt gewesen, der unverkennbare Geruch nach alter Wolle habe ihre Nasen gestreift, doch allein die List des Händlers gab den Ausschlag. Gegen die Macht humanitären Jammerns geriet die Überzeugungskraft cartesianischer Vernunft ins Hintertreffen. »So ist es ja immer schon gewesen«, bekennt Roland, »kein Argument hat je einen Hilferuf verdrängen können. Unser Jude, das Geld in der Tasche, kehrte voller Würde ans Steuer seines Wagens zurück.«

Womöglich habe er sein Glück beim Pfarrer, danach vielleicht beim Teufel versucht. Seiner Wesensart und der daraus erwachsenen Stärke bewußt, habe er sich zu seinem Genuß aufs Allerschönste abgearbeitet, schreibt Roland, »jedenfalls kann man eines mit Sicherheit annehmen: Als sein Warenvorrat erschöpft gewesen ist, hat er seinen Wagen bei einem seiner Helfershelfer wieder beladen, vielleicht bei einem Großhändler in der Umgebung, bei einem Glaubensgenossen, der um die übernächste Ecke auf ihn gewartet hat. Wir haben es nie erfahren. Aber der Teppich war da. Von ziemlich hübscher Zeichnung und ordentlicher Qualität, bei seinem Wert zweifellos bequem wiederzuverkaufen. Er nahm Platz im Eßzimmer und blieb dort bis zu unserem Umzug nach Seurre.«

Viel später, nach dem Tod der Eltern, hatte die Zeit ihr Werk an ihm getan: Nicht mehr neu – es war ja weder ein unverwüstlicher Kelim noch ein Perser – verschwand er gänzlich aus Rolands Gesichtskreis. Unvergeßlich bleibe ihm aber, daß es in der langen Zeit seiner Kindheit und Jugend keine familiären Zusammenkünfte und Festessen gegeben habe, bei denen nicht auch die Anwesenheit des schönen Judenteppichs beschworen worden wäre. »Es war der einzige Teppich, den es je in unserem Haus gegeben hat«, erinnert sich Roland, das Einzigartige des Teppichs lasse auf die Einzigartigkeit des Juden schließen, den er aus den Augen, nicht aber aus dem Sinn verloren habe.

Roland erzählt, und ich lasse ihn erzählen. Er erzählt, wie er sich in Lehr- und Bastelstunden mit Radioapparaten und Flugzeugmodellen beschäftigt, wie er sich in Betrachtungen über Autoreifen und Angelgeräte verliert. Ausführlich erzählt er die Schicksalsgeschichte ihrer Bienenkörbe, die Symbolgeschichte ihres Backofens, die beide lesens- und bedenkenswert sind. Doch der plötzliche Kriegsbeginn überschattet die besonnten Kindheitstage –, und so wird er nicht müde, seine Kriegserlebnisse bis in die kleinsten Einzelheiten aufleben zu lassen.

Es begann im Mai 1940. Kaum hatte der gewitzte Jude sich mit seinen unverkauften Teppichen ins Innere Frankreichs gerettet, marschierten die Deutschen ein. Sie hatten die Maginot-Linie umgangen, im Juni Paris besetzt und kamen im Juli nach Burgund. Roland war im zwölften Lebensjahr. Wenn wir in den fünfziger Jahren darüber sprachen, nannte er den Beginn dieses Krieges, ohne Sartres Tagebuch je gelesen zu haben, einen komischen Krieg. »Was ist das für ein Krieg?«

fragte er, »am Oberrhein schießen die französischen Haubitzen auf deutsche Schleppkähne, die sich bei Breisach vom Ufer losgerissen haben – und zu gleicher Zeit dreht ein Fieseler Storch seine Runden über die französischen Kanonen, ohne einen Schuß auf sie abzugeben. Das Komische an diesem Krieg ist aber nicht das Affentheater mit Waffen, die an dieser eingeschlafenen Front nicht eingesetzt werden, das Komische an diesem Feldzug ist, daß es Autos und Panzer und allermodernstes Kriegsgerät gibt, die Offiziere aber auf Pferden vor ihrer Truppe einhertraben und sich in die Schönheit der Landschaft versenken, als seien sie unterwegs, Naturgedichte für die Kriegschronik zu schreiben.«

Schlägt man in den Büchern nach, die später erschienen sind, es wimmelt nur so von poetischen Ergüssen dieser Rittmeister der alten Schule! Claude Simon verheddert sich in Sattelzeug und Säbelknopfriemen, Ernst Jünger versäumt sich in Wiesenstücken mit Arnika und Margeriten, die den Bauch seines Pferdes streicheln. Wir machten uns nicht lustig über ihr Getue, tagelang sprachen wir über die unerklärlichen Naturgefühle, die diese Pferdenarren unseren Vätern vorgaukelten. Sie erfanden für diesen Krieg einen verworrenen Sinn und verklärten ihn sogar. So seltsam uns diese reitenden Offiziere vorkamen, es war nichts Außergewöhnliches, denn auch Leutnant Bohnekemper kam im September 1940 mit seiner Pionierkompagnie zu Pferd nach Franxault. »Trotz unserer Einwände gegen manches Deutsche, der Leutnant war ein Mordskerl, jung, blond, mit sehr blauen Augen das Urbild eines preußischen Offiziers, noch größer, wenn er sich aufrecht auf seinem Pferd hielt«, schreibt Roland zweiundfünfzig Jahre später in einem Hotelzimmer in Bangkok, »wenn er auf der *Mairie* zu tun hatte, wandte er sich stets an meinen Vater, der als einziger im Dorf fließend deutsch sprach.«

Roland holt weit aus mit seiner Geschichte: »Ob während der Schulstunden meines Vaters oder zu einer anderen Tageszeit: Leutnant Bohnekemper kam jedesmal hoch zu Roß, schweigend zwang er sein Pferd, die schmale Eingangstür zwischen der Hauswand und dem Zaungitter zu nehmen. Die Flanken des Pferdes rieben sich an den Pfosten, er aber setzte seinen Willen durch. Meine Mutter, auf dem Weg von der Küche zum Holzstall, sah sich, rücksichtslos eingezwängt, dem berittenen deutschen Offizier gegenüber. Erschrocken fuhr sie zusammen und kehrte ins Haus zurück. Meinem Vater, der herauskam sich zu erkundigen, was vorgefallen sei, warf der Leutnant das Wort an den Kopf: ›Wir sind doch keine Barbaren!‹ Dann erst stieg er von seinem Pferd und erörterte mit Vater seine Verwaltungsgeschäfte. Fürderhin aber, ohne daß je über diesen Vorfall gesprochen worden wäre, stieg er jedesmal vom Pferd, wenn er ein Wort an meinen Vater oder meine Mutter richtete. Sie hörten ihm zu, haben ihm aber nie geantwortet. Ihre Beziehungen waren fortan von einer vollkommenen und würdigen Korrektheit geprägt. Meine Mutter vergaß allerdings nicht den durchdringenden Blick, der sie getroffen hatte. Sie gab dem Offizier einen Beinamen, nannte ihn den *Mann mit den Augen aus Stahl*.

Leutnant Bohnekempers Soldaten waren allesamt freundliche junge Männer. Zur Mittagszeit schritten sie im Gänsemarsch an der Feldküche entlang, es knirschten ihre Stiefel, es klapperte das Eßgeschirr, aus der Gulaschkanone stieg der Geruch nach Erbsensuppe. Die Soldaten teilten ihr Essen mit den Schuljungen, die von da an nichts lieber verspeisten als eine deutsche Erbsensuppe, deutsches Kommißbrot, deutschen Kunsthonig. Das Unbekannte, das mehr reizt als das Altgewohnte, verführte die Dorfjugend, sich mit den Soldaten anzufreunden: »Erst lockten wir uns einen von ihnen an, dann tauschten wir ihn reihum mit den anderen aus. Der Leutnant bemerkte es, drückte aber ein Auge zu.« Einer der beliebtesten Soldaten war im Zivilberuf Friseur, ein braungebrannter Hitlerjungentyp, jetzt Gefreiter, den Roland an der Seite seines Kumpels Manuel Genelot fotografiert hat. Der Friseur ging von Haus zu Haus, betreute die Mütter und

Schwestern der Jungen, schnitt ihnen die Zöpfe ab und verpaßte ihnen die moderne europäische Hochfrisur. Schon nach ein paar Wochen triumphierte das weibliche Franxault mit der schönsten Haartracht der ganzen Umgebung. Das lockte die Mädchen aus den Nachbardörfern an. Roland erzählt von einer Sechzehnjährigen aus Montagny, die wegen ihres hochfrisierten Dutts sogar die Aufmerksamkeit des Leutnants auf sich zog.

Mit äußerster Sorgfalt beschreibt Roland die Arbeit *ihres* Deutschen, eines Studenten namens Polklas, der in einem Dachkämmerchen einquartiert ist und Pläne zum Wiederaufbau der gesprengten Saônebrücke kopiert. Roland schildert die Methode des damaligen Vervielfältigens in allen Einzelheiten, enthüllt die rätselhaften Vorgänge mit Belichtung und Entwicklung unter Ammoniakdämpfen in der Dunkelkammer, behält aber eine schmerzliche Erinnerung an seinen Vorwitz. Einen Augenblick der Abwesenheit des Soldaten nutzend, schleicht er die Treppe hinauf, öffnet Polklas' Zimmertür einen Spaltbreit, steckt den Kopf in die ominöse Kammer, stockt plötzlich und steht wie gelähmt. Ein Erstickungsanfall nimmt ihm die Luft, er zieht sich eilig zurück, kommt nur mit Mühe wieder zu Atem. Dieser Zwischenfall flößt ihm Respekt ein. Aus der Arbeit des Deutschen mit giftigen Dämpfen entwickeln sich vertrauliche Gespräche zwischen Polklas und Monsieur Cazet, teils auf deutsch, teils auf französisch, es kommt zu einer Geheimniskrämerei, die Roland in einem Anflug nationalen Übereifers für verschwörerisch hält. Bald begreift er das ausschließlich technische Interesse der beiden, das nicht einmal mittags bei Tisch und abends im Garten zu dämpfen ist. Polklas ist in der Familie aufgenommen, Roland beginnt einen Briefwechsel mit Polklas Schwester Klärchen, die ihm zwei Jahre später mitteilt, ihr Bruder sei in Rußland gefallen.

Das Ärgernis mit den deutschen Ammoniakdämpfen läßt ihn nicht los. Ein halbes Jahrhundert später, beim Anhauch asiatischer Düfte, erinnert er sich an den Geruch der Deutschen. Kam er von ihrer Stiefelwichse, ihrem Waffenfett, der Rinderhaut ihrer Tornister? Dieser Geruch sei kein Gestank gewesen, denn nie zuvor und nie danach habe er Menschen angetroffen, die sich so oft und so gründlich gewaschen hätten, von Kopf bis Fuß, völlig nackt, sich mit eiskaltem Wasser übergießend bei jeder Jahreszeit. Oft seien sie mit entblößtem Oberkörper aufgetreten, während der Freizeit und bei der Arbeit in der prallen Sonne, um den Hals nur ihre Erkennungsmarke. So bewundert er insbesondere die berühmten deutschen Knobelbecher, deren Absätze untilgbare Spuren wie Hufeisen auf dem Boden hinterlassen. Doch was das Wichtigste sei: Diese Knobelbecher schlugen den Takt ihrer Lieder.

Roland erzählt: »Einmal sangen sie bei unserem Nachbarn im Obergeschoß ›Es klappert die Mühle am rauschenden Bach‹ – und stapften dabei mit den Stiefeln so fest auf den Fußboden, daß Monsieur Dugat fürchten mußte, die Decke stürze ihm über dem Kopf zusammen. Ich weiß nicht, ob es ein Lied im Dreiviertel- oder im Sechsachteltakt ist, jedenfalls stießen die Stiefel beim Auftakt so energisch auf die Holzdielen, als ahmten sie ein Mühlrad nach, dem bei jeder Umdrehung ein querstehender Zapfen gegen die Radnabe schlägt. Wenn sie im Freien marschierten, sangen sie im Viervierteltakt, sangen sie von Annemarie und von Erika, am liebsten sangen sie ›Ein Heller und ein Batzen‹. Der diensthabende Unteroffizier schrie den Titel des Liedes, der Soldat linksaußen im ersten Glied zählte das berühmte ›Drei ... Vier ...‹ –, und dann erhob sich der Gesang, streng im Rhythmus des Marschtritts, mit zwei Zwischenschritten bei betontem Auftakt, wenn sie sangen ›Auf der Heide blüht ein kleines Blümelein‹ – und mit drei Zwischenschritten bei unbetontem Auftakt, wenn sie sangen: ›Wir lagen vor Madagaskar‹. Ich habe es mir genau eingeprägt und bis heute nicht vergessen, so konnte ich den Äthiopiern in Afrika und den Polynesiern in der Südsee erklären, was deutsche Musik ist.«

Als ein Soldat sich beim Holzhacken an einem rostigen

Nagel den Daumen aufriß und an einer Blutvergiftung starb, sang die Kompagnie auf dem Friedhof »Ich hatt' einen Kameraden«, und als dann ein Hauptmann von der Nachbarkompagnie aus St. Jean-de-Losne in der Spitzkehre vor Pagny die Herrschaft über sein Motorrad verlor und sich beim Sturz am Bordstein den Schädel einschlug, kam ein Streichquartett aus St. Jean und spielte in der Kirche das *Largo* von Händel. Roland stand hinter der Friedhofsmauer, als sie das Lied vom guten Kameraden sangen; er stand hinter der Kirchentür, als sie das *Largo* von Händel spielten: »Da spielten keine Musiker aus St. Jean und Franxault, da spielten deutsche Soldaten aus Frankfurt und Heidelberg oder wo sie sonst herkamen. Als Zwölfjähriger war ich der festen Überzeugung, jeder deutsche Soldat sei nicht nur ein guter Schütze, sondern ein noch besserer Musikant, er könne nicht leben ohne sein Gewehr am Schulterriemen und seine Geige im Tornister. Mir liegt es ganz und gar nicht, zu übertreiben; so etwas wie deutsches Singen und deutsches Musizieren habe ich nie zuvor gesehen und gehört. Es regten sich in mir eigenartige Gefühle. Ich weiß nicht einmal, ob es musikalische, ob es künstlerische Gefühle überhaupt gibt. Aber wie soll ich das nennen, wenn es mir ganz heiß in den Kopf steigt, sobald ich eine singende Truppe erlebe, eine Truppe, die natürlich das Singen versteht? Verwunderlich nur, daß die Deutschen mit ihrer Musikbesessenheit die ganze Welt lieber mit Krieg statt mit ihrer schönen Musik überzogen! Oder gehört die Musik zum Krieg wie Kugeln und Schrapnells, ihr Singen und Pfeifen und das Trommeln der *Dicken Berta*?«

Je näher das Kriegsende heranrückt, um so knapper, aber auch eindringlicher wird Rolands Erzählen. Er schweift nicht mehr in die Vergangenheit zurück, verliert sich nicht mehr in witzigen Vergleichen, in umständlichen Erklärungen. Aus dem komischen Krieg ist eine tödliche Auseinandersetzung geworden, Widerstand regt sich, von Mund zu Mund geflüsterte Nachrichten von Massakern und Deportationen dringen bis in den letzten Winkel von Franxault. Roland ist unterwegs. In den Sommerferien 1944 durchquert er die Saônegegend mit dem Fahrrad, sitzt zuweilen am Straßenrand neben hastig ausgehobenen Gräbern und spielt auf der Mundharmonika, fotografiert aus heiklen Verstecken deutsche und englische Jagdflieger im Luftkampf. Es ist nicht nötig, ihn beim Erzählen zu unterbrechen.

»Auf der Brücke von St. Jean-de-Losne überhole ich ein Auto mit Lothringerkreuz, Maschinengewehrsalven krachen, ich bremse, lasse mich vom Rad fallen. Am Boden neben mir liegen zwei deutsche Soldaten, der eine aus einer Wunde blutend neben der Brüstung, der andere kraftlos gegen das Geländer gelehnt. Sein Rock ist aufgehakt, die Weste darunter von Löchern durchsiebt. Sein linker Arm, von Blut durchtränkt, regt sich nicht mehr. Mit seinen Zähnen und der heilgebliebenen Hand reißt er die Hülle seines Verbandspäckchens auf und entrollt eine Binde. Schmerzverzerrt sein Gesicht, doch hellwach und sehr ruhig, versucht er seine Weste herunterzuziehen, mühsam, mit einer Hand. Er ist völlig erschöpft. Unaufhörlich quillt Blut aus zahlreichen Wunden. Um die Blutung zu stillen, versucht er, die Hand hinter den Rücken zu pressen und festzubinden. Eine kleine Gruppe von Leuten steht da und schaut dem armseligen Sterben zu. Niemand wagt es, ihm nahezukommen, ihm zu helfen. Jeder mag denken, vielleicht wird ein Arzt vorbeikommen, das ist nicht meine Sache. Aber der ist ja sowieso schon fast kaputt. Verdrücken wir uns, bevor andere Deutsche kommen.« Auch Roland rührt sich nicht vom Fleck. Er kauert am Boden, nur ein paar Schritte entfernt. Sein Fotoapparat bleibt in der Tasche.

Am Tag darauf rücken die Alliierten ein, sehnlich erwartet – und doch überraschend für alle. Jetzt schlägt Rolands große Stunde! Er ist zwar nicht einmal sechzehn Jahre alt, doch ihm gelingt ein Heldenstück, als sei er der wiedergekehrte Odysseus! Sein Trojanisches Pferd ist der Holzkahn von Monsieur Hautevelle aus Chaugey. Was er erzählt, nennt er selbst ein Heldengedicht. »Der Kahn von Père Hautevelle war ein schöner Kahn, geteert vom Kiel bis zur Wasserlinie, der

Rumpf in einem edlen Grün gestrichen. Er war sorgfältig gestellt, gut gepflegt und besaß einen Fischkasten: Père Hautevelles Kahn unterschied sich von allen anderen Kähnen, die in Chaugey am Saôneufer festgemacht waren. Sein Vordersteven war kein V zum Teilen des Wassers, er war flach und aufgerichtet wie bei einer Barke, so daß man sich auf dem breiten Deck hin und her bewegen konnte.«

Hier am Fluß badeten und angelten die Schulkameraden aus Franxault in ihrer freien Zeit. Einige hatten schon eine Lehrstelle angetreten, und Roland, der das Gymnasium besuchte, erst in Auxonne, dann in Dole, kam zu jeder freien Stunde mit dem Fahrrad hierhin. Auch in den Kriegsjahren gab es keinen schöneren Zeitvertreib als Schwimmen und Fischen. Kaum hatten sie Monsieur Hautevelles Kahn entdeckt, schwammen und fischten sie vom Kahn aus. Sie waren keine Chorknaben, die bei jedem Streich um Erlaubnis baten, bei jedem Treffen am Saôneufer banden sie den Kahn los und ruderten hinaus aufs offene Wasser. Roland, gut erzogen, faßte sich schließlich ein Herz, suchte den Rentner zu Hause auf und bat ihn, seinen Kahn benutzen zu dürfen: »Von diesem Tag an hatte ich mein Schiff. Ich lieh es mir für unsere Schwimm- und Angelpartien aus, manchmal auch, um mit meinem Vater hinauszufahren. Dann fischten wir zu zweit und ließen uns in aller Ruhe flußabwärts treiben.« Die heißen Sommertage nahten heran, mit ihnen die Alliierten in der gleichen Geschwindigkeit, wie sich die deutsche Armee zurückzog.

»Am 9. September, mittags gegen zwölf, kam mein Vetter und rief schon vor der Haustür: ›Die Saônebrücke von St. Jean-de-Losne ist gesprengt, die Deutschen haben sich auf das südliche Ufer zurückgezogen, die Alliierten sind nicht mehr weit!‹ Jetzt hörte man Gewehrschüsse, Maschinengewehrfeuer, Kanonendonner. Jedermann ahnte die genaue Stelle der Granateinschläge voraus, die Deutschen zogen sich nach Westen zurück, flußabwärts. Also: Kein Augenblick des Verweilens mehr! Ich folgte meinem Vorwitz, sofort nach

Chaugey aufzubrechen, wo mein Kahn lag. Rasch holten wir uns die Ruder bei Monsieur Hautevelle, luden unser beider Fahrräder in den Kahn, überquerten die Saône, legten an, sprangen ans Ufer – die Räder am Schulterriemen – und erreichten auf dem Treidelpfad die D 20 vor Esbarres. Wer hätte so etwas für möglich gehalten! Ein Überschreiten des Rubikon, uns gegenüber aber die Verbündeten, nicht die Feinde: Ein gewagtes Unternehmen wie das Überqueren der Maas 1917 unter Kartätschenbeschuß. Ein Lehrbeispiel für Marschall Grouchy, dem es an Mut fehlte, *unter Kanonen zu marschieren*, um dem Kaiser gegen Blücher und Wellington Hilfe zu leisten. Anders als Grouchy gingen wir unter Kanonenfeuer vor.«

Roland schnauft. Wieder zu Atem gekommen, nimmt er ohne Pause seine Erzählung wieder auf: »Es dauerte nicht lange. In einer Kehre krachte ein verirrter Schuß, eine Granate explodierte, wir verloren das Gleichgewicht und stürzten zu Boden. Drei Schritte von uns entfernt ein Panzer: Kein weißes Kreuz, sondern ein weißer Stern auf dem Türmchen! Wir hatten die Alliierten *vor* der ersten Linie erreicht, brauchten uns nur umzukehren und schon waren wir die Vorhut. Wir schauten uns um: Getarnt unter Bäumen und Büschen am Wegrand sind drei weitere Fahrzeuge zur Stelle, zwei amerikanische Panzer, ein amerikanischer Jeep, Soldaten in amerikanischer Uniform. Aber man spricht französisch! Es sind die Jungs von Lattre de Tassigny! Helle Begeisterung unsererseits, die bei den Soldaten allerdings gemäßigter ist: Wir stören nämlich bei der Arbeit! Und schon werfen wir uns wieder zu Boden, denn zwei Jäger kreuzen über uns im Tiefflug, beschießen die deutschen Stellungen, treiben den Feind in die Flucht.

Eine halbe Stunde lang erlebe ich das, was man Gegenwart nennt. Da ich den Mund vielleicht etwas zu voll genommen habe, verzichte ich darauf, meine Gefühle zu beschreiben. Innerhalb kürzester Zeit kann man nämlich erfahren, ob man sterben oder am Leben bleiben wird, womöglich genügt dazu nur ein einziger Augenblick. Doch es gibt kein Innehalten, wenn das Töten und das Verteidigen einmal begonnen hat, es geht weiter, für den einen zum bitteren, für den anderen zum süßen Ende! Und schon sind wir in einer Zwangslage: Die Vorhut hat kein Benzin mehr. Also: Stellung halten, den Feind beschäftigen. Von Zeit zu Zeit ein Überfall, eine verirrte Granate. Gewiß, das ist weder die Schlacht von Kursk noch die letzte deutsche Wochenschau, für uns aber: Was für ein Abenteuer, mit den Alliierten in der vordersten Linie! Es wird noch gekämpft, wir müssen den Ort verlassen, *unseren* Ort. Schade! Im Kahn machen wir die Überfahrt in umgekehrter Richtung und kehren nach Franxault zurück. Da stehen sie nun vor uns und reißen die Augen auf: Vater, Mutter, Schwester und die erstaunten Nachbarn, die noch gar nicht befreit sind! In der Tat, wir selbst sind es jetzt ja auch nicht mehr! Aber wir haben das Pulver gerochen.

Ein hölzerner Kahn, kriegsentscheidend wie Odysseus' hölzernes Pferd! ›Glaubt mir, es gehört mehr Mut dazu, in diesen Schlupfwinkel zu kriechen, als dem Tode in offener Feldschlacht zu trotzen‹, sagt Odysseus zu seinen Genossen, bevor sie in den Bauch des Pferdes schlüpfen. Was für ein Sieg für sie, was für ein Sieg für uns. Ist dieser Krieg nicht wirklich ein komischer Krieg? Ein Krieg ohne Waffen, ein Sieg, ohne dem Besiegten das geringste anzutun! Wir verdanken ihn Monsieur Hautevelles Kahn, der uns heil über die Frontlinie hinweg zu unseren Befreiern und wieder zurückbringt in die Hände der Deutschen, die sich erst tags darauf in Richtung Osten absetzen. Wir sangen unser Heldenlied, und dann fischten wir wieder.«

Es war heller Tag

Wie oft denke ich an jenes Jahr zurück, in dem ich Roland zum erstenmal gegenüberstand! Es war am 25. September 1949, einem herbstklaren Sonntag. Aus der Gare de Perrache trat ich auf das Pflaster der Cours de Verdun und sah vor mir die Straßenzüge der Stadt Lyon, weißgraue Plätze und Häuserzeilen, die im Innern eines Steingebirges zusammentreffen. Nie zuvor so weit in den Süden gekommen, war mir alles fremd: das unentwirrbare Labyrinth aus Straßen und Gassen, das unterschiedliche Fließen zweier Ströme, der eine rasch wogend in breitem Becken, der andere gemächlich dahintreibend unter Hängebrücken und Fußgängerstegen. Mit offenem Mund lief ich durch die Stadt, erstaunt vom Andersartigen, verwundert über die Lichtfülle. Mutter hatte mir Wäsche zum Wechseln, eine zweite Hose, ein zweites Paar Schuhe und zwei funkelnagelneue Schlafanzüge in den Koffer aus Spanfiber gepackt; in einem Pappkarton trug ich ein paar Bücher, meinen Toilettenbeutel und sonstigen Kleinkram, den man zum täglichen Leben braucht. Unterkunft fand ich im Studentenwohnheim, das hoch über dem Saôneufer im Stadtteil St. Irénée liegt.

Schon am ersten Abend, nach kurzem Anklopfen, tritt ein junger Mann mit zwei Gleichaltrigen in mein Zimmer. Er sieht mich an einem langen, ungehobelten Tisch sitzen, neben mir zwei Gedichtbücher und einen Aschenbecher voller Zigarettenkippen. Der Wortführer wirft einen Blick auf die Bücher, lächelt verschmitzt und sagt: »Bei einem Deutschen muß man immer auf die unverhoffte Eigenheit gefaßt sein, entweder ist er ein Mathematiker, oder er ist ein Dichter.« Wir machten uns bekannt: Roland Cazet, Marc Gimel und Julien Faure, genannt Troulibert, Studenten der *Martinière*, einer Vorbereitungsschule für die *École Normale Supérieure de l'Enseignement Technique* –, und ich, der deutsche Assistent am *Collège Moderne*. Roland und Marc studierten Deutsch, Troulibert lernte Spanisch. Es waren junge Männer meines Alters, geistesgegenwärtig und blitzgescheit. Sie verloren sich nicht in den Irrgängen der Poesie, im Gegenteil. Sie behielten das Wort *technique* stets vor Augen und kümmerten sich um die handgreiflichen Sachen, die nach ihrer Meinung allein das tägliche Leben prägen.

Wir wohnten im Fort St. Irénée. Das alte Festungswerk, nach Kriegsende zum Wohnheim für Studenten ausgebaut und eingerichtet, bot uns eine bescheidene Unterkunft für eine geringe Miete. Unsere versöhnliche Streitlust, aber auch der Zwang zu sparen machten uns zu Freunden: Einer war für den anderen da, wenn einem das Geld ausging und er sich keine Kinokarte oder Zigaretten kaufen konnte.

Mein Zimmer, vor kurzem noch ein Mannschaftsraum für zwanzig Soldaten, war mit zwei Feldbetten, dem langen Tisch und einem harten, aber bequemen Stuhl aus Buchenholz möbliert. Roland, Marc und Julien, meine ersten Gäste, mußten auf dem Bettrand Platz nehmen, wo sie fürderhin halbe Tage und ganze Nächte lang saßen und mit mir über die unvereinbar scheinenden Eigenarten von Technik und Poesie und ihren Gewinn fürs Leben stritten. Roland baute den Gemeinschaftswaschraum zur Wohn- und Schlafstube für sich um: Mit Sachverstand installierte er ein elektrisches Leitungssystem mit Steckdosen und Anschlüssen für Plattenspieler, Rasier- und Radioapparate. Noch bevor ich dazu kam, ihn nach Wortbedeutungen und Sinn französischer Gedichte zu fragen, deckte er mich mit Fachbegriffen wie Elektrogitter und Anodenspannung zu. Er räumte ein, daß sich das Technische vielleicht reibungsloser mit dem Poetischen verbinden lasse, als es den anderen lieb sei, und so fiel es ihm von Mal zu Mal leichter, auf meine Wünsche einzugehen. Am Ende amüsierten ihn sogar seine eigenen Vergleiche: Er habe den Eindruck, ich stünde unter Strom wie ein Dampfradio, es knistere in meinem Kopf, als sei er eine ausrangierte Elektronenröhre.

Und tatsächlich: Angespornt von Roland polterte und prasselte es in meinem Kopf. Nicht von ungefähr lagen die Zehnzeiler von Maurice Scève, dem hintersinnigen Patriziersohn, und die Sonette von Louise Labé, der schönen Seilerstochter aus Lyon auf meinem Tisch. Es sind Gedichte aus der ersten Hälfte des sechzehnten Jahrhunderts, und ich probierte vergebens, sie zu übersetzen. Roland hörte womöglich das Krachen in meinem Kopf, wenn sich die fremden Worte aneinanderstießen und meinte: »Ich muß mir ja selbst alle Mühe geben, dieses Lyoneser Renaissancefranzösisch zu verstehen.« Er besorgte mir französische Schulbücher mit ausgewählten Gedichten, woraus ich Verse längst vergessener Dichter übersetzte. Ich lernte die Dichtform des Alexandriners und wagte mich an die Sonette von Ronsard und Du Bellay, kaufte mir Verlaines *Fêtes Galantes* und Rimbauds *Illuminations* und kam über Baudelaires *Fleurs du Mal* zu Théophile Gautier, Baudelaires Lehrmeister der strengen Form. Ich las seine präzis gemeißelten Dinggedichte, hart wie Reliefs, spröd wie Glasur, und übersetzte einige davon. Roland stand mir bei, erklärte mir schwierige Satzzusammenhänge, half mir beim Enträtseln verschlüsselter Worte und gestand: »Das Erschaffen klarer Sprachbilder gefällt mir besser als das Heraufbeschwören wehleidiger Sinnbilder.« Er fühlte sich erleichtert, ja bestätigt, als ich nach einem gemeinsamen Besuch der Basilika von Fourvière ein Gedicht im Stil Gautiers schrieb:

»Schwelle noch vom Regen naß.
Tür aus hartem Holz gebaut.
Saal im Dunkel, ohne Laut.
Bunte Fenster, bleich und blaß.

Marmor weiß wie Milch und kühl.
Decke ohne Glanz und Pracht.
Im Gewölbe schon die Nacht.
Schönes Mädchen im Gestühl.

Wände mosaikbesteint.
Alles dieses tief im Traum.
Fällt die Sonne in den Raum,
daß der Marmor Feuer scheint,

streift ihr gelber Sterbeblick
Fresken, Bilder, Kreuz und Tand.
Weite Halle steht in Brand:
Mädchen, Marmor, Mosaik.«

Unser Leben, so verschiedenartig es sich entwickeln sollte, es begann eigentlich erst in Lyon. Täglich eilten wir nach Schulschluß gemeinsam die engen Gassen hinab zur Passerelle St. Georges, über die wir am schnellsten die Stadtmitte erreichten; täglich saßen wir im Café de la Paix, wo wir einen Pernod tranken und die Neuigkeiten des Tages besprachen; täglich stiegen wir in der Nacht die Montée des Génovéfains hinauf nach St. Irénée, halbtrunken vom Alkohol, halbtrunken vor Begeisterung, in einer Stadt zu leben, die uns so eng zusammenbrachte.

Noch immer habe ich den Stadtplan im Kopf, fände mich mit geschlossenen Augen zurecht. Beunruhigt haben mich Begriffe, deren deutsche Übersetzung ich in meinem Taschenwörterbuch vergeblich suchte. So erging es mir noch im nächsten Frühjahr mit einem Namen, dem ich aussichtslos hinterher gewesen bin. Ich hatte ihn auf der Speisekarte eines Altstadtrestaurants gelesen: »*Alose* auf provençalische Art mit Sauerampfer, Perlzwiebeln und gerösteten Brotschnitten.« Sauerampfer, Perlzwiebeln und geröstete Brotschnitten konnte ich mir leicht übersetzen, aber was sollte eine *Alose* sein? Ich legte mir das Wort aus dem Zusammenhang des Textes aus und begriff, daß damit ein Fisch gemeint sein mußte, dessen deutschen Namen mir mein Langenscheidt allerdings nicht verriet. Ich fragte Roland, der laut auflachte und rief: »Du hast Glück, daß mein Vater Angler ist. Schon seit langer Zeit lauert er diesem Fisch auf, hat ihn aber nie an die Angel bekommen. Es ist die Alse, eine Heringsart, die zum Laichen rhôneaufwärts leider nur bis nach Lyon kommt. Wie oft ist Vater nicht von seinem Angelplatz gewichen, ein deutsches Liedchen auf den Lippen:

Die Alse, die Alse,
gebraten zu Haus,
dem armen Manne
ein dürftiger Schmaus.

Stundenlang habe ich gewartet und gewartet, doch saôneaufwärts bis nach Seurre quält sich der Fisch nicht. Mehr als fünfzig Jahre später begreife ich, was mir der Name eines Fisches wert war, tagelang zwischen Rhône und Saône hin und her zu rennen und ins Wasser zu starren, wenn längst keine Alse mehr stromauf zum Laichen unterwegs ist.« Am jenseitigen Saôneufer spazierten wir noch einige Male zum Restaurant Trois Maries und lasen das Alsengericht auf der Speisekarte. Das Wasser lief uns im Mund zusammen, doch wir hatten kein Geld und konnten uns die verlockende Speise nicht leisten.

Zu unserer Zeit war Lyon eine Stadt, die aus allen Nähten platzte. Nicht nur die belebten Wohnviertel östlich der Rhône dehnten sich rasch aus, auch die Ideen in den Köpfen der Leute griffen rasant in die Außenbezirke über. Im Nu etablierte sich der Fußball, lockte das Theater, zog die Politik den Arbeiter auf die Straße. Wo es turbulent herging, waren wir nie weit vom Schuß.

An einem Freitag, es wird halb neun am Morgen gewesen sein, eilte ich mit Roland zur Seilbahn, um rechtzeitig auf der

Place Bellecour anzukommen. Die Lehrer streikten, eine Veranstaltung der Gewerkschaft war ausgerufen worden, doch wir wollten vor Beginn noch einen Espresso im Café de la Paix trinken und sputeten uns danach, zwei vordere Plätze unter dem Reiterdenkmal des Königs zu ergattern. Die Place Bellecour, samt aller sie umschließenden Seitenstraßen für den Auto- und Trolleybusverkehr gesperrt, füllte sich nach und nach. Auf dem Kopf Ludwigs XIV. saß schon die obligatorische Taube, schaute über die hektisch sich drängelnde Menge und dirigierte mit abgehacktem Rucken des Kopfs die Bewegungen ihrer Artgenossen rund um den Sockel der Statue. Ein Pulk von zwanzig oder fünfundzwanzig Vögeln rührte sich schrittweise von der Stelle, einige hüpften, einige flatterten nervös auf, die meisten aber stolzierten ungeniert zwischen den Füßen der versammelten Gewerkschafter auf und ab. Maurice Thorez, Generalsekretär der Kommunistischen Partei Frankreichs, der gerade Picassos *Friedenstaube* mit dem Ausruf: »Ein Hoch auf unseren treuen Waffenbruder, es lebe der Kampfbund zwischen dem Volk und seinen Künstlern!« überschwenglich begrüßt hatte, war nicht nach Lyon gekommen. Eine lästige Heiserkeit hatte ihn abgehalten; seine Abwesenheit wurde entschuldigt. An seiner Stelle waren schnittige Gewerkschaftsfunktionäre aus Paris angereist, Männer um die vierzig in gutsitzenden dunklen Anzügen und blauweißrot gestreiften Krawatten, vermutlich mehr der politischen Rhetorik als den schönen Künsten zugetan.

Der städtische Gewerkschaftsvorsitzende las seine Begrüßungsrede vom Blatt ab, das zweite Blatt fiel zu Boden, er bückte sich vergebens danach und hielt den Rest seiner Rede stockend aus dem Stegreif. Wir belustigten uns über das Mißgeschick des Redners, obwohl er, wenn auch in verdrucksten Formulierungen, die Nöte der Streikenden im einzelnen benennen, vielleicht sogar geißeln wollte. Unser Amüsement nahm noch zu, denn ein grotesker Gegensatz tat sich auf zu den Herren aus Paris, denen wohlfeile Parolen mühelos über die Lippen sprangen. Sie wandelten zwar die hehren Begriffe von Freiheit, Gleichheit und Brüderlichkeit in Fachausdrücke des modernen Sprachgebrauchs ab und faselten von politischer Emanzipation, von sozialer Gerechtigkeit, von kollegialem Zusammenhalt: Doch es war nicht ganz einfach, die richtigen Worte zu finden, deren Sinn den starrköpfigen Lyonesern auf Anhieb eingeleuchtet hätte. Ich verstand weniger als die Hälfte, doch Roland übersetzte es mir fließend ins Deutsche. Die Lehrer murrten, sie lehnten sich sogar auf. Monsieur Botrand vom *Collège Moderne* zeigte den Mut des Revolutionärs: Er bahnte sich einen Weg durch die Menge, schwang sich auf das Podium, riß dem Redner das Sprachrohr aus der Hand und rief: »Wenn die Herrschaften aus Paris den offenen Konflikt wollen, dann können sie ihn haben!« Offensichtlich drückte sich auch Monsieur Botrand nicht klar genug aus, niemand konnte sich etwas unter einem offenen Konflikt vorstellen. Sollten die Lehrer etwa die Klassenzimmer verbarrikadieren und die Eingangspforten der Schulhäuser zunageln oder sogar so weit gehen, Schwamm und Kreide und die ausgestopften Vögel aus den Lehrmittelvitrinen zum Fenster hinauswerfen? Die Streikenden klatschten Monsieur Botrand Beifall, es blieb jedoch bei einem fruchtlosen Frage- und Antwortspiel mit abgedroschenen Sprüchen. Die Lehrer verfranzten sich mehr und mehr in einen nutzlosen Wortstreit, während die Tauben sich an den Rand der Place Bellecour zurückgezogen hatten und dort ihren Kampf ums Dasein handgreiflich austrugen. Sie hatten keine Gewerkschaft, die sich um ihr Wohl kümmerte, sie hackten erbarmungslos aufeinander ein und nahmen sich gegenseitig das Fleisch vom Teller.

Der Fortgang der Kundgebung wurde auf den Nachmittag verschoben. Die Menge löste sich auf und verlief sich, ich ging mit Roland ins Café de la Paix: Wir bestellten uns einen Pernod und tranken ihn, als sei es Absinth. Die aufgeregte Stimmung hatte uns angesteckt; in der erhitzten Atmosphäre kamen wir uns revolutionärer vor als die streikenden Lehrer. Wir tranken und fühlten uns wie Baudelaire: »Man muß immer trunken sein, um nicht die gräßliche Last der Zeit zu spüren. Womit? Mit Branntwein oder Poesie, mit Tugend oder mit Revolution, womit es euch gefällt.« Mit diesem Wahlspruch im Kopf leerten wir ein zweites, ein drittes Glas, legten uns mit dem Kellner und den Gästen an, knallten das Trinkgeld auf den Tisch und verließen das Café unter dröhnenden Lachsalven. Wir lebten damals nicht üppig. Zu Mittag aßen wir im Foyer du Rhône, wo Roland bei Tisch bediente. Das Essen war einfach und billig, das Beefsteak zäh, der Rotwein sauer, doch es schmeckte uns. Wir liebten das Grobe, das Deftige, von dem man satt wird.

Mit dem hellhörigen Marc und dem nachtblinden Troulibert, die zwillingsgleich zusammengehörten wie Roland und ich, kehrten wir zur Place Bellecour zurück. Doch die Nachmittagskundgebung war nicht ergiebiger als die Demonstration am Vormittag. Gewerkschaftsführer und Streikende drucksten mit verqueren Anträgen und verquasten Beschlüssen herum, die Tauben hielten sich abseits am Rande des Platzes: Auch sie gurrten und kollerten in ihrer unverständlichen Taubensprache. Beider Herumdrucksen steigerte sich in zeterndem Crescendo zu einem Höllenspektakel. Das dauerte bis in den späteren Nachmittag, als wir völlig unerwartet in ein neues Ereignis hineingezogen wurden. Wie auf geheimen Befehl setzte sich die Menge in Bewegung. Irgendeine magnetische Kraftquelle sog sie an. Der Menschenpulk wälzte sich von der Place Bellecour durch die Rue Gasparin nach der Place des Jacobins, von wo aus sich die Straßen weiter verzweigen, enger und dunkler werden und schließlich in Sackgäßchen enden. Auf halbem Wege staute sich die Menge vor einer Zweigstelle des *Credit Lyonnais*, auch wir gelangten nicht mehr weiter voran, zwängten uns noch ein paar Schritte nach vorn, bis es zum Stillstand kam.

Es war kurz vor Ladenschluß, wir schauten einem Bankraub zu. Drei junge Männer in dunkelblauen Latzhosen und Turnschuhen halten mit signalroter Limousine vor der Bank, schauen in aller Seelenruhe in die Menschenmenge, entsichern ihre Maschinenpistolen und beginnen ohne Hast ihr abgesprochenes Vorgehen. Zwei von ihnen dringen in das Bankhaus ein, der dritte bleibt auf dem Trottoir stehen, hält uns mit seiner Kanone in Schach und ruft: »Wenn die Flics kommen, bleibt ihr alle schön ruhig, ihr habt nichts gesehen und nichts gehört.« Troulibert antwortete: »Ich bin blind, ich sehe sowieso nichts, und meinen Freunden, wie ich sie kenne, fällt's erst dann wie Schuppen von den Augen, wenn ihr längst über alle Berge seid.« Es war ein ruhiges, fast freundschaftliches Gespräch, das Troulibert mit dem Bankräuber führte, und als seine Komplizen aus der Bank zurückkamen, luden sie ihre Beute in aller Gemütsruhe in den Kofferraum des Autos, fuhren unbehelligt ins Stadtinnere und verloren sich im dichten Nachmittagsverkehr. Wir warteten, bis die Polizeistreife eintraf, gaben haargenau Auskunft auf die Fragen der Polizisten und zeigten, als wir gefragt wurden, wohin die Räuber entflohen seien, in die entgegengesetzte Richtung. Die Leute um uns herum nickten mit dem Kopf, auch sie hatten sich augenblicklich entschlossen, nichts anderes gesehen zu haben als wir. Inzwischen sank die Sonne. Der Abendschatten von Ludwig XIV. samt Taube fiel bis an den Terrassenrand des Café de la Paix. Der Schatten der Taube lag vergrößert auf den Steinplatten, als sei ein titanischer Raubvogel vor unseren Füßen geschlachtet worden.

Als wir uns auf den Heimweg machten, lag die Sonne schon hinter den Höhen von St. Irénée. Wir nahmen den kürzesten Weg zum Fort über die Montée des Génovéfains. Der Fußpfad bescherte uns wie stets einen beschwerlichen Aufstieg: Wir hasteten und schnauften, am Chemin de Choulans, wo die Trolleybuslinie zum letztenmal den Fußweg überquert, blieben wir stehen, verpusteten uns und schauten zurück. Die Stadt glänzte mit ihren ersten Lichtern, die Häuser versanken schon in der Dunkelheit. Roland sah mich an, stieß mir mit dem Ellbogen in die Rippen und fragte: »Warum nehmen wir beide uns nicht auch einmal einen Bankraub aus lauter Abenteuerlust vor? Wenn wir alles bedenken, was nötig

ist, ein solches Unternehmen hieb- und stichfest zu machen – Wochentag, Uhrzeit, Autoverkehr und Publikumsaufkommen, womöglich ein ablenkendes Ereignis wie diese überflüssige Streikkundgebung mit Massenauflauf: Dann müßte es doch mit dem Teufel zugehen, wenn uns das nicht gelänge!«
Obwohl wir rasch von der Idee abkamen, ein krummes Ding zu drehen, faselten wir von künftigen Erfolgen. Roland wollte ein vielbeachteter Weltreisender werden, der Vorträge halten würde über die Eigenheiten der Afrikaner und Polynesier, ich ein berühmter Schriftsteller, der aus seinen Büchern vorlesen würde in Japan und Australien. Wir spannen uns ein närrisches Garn aus, und da wir gerade – wenn auch nur als Zuschauer – einen Bankraub hinter uns hatten, träumten wir in der Nacht die verrücktesten Geschichten, die wir uns am nächsten Morgen erzählten. In Rolands Alptraum wimmelte es von Polizisten und von konkurrierenden Ganoven, die uns die Beute streitig machten; in meinem Traum reisten wir, verfolgt von einem Bataillon bis an die Zähne bewaffneter Soldaten durch die Märchen der Gold- und Glückskinder weit über ihr Ende hinaus, setzten über einen Fluß und landeten an einem felsigen Ufer, das mit lauter Edelsteinen gepflastert war. Wir gruben sie mit den Händen aus und bargen einen Schatz, der niemand gehörte.

In Lyon steht die Sommerhitze unbeweglich still. Das Schuljahr läuft aus, die Zeit läuft davon. Nur die Hitze regt sich nicht von der Stelle und harrt ingrimmig aus. An einem Abend im Juni, beim Abschiedsfest der *Techniker* im Studentenheim Rue de Guerland, sitzt Roland bei seinem früheren Schulfreund Jean Joliot auf dem Zimmer und hört mit ihm Schlagermusik aus dem Radio. Charles Trenet singt, und das hat zur damaligen Zeit Gefühle freigesetzt, die nicht leicht zu dämpfen waren. Das Wimmern der Saxophone, das Schwirren der Geigen, Trenets zitternde Stimme finden bei Roland keinen Anklang, er liebt nach wie vor das abgehackte Geschnatter von Bourvil, das ihn an deutsche Marschlieder erinnert. Joliot dagegen wiegt seine Hüften im Auf- und Abschwellen der schmalzigen Töne. Seine Stube liegt unter dem Dach, er hat den Radioapparat weit aufgedreht, so daß der Lärm aus dem Festsaal nicht bis nach oben dringt. Nach der Sendung, vom Schmalz der Töne benebelt, eilen beide die Treppe hinunter zu den anderen, die sich auf ihre Weise miteinander vergnügen. Es gibt nichts mehr zu essen, dafür reichlich zu trinken –, und alles tanzt. Die *copains* sind in guten Händen, Roland findet sie hopsend und klatschend beim Cha-Cha-Cha.

Eine Bekannte stellt ihm ihre Freundin vor: Odette Berthaud aus Montholier, ein hübsches, üppiges Mädchen, das gern schwatzt und kichert und aus seinem Herzen keine Mördergrube macht. Odette ist Krankenschwester, und wie sich bald herausstellt, träumt sie von einem behüteten Familienleben mit Haus am Stadtrand, Swimmingpool im Garten und einer funkelnagelneuen Limousine in der Garage. Die reizvolle Odette, Blickfang für alle Freunde Rolands, wird für jeden Tanz engagiert –, obwohl sie reihum mit Roland und seinen Freunden tanzt, hat sie sicheren Blicks einen jungen Arzt aufs Korn genommen. Im Morgengrauen bricht die kleine Gruppe zu Fuß auf und kehrt, immer noch berauscht vom Alkohol, mit wirren Gefühlen zu ihrer Wohnstätte ins Fort St. Irénée zurück. Roland verabredet ein Rendezvous mit Odette, sie treffen sich anderntags in der Stadt und an den darauffolgenden Tagen noch einige Male zu besonderen, von Roland sorgfältig geplanten Anlässen. Bei einem Ausflug nach Demilune erklärt er ihr seinen Wahlspruch fürs Leben, auf einem Spaziergang im Parc de la Tête d'Or erzählt er ihr seine Lebensträume, beim Tanz in der Maison Dorée gesteht er ihr seine Absicht, Frankreich zu verlassen und sein Leben mit ihr in den überseeischen französischen Kolonien zu verbringen. Odette erschrickt sich fast zu Tode. Damit will sie nichts zu tun haben.

»Das geschah zu Anfang der Tanz-Martinis«, schreibt Roland in einem Anflug pathetischer Selbstbespiegelung, »es war das Vorspiel zu den ungewissen Jahren, die meinem Leben sein eigensinniges Gepräge, meinem Schicksal seine richtungsweisende Wende gaben«: Das sind seine Worte, die er am 2. Januar 1992 in einem Hotel in Singapur niederschreibt.

Ich kann nicht beurteilen, ob Roland überstürzt, vielleicht sogar ohne Sinn und Verstand gehandelt hat, als er von einem auf den anderen Augenblick der hübschen Odette den Rükken kehrte. Nicht einmal barsch zurückgewiesen, nahm er keinen zweiten Anlauf, ihr seine Liebe zu gestehen: Niemals mehr in seinem Leben sollte er einem Mädchen oder einer Frau seine Liebe bezeugen. Wir hatten uns auf der Place Bellecour verabredet, er kam etwas verspätet von St. Irénée herunter. Trotz der Hitze trug er den Trenchcoat hoch geschlossen, als friere er in der drückenden Sommernacht. Als er mich warten sah, fragte er, ob jemand bei mir gewesen sei. Ich erzählte ihm, Odette habe ein paar Worte mit mir gewechselt, sei aber schon wieder gegangen und käme nicht zurück. Roland sagte kein Wort. Ich wußte, daß sein Kopf voll war von abenteuerlichen Kalaharigedanken. Kein einziges Wort mehr hätte er darüber verloren, wäre es zu einer letzten Begegnung gekommen. Ich hüte mich, seine jähe Abkehr von Odette für eine Bewältigungsstörung, seine Kalahariträume für Ausgeburten eines Fluchtbedürfnisses, seinen Lebensplan für eine Rache an der Gesellschaft zu halten. Ich erzähle Rolands Lebensgeschichte, dirigiere ihre Abläufe nach meinem Plan. Auch mein Erzählplan ist ein Lebensplan.

In den darauffolgenden Tagen saß Roland den ganzen Nachmittag über in seinem Zimmer. Man hörte Musikfetzen und Metallgeschepper, unterbrochen von langen Zeitspannen absoluter Stille. Roland zerlegte seinen Radioapparat in Hunderte von Einzelteilen, die er, ergänzt durch ein neues höchst kompliziert aussehendes Zusatzteil, genau nach Bauplan wieder zusammensetzte. Schon seit einer Weile wartete er voller Ungeduld auf das Eintreffen meines Bruders, dem er seine Tätigkeit bis ins kleinste erläutern wollte. Den alten Überlagerungsempfänger habe er durch einen neuen, gerade in Mode gekommenen ausgetauscht, erklärte er mir, und das sei sehr zum Vorteil. Diese Auswechslung gewährleiste eine höhere Empfindlichkeit und Trennschärfe, und darauf komme es an, nicht nur im Radioapparat, auch im Leben. Mitte Juli kam Hermann zu Besuch, schaute sich Rolands selbstgebasteltes Radiogerät an und diskutierte mit ihm den Gewinn für Apparat und Leben. Danach packte Hermann die Badehose aus dem Koffer und lockte Roland ins Freibad an die Rhône. Unter dem weit ausgespannten blauen Hitzeschirm lagen sie bäuchlings in der prallen Sonne, die Strahlen versengten ihre Haut. Sie sprachen kein Wort miteinander, wußten aber einer vom anderen, woran dieser dachte. Nach einer Stunde kehrte Roland sich auf den Rücken und schaute ins blendende Sonnenlicht. Er wolle nichts anderes als *sein* Stück Welt finden, sagte er nun zu Hermann, auch wenn er dafür die Wüste Kalahari durchqueren und bis nach Madagaskar schwimmen müsse.

Aus ihrer Rückenhaut quollen Bläschen auf, gegen Abend begann sich Hermanns verbrannte Haut zu schälen. Es sei an der Zeit, daß sich das Wetter ändere, sagte Roland, und ein frischer Wind aufkomme, der ihm endlich die schlechten Gedanken aus dem Schädel puste. Doch die Sonne behauptete sich hartnäckig am Himmel. Roland und Hermann kamen tagelang wieder, legten sich auf den Brettersteg und stöhnten vor Abenteuerwonne, als brieten sie in einer Salzpfanne der Kalahari.

In meinen ersten Herbstferien – ich war inzwischen Volksschullehrer in einem saarländischen Bauerndorf – kehrte ich noch einmal nach Lyon zurück. Roland holte mich im Hotel ab, wo ich für einige Nächte Quartier bezogen hatte, und lud mich nach alter Gewohnheit zu einem Pernod ins Café de la Paix ein. Er sei in den letzten zwei Monaten kein reicher Mann geworden, erzählte er, doch mit einigen Studienkollegen habe er ein bißchen Geld verdient – und werde es mit ihnen weiterversuchen, vielleicht noch zwei Jahre, solange ihr

Studium dauere. *Typ costaud*, ein zupackender kräftiger Kerl, er war ihr Wortführer und Kassierer. Er lasse sich nicht mehr durcheinanderbringen von lebensbedrohlichen Gefühlen. Sie zogen die blaue Schürze an, bedienten weiterhin im Foyer du Rhône und hatten dafür Essen und Trinken frei; sie bauten ausrangierte Fahrräder zu Transportkarren um, sammelten Altpapier in den Geschäftsstraßen von Villeurbanne und verscherbelten beides für ein paar Sous, verkauften Tageszeitungen, verkauften Konzertprogramme, verkauften Eintrittskarten für *Holiday on Ice*. Schließlich schlüpften sie in Theaterkostüme und traten als Statisten auf.

Noch war Hochsommer in Lyon, Spielpause der großen Theater, deren Truppen durch ganz Frankreich zogen und Gastspiele gaben für Leute, die sonst keinen Fuß ins Theater setzen. Auf dem Vorplatz der Kathedrale von St. Jean und im *Théâtre des Célestins* traten Roland und seine Genossen als stumme Figuren auf, gestikulierten mit Mantel und Degen, blähten sich auf in den Roben hochgestellter Persönlichkeiten und sprangen, ausstaffiert mit Uniformen, in weich gepolsterte Gräben, die dem Publikum wie todbringende Untiefen erschienen. Im Gedächtnis geblieben sind Roland weder Marie Bell noch Fernand Ledoux, die Stars der Pariser Bühnen und des Films, doch unvergessen bleibt ihm Aimé Clarion, wie er Abend für Abend, zwei Minuten bevor er die Bühne betritt, in den Kulissen steht und ein dutzendmal die weit ausholende Geste probiert, mit der er die Schleppe eines schwarzen Umhangs über die Schulter wirft; unvergessen bleibt ihm auch Balpêtré in Claudels *Seidenem Schuh*, wie er im Rock des Konquistadors auf der Deckskajüte der Karavelle steht, sich hilflos an seine von Roland und den anderen Statisten gespielten Offiziere wendet. Balpêtré hat seine Rolle vergessen und kann sich auch bei den bevorstehenden zwölf Aufführungen nicht ein einziges Mal an den Text erinnern. Hinter den Scheinwerfern stehen die Statisten und schauen zu, wie sein Speichel die ersten Ränge benetzt, wie er sich anschickt zu stottern, zu blubbern, sich emphatisch an die Gurgel greift, dieweil der Souffleur außer Atem gerät und all seine Kunst dransetzt, ihm aus dem Schlamassel zu helfen. Vergebens, Balpêtré vergißt immer wieder denselben Vers. Am Ende der Vorstellungen beherrschen die Statisten seine Rolle besser als er selbst; sie warten schadenfroh auf den Augenblick, in dem er den Vers verfehlt oder gänzlich stumm bleibt.

»Obwohl es mir in keiner Lage die Sprache verschlägt, auch nicht in der schwierigsten, nicht einmal in einer scheinbar aussichtslosen: Ich habe den Stummen sehr gern gemimt«, sagte Roland und trank mit Verstand einen besonders großen Schluck Pernod, »ich habe verkörpert, habe dargestellt, wie man so schön feierlich sagt. In den allerverschiedensten Kostümen trat ich auf und immer als ein anderer, täuschte einen Gelehrten vor, tat so, als ob ich ein Musiker, ein Maler, ein Dichter wäre. Ich spielte gern die stumme Person, die mit einem Notenblatt auf- und abgeht, mit dem Pinsel vor einer Staffelei steht und nichts ausrichtet, einer, der scheinbar die Sprache verloren hat, der nicht einmal zu reden braucht. Ich spielte. Zum erstenmal in meinem Leben spielte ich richtig. Für wenig Geld tat ich eine ehrliche Arbeit und vollführte dennoch keine symbolischen Akte, die ja meistens in die Hose gehn und zu Behandlungsfällen werden für Seelenklempner. Ich spielte. Ich wußte, daß ich spielte und lachte mir dabei eins ins Fäustchen.«

Und als wollte er kein Ende mehr finden, holte er noch einmal weit aus und verlor sich beim Ausschmücken seines schönsten Theaterabenteuers in allerfeinste Einzelheiten: »In der Aufführung des *Jedermann* von Hofmannsthal marschierten wir in Mönchskutten über den Vorplatz von St. Jean, jeder mit einer Kerze von mindestens einem halben Meter Länge und sechs Zentimeter Durchmesser in der Hand. Wir schritten in feierlicher Gangart, setzten einen Fuß bedachtsam vor den anderen, überquerten die Szene im Gänsemarsch, teilten uns in einem einstudierten Augenblick und stiegen die Wendeltreppen der Fassadentürme empor. Oben angekommen entzündeten wir unsere Fackeln und steckten sie in eigens dafür vorbereitete Futterale. Bei der dritten Aufführung folgten wir dem Plan einer tückisch ausgeheckten Idee: Gleich nach dem Befestigen der Fackeln sprangen wir wieder die Treppe hinunter, trafen uns an der Südseite der Kathedrale und eilten, immer noch in Mönchskutten und Heiligensandalen, zur Place Bellecour. Im Eingang der Maison Dorée präsentierten wir uns den Tanzpaaren als Bettelmönche. Die Musik setzte aus, die jungen Männer und ihre Mädchen griffen in ihre Geldbeutel und spendeten Almosen für unseren erfundenen Bettelorden, auf den Sou genau einhundertundzweiunddreißig Francs und siebzehn Centimes. Die Tür der Maison Dorée stand sperrangelweit offen: Während unsere Fackeln auf den Türmen von St. Jean die Theaterszene mit gespenstischem Licht illuminierten, zogen wir nach einigen gemessenen Schritten im Schweinsgalopp zu unserem Spielort zurück, damit wir unseren Auftritt beim Finale nicht verpaßten.«

Roland wollte nicht mehr aufhören mit dem Erzählen, bestellte noch zwei Pernods, und wir stießen auf seine Theaterkarriere an. »Du erinnerst dich an Louis Jouvet, den wir bewunderten in seiner Rolle als eiskalter Zuhälter«, setzte er seine Erzählung fort, »da steht er an seinem Hotelfenster und verzieht keine Miene. Heute weiß ich, daß er den Hartherzigen gar nicht spielen mußte, er selbst war einer. Wir lernten ihn kennen, er hat sich geweigert, mehr als zwei Worte mit uns zu wechseln. Er blieb kurz angebunden und goß seinen bösartigen Spott in halben Sätzen über uns aus. Die phrasenhafte Betonung jedes Wortes konnte man im Film und auf der Bühne hören, seine alltägliche Stimme war auch seine Bühnenstimme, kaltschnäuzig und unerbittlich. Ich habe ihn kein einziges Mal lächeln gesehen.« Roland lud mich zu einem letzten Pernod ein, er zahlte, und wir verließen das Café halb trunken. Es war später Nachmittag, wir überquerten die Saône und schlenderten durch die Altstadt. Ich dachte den bizarren Theatergeschichten nach, Roland rauchte. Ein leichtes Schauern überfiel ihn, er zitterte. Das habe nichts zu bedeuten, meinte er, ihn fröstele nicht aus Angst vor sich selbst, er fröstele vor Kälte, lachte auf und warf die Zigarettenkippe auf das Kopfsteinpflaster. »Du gibst keinen Laut von dir, gehst neben mir her wie ein Edelstatist und fragst dich im geheimen, warum ich dir diese Theatergeschichten im langen und breiten erzählt habe«, räsonierte er, »ich will es dir sagen. Ich habe begriffen, wo ich das Maul aufreißen und wo ich es halten muß. O ja, im Spiel habe ich begriffen, wo mein Platz ist.«

Wir verabredeten uns für den nächsten Tag bei Sonnenaufgang. Roland kam sehr früh, es war unser letzter gemeinsamer Tag in Lyon. Die Arbeiter waren in den Trolleybussen nach Bron und Brotteaux unterwegs, die Schlafzimmerläden an den Fenstern der wohlhabenden Bürger waren noch heruntergelassen.

Alle Welt schien noch zu schlafen, während ich mit Roland bei einer Zwiebelsuppe am Saôneufer saß. Wie der Fluß und die Häuserreihen am gegenüberliegenden Quai des Célestins war die kleine Kneipe in dichte Nebelschwaden gehüllt: Erst als es aufklarte, machten wir uns auf den Weg und spazierten stadtauswärts nach Mulatière. Am Steilhang unterhalb des Forts von Ste. Foy setzten wir uns ins Gras. Wir fühlten uns wie Jean-Jacques Rousseau, der vor zweihundertzwanzig Jahren genau an dieser Stelle eine Nacht zugebracht hatte. Er war zu Fuß aus Paris gekommen, auf der Suche nach Madame de Warens. »Nie habe ich soviel gedacht, gelebt, bin nie sozusagen so sehr ganz Ich gewesen wie auf Reisen, die ich allein und zu Fuß gemacht habe«, schreibt er in seinen Bekenntnissen, »das Gehen hat etwas, das meine Gedanken anregt und belebt; ich kann, wenn ich an einem Ort bleibe, beinahe nicht denken. Der Anblick der Landschaft, die Folge reizvoller Bilder, die freie Luft, das Gefühl von Gesundheit, das ich beim Gehen bekomme, die Freiheit von allem, was mich Abhängigkeit fühlen läßt, wirft mich sozusagen in die Unermeßlichkeit der Dinge, um sie mir ohne Zwang und Furcht nach Belieben anzueignen. Ich verfüge als Herr über die ganze Natur.« Unsere Landschaft war die Stadtlandschaft Lyons.

»Ich wollte die paar Sous, die mir geblieben waren, lieber dazu anwenden, mein Brot zu bezahlen als mein Nachtlager«, schreibt Rousseau, und so streckt er sich in der Nische einer Terrassenmauer aus, genau an der Stelle, wo ich mit Roland im Gras hockte. »Mein Betthimmel wurde von den Baumwipfeln gebildet«, erzählt Rousseau, »eine Nachtigall saß gerade über mir. Ich schlief bei ihrem Gesang ein; mein Schlummer war süß, mein Erwachen war es noch mehr. Es war heller Tag, meine Augen öffneten sich.« Wir klopften uns den Staub von den Hosen und spazierten flußabwärts zur Brücke von Mulatière. Linkerhand rauscht die Rhône heran, ergießt sich zwischen dem städtischen Schlachthof und den Reparaturwerkstätten der staatlichen Eisenbahngesellschaft mit kräftigem Wellenschlag in die gemächlich daherfließende Saône. Ich nestele ein Gedichtbändchen aus der Jackentasche, Roland, der auf der Brücke ein Stück vorausgegangen ist, dreht sich um und ruft: »Keine Scheu, laß hören!« –, und nicht mehr verwirrt von der geschmähten Symbolik widerspreche ich dem Besserwissen der Geographen und deklamiere die vier Zeilen von Maurice Scève:

»Und wilden Tobens, Rhône, stürzest du,
Von Alpen zornig hadernd abwärts schießend,
Zu jener dich, die, sanft und langsam fließend,
Nur harrt, in ihren Schoß dich zu empfangen.«

Dort wo ich mit Roland saß, ist Lyon heute am häßlichsten.

Du bist frei,
in deinem Morgenland zu leben

Es war Sommer 1953, blendendhell, glutheiß. Mein Bruder Hermann saß pfeifend am Steuer des Wagens, ich hatte die Straßenkarte auf den Knien liegen und dirigierte ihn durch die Dörfer Lothringens, vorbei an den Parks und Plätzen Nancys mit ihren strotzenden Goldornamenten, vorbei an der kleinen Confiserie von Neufchâteau mit ihren köstlichen Törtchen im Schaufenster, vorbei an den Wällen und Weihern von Langres, an denen Dutzende von Anglern saßen, in sich gekehrt, fest mit dem Ufer verwachsen. Das Verdeck des Wagens war heruntergeklappt; Brigitte räkelte sich auf dem Rücksitz, ihre Haare wehten im Fahrtwind.

Aufgepaßt, die Ausfallstraße von Dijon in südlicher Richtung führt schnurgerade nach Seurre, heißt es in Rolands Brief, der uns einlud, unsere Ferienreise an die Riviera zu einem Besuch bei ihm und seinen Eltern zu unterbrechen. Gleich hinter der Saônebrücke sähen wir im Hintergrund die beiden Wassertürme und rechter Hand davor ein kleines alleinstehendes Haus mit einem Blumengarten. Darin würden wir eine zierliche Frau mitten in blühenden Gladiolen stehen sehen, die Arme weit ausbreitend, sobald sie uns bemerke. »Das ist meine Maman«, schrieb Roland wörtlich, »mit ihren Luchsaugen wird sie Euch entdecken, sobald Ihr über die Brücke gefahren seid.«

Der Dichter Borges hat einmal davon gesprochen, andere würden den Bericht eines von ihm mitgeteilten Ereignisses wie eine Erzählung lesen; einen Bericht, der mit den Jahren für ihn selbst zu einer Erzählung geworden sei. Ich muß gestehen, daß es mir wie ihm erging. Madame Cazet stand tatsächlich zwischen ihren Gladiolen, ganz und gar französisch aussehend, breitete sie bei unserem Anblick die Arme aus, sie rief: »Les Sarrois! Les Sarrois!« und gab mir damit das Stichwort für meine Erzählung. Denn was sich an diesem Nachmittag zutrug, überstieg die Grenzen eines gewöhnlichen Ereignisses. Wenn ich mir vorstelle, wie Roland von uns Saarländern in den höchsten Tönen geredet, ja von uns geschwärmt hat, kann ich mir Madame Cazets Eingebung zu ihrer Begrüßung in den schönsten Farben ausmalen.

Aber erst in Rolands Lebenserinnerungen, lange nach Madame Cazets Tod geschrieben, finde ich den rechten Reim auf ihren begeisterten Ausruf. Schon vor unserer Ankunft in Seurre habe sie den Nachbarn die kuriosesten Einzelheiten über uns erzählt: Diese Leute von der Saar seien muntere Menschen, die aus dem Allereinfachsten das Raffinierteste zubereiten könnten, eingelegte Heringe mit geringelten Pellkartoffeln zu Aschermittwoch, den köstlichsten Kaninchenbraten und Kartoffelsalat, untermischt mit Löwenzahn, zu Ostern äßen –, wahre Lebenskünstler, die sogar ihre Arbeit genössen und eine Sprache sprächen, die von den übrigen Deutschen für ein Argot des Französischen gehalten würde. Erstaunlich, wie sie mit ein paar aufgeschnappten französischen Brocken hierzulande völlig zurecht kämen.

Madame Cazets Ausruf war ein Geistesblitz, der eine platonische Idee zur Zündung brachte. Früher habe sie beim Anblick ihrer herrlichen Gladiolen ausgerufen: »Mes glaïeuls! Mes glaïeuls!« kommentierte Roland ihren Einfall, nun setzte sie die Saarländer in den farbschillernden Waikiki-Hemden unbedenklich an die Stelle ihrer Gladiolen.

Schon einige Tage vor unserer Ankunft hatte sie die Nachbarn mit den wunderlichsten Geschichten unterhalten, ja auf die Folter gespannt. Rundweg erfand sie uns Saarländer als eine Art *cousins germains*, als herzverwandte Geschwisterkinder. »Morgen kommen sie endlich an«, rief sie den Nachbarn zu, »seit Tagen hört man bei uns im Haus nur noch deutsch radebrechen.« Sie benutzte den Ausdruck Stroh hakken – wie es wörtlich übersetzt heißt –, und so sahen die Nachbarn uns in den bunten Sommerhemden zwischen Madame Cazets Gladiolen stehen, spitzten die Ohren und lauschten, wie sich das deutsche Strohhacken anhört.

Unsere scharfen Spreng- und Zischlaute flogen ihnen um die Ohren; nur Monsieur Cazet, der aus dem Fenster schaute, jedes Wort verstand und mühelos hätte in das Strohhacken einstimmen können, schwieg und hob freundlich lächelnd die Hand zum Gruß. Er war früh schon vom Angeln zurückgekommen, hatte sein Auto in die Garage gefahren, sein Angelgerät versorgt, sich umgezogen und stand aufrecht im Fensterrahmen, die Hemdsärmel zwar aufgekrempelt, doch den Kragen hochgeschlossen, die Krawatte korrekt geknotet, die Haare glatt zurückgekämmt. Nach einer Weile kam er in den Garten, uns zu begrüßen. Diesmal hob er beide Hände, und akzentfrei rief er uns entgegen: »Willkommen in Burgund!«

Monsieur Cazet gehöre zu den Anglern, die keine Fische fangen, erzählte uns Roland später, er gehöre zu der Sorte, die stundenlang dasäßen, stumm und unbewegt, als seien sie in tiefschürfende Selbstbetrachtungen versunken. »Ein wirklicher Angler fährt ja nicht zum Angeln, sondern zum Philosophieren weit hinaus, wo niemand ihn beim Denken stört«, sagte Roland. Sein Vater habe hin und wieder einmal einen gefangenen Fisch mit nach Hause gebracht, aber nur, damit seine wahre Absicht vor Maman unentdeckt bleibe. Von einem selbstgefangenen Fisch habe sein Vater nie auch nur einen Bissen gegessen, auch wenn er von Maman aufs köstlichste zubereitet war. Papa schüttele sich dann vor Ekel, als müßte er ein Stück von sich selber essen. Das bleibe ihm heute erspart, sagte Roland, denn beim Essen von Hechtklößen denke er an Mamans Kochkünste und nicht an einen Fisch. Wir lachten, auch Monsieur Cazet konnte ein leises Lachen nicht unterdrücken. Sie wisse nicht einmal, wo Papa so früh am Morgen hinfahre, sagte Madame Cazet, er spreche ja nicht darüber, aber sie vermute, er sei entweder nach Montagny an den Bourbier de la Bauche oder nach Pagny an den Lac du

Chour gefahren, vielleicht sogar bis nach St. Symphorien an den Etang de l'Aillon. Es ziehe ihn immer wieder an die Teiche und Tümpel des Sumpflands zurück, wo er so lange Lehrer gewesen sei. »Franxault und sein weltvergessenes Umland!« rief Madame Cazet aus, »was war das für eine Zeit, als der kleine Roland seine Kindertage bei den Korbflechtern zugebracht, seinen Papa zum Angeln begleitet hat. Doch Wunder über Wunder, heute hat Papa sogar etwas gefangen –, und ihr werdet es nicht glauben, es ist ein Hecht!« Der Fisch zappelte im Kescher, als Monsieur Cazet ihn aus der Wasserbütte nahm. Es war ein Prachthecht. Nun sei es aber Zeit, das Essen zuzubereiten, meinte Madame Cazet, scheuchte uns aus dem Garten und verschwand im Haus, Monsieur Cazet hinter sich herziehend, der den immer noch im Kescher zappelnden Hecht mit Mühe über die Türschwelle bugsierte. Nie in unserem Leben haben wir länger auf ein Essen warten müssen als an diesem Tag. Nie zuvor aber haben wir so gut und so reichlich gegessen und getrunken wie an diesem Sommertag in Seurre.

Roland führte uns durch das Städtchen. Auf dem linken Saôneufer sahen wir die Kirche aus dem 14. Jahrhundert, dahinter in einer schmalen Gasse das Elternhaus des berühmten Predigers Bossuet aus dem Jahr 1507. Wir bewunderten, ja wir beneideten Roland, der zu Hause war in einer so alten und geschichtsträchtigen Stadt. Sie preist sich auf farbigen Faltblättern als die malerische Stadt des Wassers und des Ziegelsteins an und verlockt zum erlebnisreichen Flanieren. Und tatsächlich, je länger die Schatten wurden, um so mehr rückten Tische und Stühle der Cafés über die ganze Breite der Trottoirs und übten ihre einladende Macht aus. Es wurde geredet, geraucht, getrunken, Plätze wurden gewechselt und Tische getauscht, in den Fensterscheiben der Bars spiegelte sich das Wasser der Saône und die Glasur der Ziegelsteine.

Obwohl uns der Hunger quälte und der Nachmittag kein Ende nehmen wollte, riet Roland davon ab, etwas vor dem Diner zu essen. Wir nahmen Platz an einem Ecktischchen der Rue du Quai, Roland bestellte vier Aperitifs und erzählte uns die Geschichte des Stiftsherrn und Bürgermeisters von Dijon namens Félix Kir, dessen größtes Verdienst die Erfindung dieses Aperitifs gewesen sei. »Aufgepaßt«, sagte er, »in weniger als drei Minuten werdet ihr ein neues Wunder erleben, denn dieser Aperitif besitzt die scheinbar gegenläufig wirkende Eigenschaft, den jähen Hunger augenblicklich in einen anregenden Appetit umzuwandeln.« Der Kellner goß jedem von uns einen guten Schuß Crème de Cassis ins Glas und füllte es mit kaltem Aligoté. Auf unserer Zunge entfaltete der Johannisbeerlikör sein süßsaures und der Weißwein sein herbfruchtiges Aroma, ein nie zuvor genossener würziger Geschmack bemächtigte sich unserer Mundhöhle, und der Alkohol tat auch seine Wirkung. Wie auf einer sich leicht buckelnden Wolke gaukelten wir über das Ziegelsteinpflaster von Seurre, vorbei an Bossuets Haus, dessen sieben steinerne Raben in der Fassade sich anschickten auf uns herabzustürzen. Doch wir schwebten einher, unantastbar, unverwundbar, herzverwandte Geschwisterkinder. Wir grüßten nach allen Seiten, Roland hatte Brigitte an seine Rechte genommen, ich schlenderte mit meinem Bruder hinterher: In Rolands Gesellschaft fühlten wir uns, als seien wir in einer Geschichte, nicht im wirklichen Leben unterwegs.

Beim Eintreten in Cazets Wohnzimmer traf mein erster Blick ein schlicht gerahmtes Foto, das zwischen emaillierten Tellern und Krügen auf dem Geschirrbrett stand. Es zeigt mich mit Roland beim Überqueren der Place Bellecour in Lyon. Wir waren auf dem Weg zum Tanztee ins Maison Dorée und hatten uns in Schale geworfen. Das Bild sei nicht von seinem Platz gewichen, solange Madame Cazet lebte, erzählte mir der Freund später, »daran kannst du ermessen, daß ihr Ruf nach euch Saarländern den Ruf nach ihren Gladiolen bei weitem übertraf!« Nebeneinander hergehend lächeln wir dem Betrachter zu, jeder auf seine Art. Da es aber Madame Cazet ist, die es Tag für Tag anschaut und nicht der Fotograf, der es nur ein einziges Mal getan hat, gilt unser Lächeln ihr allein.

Lässig schreiten wir aus, ich im nun aus der Mode gekommenen deutschen Staubmantel, mit breitem Kragen und Schal über der Krawatte, zweireihig, von oben bis unten zugeknöpft, den Gürtel fest angezogen wie Vater, wenn er das Haus verließ; Roland im modischen Trenchcoat mit Pelzkragen, salopp über die Schultern gehängt. Er geht ganz leicht nach der Seite geneigt; auch wenn es so aussieht, als lehne er mit Arm und Schulter bei mir an, so ist es doch sein besonderer Gang, der diese Körperhaltung hervorruft. Sein Gang ist auffallend, ich hätte ihn unter tausend Gehenden unterschieden und ihn aus weiter Entfernung schon erkannt. Es ist der leicht wiegende, aus der Hüfte bewegte rhythmische Gang selbstbewußter Außenseiter. Wenn ich die Manier außergewöhnlichen Gehens bedenke, Präsident Putins, Josef Matulas, Jean Gabins Gehweise, fällt mir immer auch Rolands Gang ein. Er hatte seine eigene Manier, er war kein Nachahmer. Das sanfte Wiegen aus der Hüfte entsprach seiner Kopfhaltung: Das Neigen seines Kopfes, seiner einen Schulter und auch ein wenig seines Rückens nach rechts stimmte im Rhythmus mit dem kaum merklichen Beugen seiner Hüfte überein.

Doch über alles Körperliche hinaus: Mir schien, als sei dieses Schaukeln nicht nur ein unbewußtes Spiel mit dem äußeren Gleichgewicht, sondern ein absichtliches Auspendeln der inneren Balance. Einmal stieß ich ihn unvorsichtigerweise an, er torkelte ein wenig, dann lachte er auf und meinte: Auch wenn ihm zumute gewesen sei, als müsse er hinfallen, so habe er sich doch in der Gewalt, es nicht geschehen zu lassen. In einem alten Schwarzweißfilm von Julien Duvivier überquert Jean Gabin die Straße vor den Hallen von Paris. In der Rolle des Restaurantbesitzers Chatelin trägt er den gleichen Trenchcoat wie Roland: Mit seinem wiegenden, leicht schwingenden Gang, der entfernt an Rolands schiefes Gehen denken läßt, könnte man, da er nur von hinten zu sehen ist, voreilig auf Roland persönlich schließen.

Roland ist aber nicht Jean Gabin, außer dem Trenchcoat und dem schiefen, wiegenden Gang verbindet beide nichts miteinander, am ehesten die spielerische Neugier auf alles, was mit einem Verbrechen zusammenhängen könnte. Ich bin kein Lavater, der aus einer langen Nase und einem spitzen Kinn voreilige Schlüsse auf das Wesen eines Menschen zieht; mir genügt ein Wiegen der Hüfte und das Tragen eines Trenchcoats, um eine Person einnehmend oder abstoßend zu finden.

Madame Cazet hatte zum Essen gedeckt. Mitten auf dem Tisch, akkurat geknifft und hochgekantet, stand die Menukarte, handgeschrieben von Monsieur Cazet: Jambon persillé, Quenelle de Brochet, Poulet de Bresse. Monsieur Cazet bot uns die Plätze an. Wir setzten uns und saßen, wie es sich für Herzverwandte gehört, bunt gemischt: Zwischen Monsieur und Madame Cazet saß Brigitte, Roland saß zwischen Hermann und mir. Was wir aßen und tranken, stammte aus Läden, Ställen und Kellern der Familie: Der Schinken kam von Onkel Traiteur aus St. Jean-de-Losne, die Hühnchen kamen von Tante Paulette aus Bourg en Bresse, der Hecht war aus dem Weiher von Pochon direkt in Monsieur Cazets Kescher gesprungen, und der Charmes Chambertin, dunkelrot glänzend, hatte sich rechtzeitig und geradewegs aus Vetter Henri Richards Weinkeller in Seurre eingefunden.

Wie heftig muß ich widersprechen, wenn jemand behauptet, nach einem üppigen Mahl schlafe man schlecht, wälze sich in Alpträumen und wache mit einem schrecklichen Katzenjammer auf! Wir schliefen wie die Murmeltiere, frühstückten wie die Scheunendrescher; und als wir aufbrachen, schallten unsere Rufe nach einem Wiedersehen im Saarland wie Schalmeienklänge über die schönen Gladiolen hinweg. Madame Cazet beugte sich über den Gartenzaun, reckte ihre Arme in die Luft und rief bedeutungsvoll: »Vor zehn Jahren hat das deutsche Strohhacken nicht so angenehm gerasselt und gezischt wie heute«, gab ihrem Herzen einen Schubs und trällerte auf deutsch: »Auf Wiedersehn! Auf Wiedersehn!« Es war ein blendendheller, glutheißer Sommertag, der immer heller und heißer wurde, je häufiger sich Kakteengestrüpp an die Stelle von Maulbeergebüsch setzte, Zypressen die Straße säumten, Pinien am Horizont erschienen. Über das Massif des Maures erreichten wir das Cap Blanc. Verwundert über die weitgespannte Wölbung des Meeres fuhren wir in eine neue Geschichte hinein.

Die Fünfziger waren die Jahre des Betons, auch bei uns zu Hause. Eines Tages stand auf einem frischbetonierten Mäuerchen ein Kofferradio. Aus dem Gerät dröhnte eine auf allen Straßen gepfiffene deutsche Schlagermusik. Ihre Klänge füllten den ganzen Garten, mischten sich mit dem Gezwitscher der Amseln, die aufgeschreckt aus den Quittenbäumen stoben, und dem Gackern der Hühner, die durch den Pferch irrten und konsterniert in die Höhe sprangen, aus der Fassung gebracht von einem ungewohnten Ereignis. Mitten im Hühnerpferch stand ein junger Mann in der Uniform eines französischen Soldaten in Wickelgamaschen und graugrünem Käppi. Er hielt Mutter umschlungen und küßte sie. Amselzwitschern, Hühnergackern und Schlagermusik nervöser Erregtheit lockten Vater auf die Veranda: Er schaute über die Salatbeete und den dreifach gestaffelten Komposthaufen, erblickte auf dem Betonmäuerchen das lärmende Kofferradio und im Hühnerpferch das sich bei Schlagermusik immer noch in den Armen haltende Paar. Vater reckte sich, beugte sich über die Verandabrüstung und rief: »He! Was geht denn da vor?«

Der französische Soldat in den gehaßten Wickelgamaschen und dem lächerlichen Käppi ließ von Mutter ab, drehte sich nach Vater um, grüßte artig mit erhobener Hand und sagte: »Bonjour, Monsieur.« Es war Roland Cazet, Brigadier der französischen Armee, der aus Radolfzell gekommen war, um ein paar Tage Urlaub bei uns zu verbringen. Vom Bahnhof aus war er schnurstracks zu Mutter in den Garten geeilt, hatte sein Kofferradio auf das Betonmäuerchen gestellt und mit Begleitmusik sein Begrüßungszeremoniell inszeniert. Aus dem Kofferradio quetschten sich Rudi Schurickes krächzende Gesänge und Will Glahés schrille Akkordeontöne: Die Schlagermusik von Radio Saarbrücken war unverkennbar ein deutsches Unterhaltungsprogramm, und die Nachbarn hätten den fremden jungen Mann an Mutters Seite gut und gern für unseren herzverwandten Geschwisterbruder halten können, wäre er nicht in der Uniform eines französischen Soldaten aufgetreten.

Als Grenadier am Bodensee hatte sich Rolands musikalischer Geschmack rasch ins Gegenteil verkehrt: Vielleicht zog ihm bei Charles Trenets sentimentalem Beben schon keine Gänsehaut mehr über den Rücken, vielleicht verstummte er nicht mehr hochachtungsvoll vor Juliette Grecos existentialistischem Sprechgesang. An die Stelle des exaltierten französischen Chansons war der flotte deutsche Schlager getreten: Die Kirmesatmosphäre seiner Kinderzeit wirkte nach: Kirmeslärm, Kirmesgebrüll, Kirmesgeheul feierten ihre Wiederauferstehung im Kofferradio. Ein gemischtes Trio trällerte *Die Fischerin vom Bodensee*, Roland war aus dem Häuschen, er schaute sich um nach Mutter, nach Vater, nach Hermann und mir und fragte: »Qu'est-ce que c'est: Une Maidjuchhe?«

Wir erklärten es ihm. Er gestand, beim immer und immer Wiederhören habe es sich als das schönste deutsche Wort erwiesen, ein Mädchen zu benennen: »Schöne Maidjuchhe, welch ein bezauberndes Wort!« Zum erstenmal lebte Roland für längere Zeit in Deutschland. Schon nach wenigen Monaten war ein Wandel mit ihm vorgegangen: Er war allem Deutschen rückhaltlos verfallen. Er schwärmte von Marika Rökk und Kristina Söderbaum, erinnerte sich an die frivole Julischka von Budapest und an die traumselige Anna aus der Goldenen Stadt, hielt das Ungarische und das Schwedische für deutsch wie das Alemannische der Fischerin vom Bodensee. Seine schöne Maidjuchhe, die zärtliche, erfrischend duftende Renate im Sonntagsstaat hatte er beim Wochenendausgang auf der Promenade von Radolfzell kennengelernt. Es war ein Mädchen, das ihn aus der Fassung brachte. In seinen

Lebenserinnerungen beschreibt er mühsam gezügelt ihre herausfordernde Zurückhaltung, der er erliegt. Er kann nicht an sich halten, verabredet sich mit ihr für jede freie Minute. Sie treffen sich vor der Kaserne, im Speiselokal, am Badestrand; er verliert vollends den Kopf und nennt sie seine betörende deutsche Sirene. Arm in Arm spazieren sie durch die Platanenallee hinaus auf die Landspitze hinter dem Bahnhof, besuchen die Liebesinsel gegenüber dem Landesteg und schauen den Schwänen zu, die sich liebevoll umhalsen.

Der Sonntag gehört ihnen vom frühen Morgen bis zum späten Abend. Ihre Ausflüge führen sie zu Johann Peter Hebel ins Wiesetal, zu Annette von Droste-Hülshoff auf die Meersburg, zu Hans Thoma nach Bernau. Davon erzählt er uns. »Aber wo ist Thomas schönes Bild mit den tanzenden Mädchen hingekommen?« fragt er erstaunt, »vor ein paar Jahren hat es noch in eurem Mansardenzimmer an der Wand gehängt!« Acht Kinder springen auf einer Wiese herum, sie halten sich an den Händen gefaßt und tanzen im Kreis. In der Mitte hüpft ein blondes rotbackiges Mädchen mit großem Mund, der bis an die Kinnspitze reicht.

Wir erinnerten uns. Doch schon bevor die Quitten- und Mirabellenbäume, die Erbsen- und Bohnenrabatten, Mutters Hühnerpferch und ihre ineinanderwirkenden Komposthaufen Vaters Betonterrasse weichen mußten, hatten die reigentanzenden Mädchen aus Bernau ihren Platz mit Toulouse-Lautrecs bolerotanzender Marcelle Lender aus dem Moulin Rouge getauscht. Roland saß in unserem Mansardenzimmer zwischen farbigen Kalenderbildern in Wechselrahmen Makkes *Spaziergängern* und Picassos *Demoiselles d'Avignon* gegenüber, betäubt von Schlagermusik aus seinem Kofferradio und wollte Hermann und mir ein bißchen etwas von uns Deutschen erzählen. In Bernau habe er mit seiner Freundin vom Bodensee endlich begriffen, was sein Vater oft wiederholt und beschworen habe: das unzertrennliche Zusammenleben der Deutschen mit ihrer Natur. »Ihr Deutschen seid ein seltsames Volk«, sagte er, »mal brav und biedermeierlich, mal ruhelos und hypermodern. Mal wollt ihr euch auf Teufel komm raus nicht trennen von den schönen Dingen, die euch umgeben, seid gefangen von diesem ganzen Drumherum, mit dem ihr so vertraulich tut und behauptet, ohne das Rauschen der Bäume nicht leben zu können. Ein andermal schmeißt ihr alles weg, was euch lieb und teuer war, und hängt euch dümmliche französische Bilder an die Wand. Ihr seid im Grunde allesamt protestantisch, sprecht dem Glauben den Sinn ab und dichtet dafür der Natur eine Seele an. Ihr braucht keine Jungfrau Maria wie die Italiener, keinen großen Pan wie die Griechen und kein Cassoulet mit weißen Bohnen wie wir Franzosen.«

Roland ließ sich nicht beirren. Er war davon überzeugt, daß die Deutschen seit eh und je barfuß über ihre Wiesen springen und sich am Säuseln ihrer Buchenblätter berauschen. Dieser Maler Hans Thoma aus dem Schwarzwald habe ihm die Augen geöffnet für alles Deutsche, was ihn aber am meisten freue, sei das Bekenntnis des Malers zu sich selbst. Thoma sei nämlich so deutsch, daß er als Franzose gelten könnte. »Hier lies«, sagte er und schob ein schmales Buch über den Tisch, »lies uns die Seite 31 vor, ihr werde die französische Lebensmaxime erkennen, die mein Vater mich gelehrt hat: *›Je prends mon bien, où je le trouve.‹*« Ich schlug das Buch auf und las: »Ich bin mehr als die Kunst, sie soll mir dienen, ein Spielzeug, meinetwegen eine Lebensgefährtin sein; aber ich lasse mich nicht von ihr tyrannisieren. Ich bin nicht ihr Eigentum, sie ist mein Eigentum, und sie ist für mich nur so weit etwas, als meine Macht über sie reicht. Die Tyrannei des Unpersönlichen, des Wesenlosen, wie Kunst, Wissenschaft, Wahrheit, Schönheit, Religion, Staat usw., öffentliche Meinung ist so groß, daß man ihr doch einmal das Ich entgegensetzen muß; bin ich denn nicht auch etwas, bin nicht ich das Wesentlichste von allem, was ich kenne? Das erlaubt der Gebrauch, daß man sagt: mein Gott, mein Glaube, meine Liebe usw., so sage ich auch meine Kunst, meine Wahrheit, meine Schönheit, und was nicht wirklich mein ist, dessen Macht erkenne ich nicht an.«

Hans Thomas Büchlein, *Auszüge aus Briefen und Tagebüchern*, 1941 in der Kleinen Bücherei von Langen/Müller erschienen, hatte Roland in einem Antiquariat gekauft. Das Buch hat eine Widmung aus dem Jahre 1944, er schenkte es mir, konnte sich aber eine spitze Bemerkung nicht verkneifen: »Keusch und zart besaitet, mit gutem Sitzfleisch, aber mit Feuer unter dem Arsch: So ist die Kunst dieses Malers. Willst du dich aufs hohe Roß schwingen und behaupten, du hättest nichts mit dieser deutschen Kunst zu tun?« 1944 war ich siebzehn Jahre alt wie diese unbekannte Ruth aus Höxter, der das Buch gewidmet ist. Damals hing Thomas Bild mit den tanzenden Schwarzwaldmädchen noch bei uns an der Wand, nun, zehn Jahre später, da unser Glaube an Deutschland längst verloren ist, hätte Roland uns am liebsten zu einem Deutschtum seiner Vorstellung bekehrt. Aus dem Militärdienst entlassen, überschreitet er mit seinen Kumpanen die Grenze nach Frankreich; die Fanfaren von Straßburg begrüßen sie, doch er ist der einzige mit Tränen in den Augen.

Nach rasch wechselnden Lehrerstellen in Troyes und anderen kleinen Orten des Departements von Aube wird er ans *Institut d'Etude Française* nach Frankfurt am Main berufen. Zwei Jahre lang leitet er die französische Konsulatsschule: Er spricht von einem erquicklichen Leben in komfortablen Verhältnissen, von vertraulichem Umgang mit deutschen Bekannten, aber auch von seinem nicht mehr unterdrückbaren Wunsch, Europa zu verlassen. Ein gebieterisches Bedürfnis nennt er diesen Wunsch, und so folgt er dem Rat seines Freundes Michel Mouquod und bewirbt sich um eine Lehrerstelle für Französisch als Fremdsprache in Übersee. Roland hat Erfolg: Sein Schulort heißt Alexandrien.

Im September 1956 kam eine Ansichtskarte von Roland aus Kairo, mit Grüßen für die ganze Familie. Roland teilte uns mit, er arbeite seit Schulbeginn als Lehrer in Ägypten, erinnere sich lebhaft an Vaters Hang fürs Ägyptische und sei aus lauter Neugier schon im ganzen Land herumgereist. Seit

Vaters außergewöhnlichen Zwiebeln, die er während des Krieges in Sand gezüchtet und seinen exotischen Terrassenplatten, die er mit Hermann und mir in Beton gegossen hatte, hieß das Außergewöhnliche bei uns zu Hause nur noch das Ägyptische.

Nun war Roland an der Reihe, Vaters Legendenbildung eine realistische Unterfütterung zu geben. Es gelang ihm ohne sein Zutun, denn die tagespolitischen Ereignisse hatten die *Märchen aus Tausendundeiner Nacht* hinweggefegt. Roland war unversehens in die Wirren der Suezkrise geraten, die schon am 26. Juli eingesetzt hatten, als Präsident Nasser in Alexandrien die Übernahme des Kanals unter ägyptische Verwaltung verkündet hatte. Eine Million Menschen jubelten ihm zu, Roland hörte es daheim am Radio, er war am Kofferpacken und eilte sich, seine Reise so rasch wie möglich anzutreten.

Ali Hamarabi, den er von Lyon her kannte, hatte ihn per Brief gebeten, zum Eingewöhnen in die ägyptischen Lebens- und Arbeitsverhältnisse zuerst einmal zu ihm nach Kairo zu kommen. Roland sagte zu, reiste ab und traf Ali vor dem Eingang eines kleinen Hotels der Innenstadt. Die Drehtür schleuste eilige Männer aus und ein, einige in Kaftan und Burnus, andere in Straßenanzug und Hut. In London brodele ein Hexenkessel, sagte Ali zu Roland, eine dringlich einberufene Suezkonferenz habe Ägypten ultimativ aufgefordert, die Verstaatlichung des Kanals zurückzunehmen. An der Bartheke steckten die beiden Freunde ihre Köpfe zusammen, debattierten über den Unverstand der Politik und lachten lauthals über die Narrheit der Masse. Dann brachen sie zu einem Nachmittagsausflug in die Totenstadt der Kalifen und Mamelucken auf, ohne zu ahnen, daß ihr Spaziergang übel enden würde.

Arglos betraten sie die Grabmoschee der Sultane, Roland beschreibt uns die mächtigen Kuppeln und die filigranen Minarette, schildert ihre ornamentale Verspieltheit, ihre geometrische Anmut. »Die Häuser der Toten sind größer und schöner als die Hütten der Lebenden«, erzählt er in seinem Tagebuch, »ein Hohn diese Pracht, dieser Hochmut, der den Tod leugnet. Der ägyptische Tote lebt ewig, er braucht die prunkvolle Wohnstätte, das pompöse Grab, worin er die leidige Erdenzeit endlich hinter sich läßt. Und wenn er dann von den Toten aufersteht, sich am steilen Mokattam entlang zu Allah emporschwingt und sich anschickt, über die Himmelsbrücke ins Paradies einzugehen, kann es ihm nicht schaden, wenn er zu Lebzeiten das Balancieren gelernt hat. Das Balancieren sei entscheidend für den Eintritt ins ewige Leben, erklärte mir Ali Hamarabi, denn diese Brücke ist scharf wie eine Rasierklinge. Die Bösen, die das Balancieren nicht gelernt haben, stürzen ab und fallen in die Hölle, die Guten aber, die ja immer schon Geschicklichkeitskünstler gewesen sind, jonglieren sich in einen zauberhaften Lustgarten. Dort werden sie empfangen von mandeläugigen Huris, deren Schweiß wie Moschus riecht und deren Haut so zart ist, daß das Mark ihrer Knochen hindurchschimmert. Wer sich in der Szene auskennt, weiß von den ägyptischen Freistilringern, wie geschickt sie mit Salben und Pomaden das Rezept der islamischen Erzengel anwenden, eine feine durchsichtige Haut zu bekommen, die so glatt ist, daß jeder europäische Athlet darauf ausrutscht.«

Roland amüsierten seine neuerworbenen Kenntnisse, doch er enthielt sich jeder Erklärung, jedes Urteils: »Immerhin haben es die toten Moslems besser als die gestorbenen Christen, wo die Bösen ohne die Chance einer letzten Luftnummer erbarmungslos in einen feurigen Pfuhl geschmissen werden. Und von den Guten weiß man ja sowieso nicht genau, ob sie im Himmel stehen, sitzen oder liegen dürfen und was es dort zu essen, zu trinken und zum Zeitvertreib gibt.« Denke man dagegen an die islamischen Märtyrer, die ohne Wenn und Aber schnurstracks ins Paradies hineinflögen, sie hätten's wirklich am allerbesten, habe Ali Hamarabi ihm berichtet, denn ihnen sei der balsamische Duft und der ätherische Schimmer der Huris gegönnt, ohne erst noch einen Drahtseilakt vollführen zu müssen. »Da fällt es dem einen oder anderen nicht besonders schwer, für seinen Glauben Kopf und Kragen zu riskieren«, meinte Roland und wollte damit seine Erzählung beenden. Doch es fiel ihm rechtzeitig das wahre Ende seiner Geschichte ein, und er fügte hinzu, diese schöne Legende habe natürlich wie alles auf der Welt ihre häßliche Kehrseite. Kairos Nekropole sei nämlich von Lebenden statt von Toten bevölkert. Die Allerärmsten seien in die prächtigen Grabstätten eingezogen, nur wenn ein Begräbnis stattfinde und ein Polizeikordon die Zufahrtswege sperre, zögen sie sich zurück. Er habe ein eindrucksvolles Bild im Gedächtnis behalten: Auf einem Stuhl sitzt ein alter Mann am Gräberweg, ein anderer rasiert ihn. Sie reden miteinander. Der eine trägt unzählige Ringe an den Fingern, hat einen Packen Papiergeld vor seinen Füßen liegen und reibt sich die Hände. Der andere, mit Löchern in den Schuhen und einem Winkelhaken im Rock, läßt sein Rasiermesser geschickt über Wangen und Kinn gleiten. Der Seifenschaum spritzt durch die Luft und zerstäubt in den stinkenden Abgasen. »Wir gingen langsamer, damit wir das schöne Bild noch eine Weile genießen konnten«, erzählt Roland, »in diesem Augenblick sahen uns die beiden vorübergehen, sprangen auf, und es flogen die Steine.«

Im Delta-Expreß von Kairo nach Alexandrien spinnt sich Rolands Geschichte fort. Aus dem Abteilfenster schauend, sieht er Bilder einer Lebenswelt vorüberziehen, die auch ich vierundzwanzig Jahre später betrachten kann. Ich sitze im gleichen Zug wie er und lese einen Roman von Lawrence Durrell, in dem ein Mann neben der Bahnstrecke im Auto von Kairo nach Alexandrien fährt. Der Mann fährt stetig und nachdenklich. »Ägypten, flach und busenlos, flog zu beiden Seiten des Autos an mir vorbei«, erzählt er, »das Grün wandelte sich zu Blau, das Blau zu Pfauenauge, zu Gazellenbraun, zu Pantherschwarz. Die Wüste war wie ein trockener Kuß, ein Wimpernflattern gegen den Geist.« Auch Roland fuhr stetig, auch er war nachdenklich. Was er sah und uns erzählte, sah ich, wenn ich von dem Buch aufschaute und aus dem Fenster blickte, haargenau so wie er: Zuerst die modernen Elendsviertel von Schubra, Hütten aus Kistenholz und Wellblech zwischen zwanzigstöckigen Hochhäusern aus bröckelndem Beton, in Müllhaufen wühlende Menschen, Konservendosen auskratzende Kinder, den Abfall durchstöbernde Hunde. Dann die rückständigen Arbeitsstätten im Nildelta, Bauern im weißen Kaftan, altertümliche Kreuzhakken über dem Kopf schwingend, Kameltreiber im geblümten Schlafanzug, aneinander gebundene Dromedare am Seil führend, Ochsen mit krummer Deichsel vor dem Joch, Schöpfräder mit durchlöcherten Eimern am Drehbalken.

Wie angenehm ist eine Reise in einem poetischen Farbenspiel, durch Pfauenauge, Gazellenbraun und Pantherschwarz, wenn die Wüste wie ein trockener Kuß, wie ein Wimpernflattern gegen den Geist ist –, wie trostlos aber eine Reise in Grau und Grau, durch Berge von Schutt und Gerümpel! Wer, wie Roland, nicht in einem Roman, sondern durch die Wirklichkeit reisen will, dem entgeht keine Einzelheit im grauen Einerlei. Jedes wahrgenommene Ding, jedes gesprochene Wort verbindet sich mit einem anderen zu einem Ganzen, das nicht teilbar scheint. In diesem ärgerlichen Wechselverhältnis fand Roland keine Muße für touristischen Zeitvertreib. Seine alexandrischen Stadtbummel spätnachmittags endeten zumeist im Café Al Aktor, wo schon der Autoreisende aus dem Roman eine passende Gesellschaft anzutreffen hoffte.

Hier saß Roland mit seinen ägyptischen Freunden täglich beim Abenddrink. Ein einheimischer Kellner, europäisch gekleidet, bediente sie freundlich, bevorzugte aber eine gemischte Gruppe am Nebentisch, der Kleidung nach Geschäftsleute, Beamte, auch Künstler mit groben Manieren. Der Kellner, mit unterwürfigen Gesten, wischte jedes Glas vor dem Einschenken noch einmal aus, umhüllte die Weinflasche in europäischer Manier mit einem Tuch und goß den Omar Kayam, der in Ägypten als bester Rotwein gilt, tropfenweise in die Gläser. Immer etwas verspätet trifft ein Herr im feinsten Anzugsstoff ein. Jedesmal zieht dann der Kellner einen freien Stuhl unter dem Tischrand hervor, wedelt mit der Serviette über dem Stuhlrücken und verneigt sich eine Idee zu tief vor dem Herrn im hellbeigen Doppelzwirn. Ein schon vor seiner Ankunft begonnenes Gespräch reißt er sogleich an sich. Sein Auftreten entpuppt ihn als koptischen Ägypter, der seine Weltläufigkeit in englischer Sprache bezeugt. Dieser Herr namens Nessim schwadroniert über Horoskope und mystische Kalküls, bringt Börsenberichte und mathematische Probleme der Europäer mit philosophischen Spekulationen arabischer Gelehrter in Verbindung: »Frankreich und England brauchen nichts von uns zu befürchten. Wir lieben sie beide. Eine so neuzeitliche Kultur wie die unsere hat beide zum Vorbild. Wir wollen keine Unterstützung, kein Geld. Wir halten uns für ägyptische Patrioten, aber da wir wissen, wie töricht und rückständig, ja wie fanatisch das arabisch-nationale Element ist, glauben wir nicht, daß es lange dauern wird, bis es heftige Diskussionen zwischen den Ägyptern und euch Europäern geben wird. Sie kokettieren schon mit Hitlers Ideen einer rassereinen Kultur. Im Falle eines Krieges –, wer weiß, was dann sein wird? Der Mittlere Osten entgleitet Tag für Tag mehr den Händen Englands und Frankreichs. Wir Kopten sehen uns in Gefahr, wenn es so weitergeht. Unsere einzige Hoffnung ist, daß es einen Aufschub geben wird, einen Krieg beispielsweise, der euch ermöglicht, zurückzukommen und den verlorenen Boden wiederzugewinnen.«

Roland und seine ägyptischen Freunde, ihrer staatspolitischen Überzeugungen nicht sicher, beobachteten den Tisch der Honoratioren und lauschten Herrn Nessim, der bis in seine Wortwahl dem Romanquartett von Durrell entsprungen schien, mit skeptischem Interesse. Ihr Argwohn bestätigte sich, denn schon wenige Tage später, am 23. Oktober, verständigten sich Frankreich, Großbritannien und Israel auf ein gemeinsames Vorgehen gegen Ägypten. Anthony Eden und Ben Gurion zankten sich mit Eisenhower, der von einem Krieg abriet, worauf Ministerpräsident Guy Mollet tief in die französische Geschichte zurückgriff und, beseelt von der Bildkraft eines französischen Gesandten in Neapel, dessen geflügeltes Wort wiederholte: »Wir tanzen auf einem Vulkan.« Es sah ganz danach aus, als wollten die kriegsbereiten Staatsoberhäupter so rasch wie möglich Herrn Nessim und seinesgleichen ihre Theorie vom notwendigen Krieg bestätigen –, folglich blieben Roland und seinen Freunden nur wenige Tage, ihre geplanten Ausflüge in der Stadt und ihrer Umgebung zu unternehmen.

Sie fahren zu einem Restaurant nach Abukir und essen dort den großen ägyptischen Fisch Uar, den Abdul Hassan in der Eiskiste entdeckt. Mit dem Koch besprechen sie die Zubereitung, speisen mit gutem Appetit und flanieren danach stadtauswärts zum Fort Kait-Bey, das aus den Steinen des alten Leuchtturms erbaut ist. Doch ihre Gespräche über die Feinheiten der ägyptischen Küche und die berühmten Sieben Weltwunder der hellenistischen Zeit kommen nicht in Gang. Aus Rolands Transistorgerät dringen beunruhigende Nachrichten, die spätsommerlichen Ausflüge nehmen ein plötzliches Ende. Am 29. Oktober greift Israel Ägypten an, Frankreich und Großbritannien folgen zwei Tage später, müssen aber ihre Truppen unverzüglich zurückziehen, da die Sowjetunion mit militärischem Beistand für Ägypten droht. Nach den Abendnachrichten trifft Roland Abdul Hassan, Pierre Hahusseau mit seiner Frau Georgette im Viertel der Silberschmiede. Sie sitzen zwischen Taubenkisten und geflochtenen Körben, trinken einen Mokka, rauchen die Wasserpfeife und lauschen ein letztes Mal dem hellen Klang der Schmiedehämmerchen.

Zwei Tage darauf, am 2. November, bestellt die französische Regierung ihren Beamten Roland Cazet zum politischen Bürgen mit der Auflage, unter der Kennzeichnung als feindliches Subjekt solange Zwangswohnsitz, Wohltätigkeitsaufenthalt und Ausgehverbot auf sich zu nehmen, bis Präsident Nassers Mißtrauen Frankreich gegenüber besänftigt sei. Es folgen Wochen der Ungewißheit. Kurz vor Weihnachten wird er ausgewiesen. Auf der Brücke, in den Gängen und Kajüten des griechischen Postbootes Aeolia zusammengepfercht mit Juden, Levantinern und Staatenlosen, verläßt er bei Tagesanbruch den Hafen von Alexandrien. Nach sieben Tagen Überfahrt legt das Schiff in Marseille an. Mit dem Zug fährt er nach Seurre. Seine Mutter umarmt ihn, sie läßt ihn nicht aus den Augen, bis Monsieur Cazet am Spätnachmittag vom Fischen nach Hause kommt. Immer und immer wieder umschlingt Madame Cazet ihren Sohn, am liebsten hätte sie ihn nie wieder losgelassen.

Achtundzwanzig Jahre später kam ich nach Alexandrien: Das Goethe-Institut hatte mich zu einer Lesereise in den Mittleren Osten eingeladen. In Alexandrien suchte ich vergebens nach einer Spur, die von Roland geblieben wäre, ich habe keine einzige gefunden, weder im Fischrestaurant von Abukir noch in den Gäßchen der Silberschmiede. Im *Collège Français*, wo Roland angestellt war, Französisch als Fremdsprache zu unterrichten, kannte man seinen Namen nur aus verstaubten Papieren. Nicht einmal Herr Nessim, der koptische Ägypter, der mit seinen kabbalistischen Prophezeiungen das Café Al Aktar in Atem gehalten hatte, ist den Kellnern im Gedächtnis geblieben. Es schwingt sich auch keine Drehtür mehr hinter den Absätzen blankgewienerter Lederschuhe: Als ich hinkam, hing ein bunter Perlenvorhang in der Türöffnung. Einheimische und Touristen gehen ein und aus, die Perlen schlagen aneinander und erzeugen ein seltsames Silbenrascheln wie die Perlentüren im Palast des Prinzen Achmed aus *Tausendundeiner Nacht*. Roland, der nicht wieder nach Alexandrien zurückgekehrt ist, hat mir seine Geschichte erzählt. Alle, die ein paar Happen davon aufgeschnappt haben, drängen mich, sie wieder- und weiterzuerzählen: Also greife ich die Fäden auf und spinne sie aus. Und jetzt reist Roland selbst durch einen Roman wie der Herr im Auto, der den Wüstenkuß als ein Wimpernflattern gegen den Geist empfand.

Zu Neujahr 1957 erreicht mich ein Brief, in dem mir Roland sein alexandrinisches Abenteuer haarklein erzählt. Seine Lehrerstelle in Alexandrien hätte ein guter Berufsanfang sein können, schreibt er, die Welt wäre einen Spaltbreit offen, sein Schritt hinein ein erstes kühnes Unterfangen gewesen, hätten nicht die politischen Verhältnisse seinem Ausflug ins Unbekannte im Weg gestanden. Er habe den Nil befahren, die Pyramiden erklettert und sei auf dem Kamel durch die Wüste geritten. Eindringlich bittet er mich, Hermann zu grüßen und ihm auszurichten – auch wenn es noch so unglaublich klinge: In der Sahara sei er ganz nah an die Kalahari herangerückt. So werde er nicht ruhen und rasten, bis er eine neue Stelle in Afrika gefunden habe. Doch noch einmal muß er sich für ein paar Monate mit Stellen in Frankreich begnügen, erst in Bondy am Stadtrand von Paris. Er wohnt bei einem Vetter nahe der Porte von St. Ouen, weit draußen im Osten von Paris an der Ausfallstraße nach Meaux und Château-Thierry. Auf Anraten seines Vaters besucht er in Meaux das Geburtshaus des Dichters La Fontaine und in Château-Thierry das Sterbehaus des Bischofs Bossuet. Doch er war es leid, durch Frankreichs aufgeblasene Bildungsgeschichte geschleift zu werden: In Meaux heiße alles nach La Fontaine, eine Straße, ein Platz, ein Gymnasium und das Museum mit Gedenktafel, nörgelte er, und in Château-Thierry rieche es an jeder Kirchenecke nach Bischof Bossuets scheinheiligen Leichenreden. Roland bittet um Versetzung und flieht nach Souspierre in den Süden Frankreichs.

Als ich zu Beginn der Sommerferien mit Brigitte und Margrit an die Riviera unterwegs war, wollten wir Roland in Souspierre besuchen, doch er hatte bereits wieder seine Sachen gepackt und das Dorf verlassen. In Crest überquerten wir die Drôme, passierten Kalksteinfelsen, die wie Orgelpfeifen den Bergsattel säumen, wandten uns in Dieulefit nach Westen und erreichten Souspierre mitten im blühenden Lavendel. Türen und Fenster des uralten, in Bruchsteinen gemauerten und mit Nonne und Mönch gedeckten Schulhauses waren fest verrammelt, auf dem Pausenhof wuchs spärliches, längst verdorrtes Gras. Brigitte fotografierte mich auf der Außentreppe, ich trage kurze Hosen und ein dunkles Hemd, das mit gelben Längs- und Querstreifen kariert ist: Ein naseweiser Sommertourist, der sich in einen Roman von Jean Giono verirrt hat.

Im Sommer zuvor hatte ich *Le Chant du Monde* gelesen, war fasziniert von Gionos Landschaftsbeschreibung, die zur pathetischen Erzählung wird. Ich erinnere mich, als sei es gestern gewesen, daß ich beim Lesen tatsächlich unter den Dächern dörflicher Gerbereien ankam und die provenzalische Erde zittern fühlte unter dem dumpfen Dröhnen des Walkens, das wie Schläge eines gigantischen Herzens klang. Ich fuchtelte mit den Armen, und in schwärmerischen Worten gaukelte ich Brigitte und Margrit einen wiedererstandenen Pan vor, der in der Gestalt Rolands an den weißen Mauern entlangstreift und im Lärm der Gerberwalken einen Lieblingsschlager singt.

Es klingelte an der Haustür, Vater öffnete und rief in die Küche: »Der Ägypter ist wieder da!« Mutter kam heraus, da standen wir zu fünft vor der Tür: Brigitte und ich, Rolands Vater und Mutter und in der Mitte er selbst –, unser Ägypter, freundlich wie immer, nicht einmal braungebrannt von der afrikanischen Sonne. Er umarmte Mutter, gab Vater die Hand –, und Hermann, der die Flurtreppe heruntergestürzt kam, begrüßte er mit den Worten: »Ich bin angekommen, wo ich hinwollte.« Wir machten unsere Eltern untereinander bekannt, versammelten uns im Wohnzimmer um den großen Ausziehtisch und sprachen wie aus heiterem Himmel lärmend aufeinander ein. Jeder redete mit jedem, nur Madame Cazet, die kein Deutsch sprach, konnte kein Wort mitreden. Es war ein atonales Lautkonzert, unser heftiges Kauderwelsch mußte für Madame Cazet eine höhere Art deutschen Strohhackens bedeuten, untermischt mit einigen Brocken Äthiopisch, die Roland mit kehligen Akzenten zum Besten gab.

Mutter hatte zwei Obst- und einen Marmorkuchen gebakken, nach dem Kaffeetrinken gab es Kakao mit Nuß und Danziger Goldwasser für die Frauen, Vater entkorkte für die Männer eine Flasche Sonnenacker aus dem Edekageschäft. Wir stießen mit den Vätern an, Monsieur Cazet, in Erinnerung an mehr als vierzig Jahre zuvor schon in Heidelberg verkosteten süßsauren deutschen Weißwein, verzog den Mund kaum merklich. Es wurde ein langer Nachmittag, ein ausgedehnter Abend. Roland dolmetschte gleich zu Beginn ein Gespräch zwischen Mutter und Madame Cazet, in dem es um deutschen Kartoffelsalat mit Löwenzahn ging, veredelt mit einer echten deutschen Mayonnaise.

Vater und Monsieur Cazet waren längst vom Tisch aufgestanden, Léon Cazet hatte sich einem Bild zugekehrt, das seit Jahrzehnten über Vaters Schreibtisch hing. Es war die Vergrößerung eines Schwarzweißfotos in breitem Eichenrahmen, das mich als Kind schon zugleich angezogen und abgestoßen hat. Léon Cazet stand davor, den Kopf erhoben, tief und schwer atmend. Er rückte an seiner Brille, verkürzte und verlängerte ihren Abstand von den Augen, als müßte er die Sehschärfe regulieren: Was er vor sich sah, verwirrte ihn, wühlte sein Gedächtnis auf, rief längst vergessen geglaubte Erinnerungen hervor. Wieviel Zeit hatte ich selbst vor dieser Fotografie zugebracht, betrachtete regungslos den zwanzigjährigen Vater im Eingang eines zerschossenen Unterstands, bleich im Gesicht, ernst, mit heruntergezogenen Mundwinkeln und leicht zusammengekniffenen Augen. Er steht gegen eine aus den Angeln gehobene grobgebretterte Holztür gelehnt, korrekt rechtsgescheitelt, mit spärlichem Oberlippenbärtchen, die linke Hand hinter dem Rücken, die rechte in der Hosentasche versteckt. Er trägt ein weißes, kragenloses Hemd, die Ärmel bis zur Handwurzel zugeknöpft, und eine dunkle Hose, in der Uhrtasche seine Konfirmationsuhr, deren Kette an einer Gürtelschnalle festgebunden ist. Die Hosenträger, mit einem Mittelstreifen längsgemustert, habe ich als Kind noch gesehen.

Hinter Vater und der schief gegen die Wand gelehnten Tür sitzt ein Mann, schmal und scharfgesichtig, mit Zwicker auf der Nase und Offiziersmütze auf dem Kopf, schreibend an einem kleinen Tisch. Es ist Vaters Kompanieführer Erich Thiele, vielleicht verfaßt er einen Bericht über die augenblickliche Gefechtslage, den Vater, sein Meldegänger, durch die Dickung des Chaume-Waldes zur Befehlsstelle des linken oder durch den Kahlschlag des Fosses-Waldes zur Kommandostelle des rechten Flügels bringen wird. Vielleicht trägt er die Ereignisse der letzten Stunden in sein Tagebuch ein, vielleicht aber auch schreibt er ein Gedicht.

Es ist Montag, der 11. Juni 1917, noch ist keine Bewegung in den Frontverlauf vor Verdun gekommen, noch beherrschen kleine Stoßtrupps und kleine Rückzugsgefechte die täglichen Vorgänge. Noch werden zehneinhalb Wochen vergehen, bis Sergeant Léon Cazet aus dem Stollen seiner Funkstation die Verbindungen zu den stürmenden Truppen der französischen Armee herstellen wird. »Ablösung war nahe«, heißt es in Vaters Regimentsgeschichte –, die heiß ersehnte und so dringend notwendige! Doch erst nachdem noch einmal schwerste feindliche Angriffe auch im Chaume-Wald an der Standhaftigkeit der Verteidiger abgeprallt waren, konnten auch sie dem Herbébois den Rücken kehren mit dem stolzen Bewußtsein, daß das Regiment 207 seinen Abschnitt dem Nachfolger, von einem kleinen Stück ersten Grabens abgesehen, genauso übergeben hatte, wie es ihn vor einem Vierteljahr übernommen hatte, trotz vierzehntägiger Abwehrschlacht.

Abgesehen von einem kleinen Stück ersten Grabens, schreibt der Chronist von Vaters Regimentsgeschichte –, jetzt steht Monsieur Cazet vor dem Foto, das den deutschen Unterstand hinter diesem Graben zeigt, er schaut noch einen Augenblick auf das Bild an unserer Wohnzimmerwand, dann wendet er sich um und sagt zu Vater: »Mir ist, als habe ich diesen Unterstand vor einundvierzig Jahren mit eigenen Füßen betreten. Auch wenn mich alle für verrückt erklären und meine Erinnerung an den 24. August 1917 für die pure Einbildung halten, ich habe diesen Unterstand mit der schrägstehenden Holztür und dem kleinen Tisch dahinter wieder erkannt. An einem Balken hing das handgeschriebene Schild ›Komp. Führer‹, und die Rückwand des Unterstands war aus grobbehauenen Sandsteinen gemauert. Das hat mich damals schon erstaunt: Durch Handwerkskunst aus einem Unterstand eine deutsche Wohnstube zu machen!« Als Sergeant Cazet mit der französischen Vorhut eintraf, lag Vater schon, von Schrapnells getroffen, schwer verwundet auf einer Tragbahre im Eingang der Ornes-Schlucht. »Auf der Tragbahre, wehrlos auf dem Rücken liegend, mit dem Blick in den Himmel, wird ein deutsches Flugzeug von der gegnerischen Artillerie beschossen. Die Granatsplitter sausen und pfeifen zur Erde«, schreibt er in seinem orangefarbenen Schulheft, das seine Erinnerungen an den Weltkrieg festhält: Vater lag da, hellwach in dieser klaren Sommernacht, sein Blick zum Himmel hatte ihn nicht verwandelt, er war nicht zu einem Gläubigen geworden.

Unterdessen hatte Sergeant Cazet den deutschen Graben erreicht. Henri Barbusse erzählt die entscheidenden Momente in seinem Roman *Das Feuer*: »Wir sind da ... Der Graben wird nicht verteidigt. Die Deutschen haben ihn aufgegeben, oder eine erste Welle ist schon darüber hinweggerollt. Er ist mit Gewehren bespickt, die an der Grabenwand lehnen. Der Boden ist mit Leichen bedeckt. Aus dem Wirrwarr der langgestreckten Gruft ragen Hände aus grauen Ärmeln mit roten Besätzen und gestiefelte Beine ...

In der Erinnerung steht vor mir das Bild eines wunderlich mit Lumpen gefüllten Grabens, mit bunten Flicken bedeckt: Für ihre Sandsäcke hatten die Deutschen Leinwand, Kattun und die unterschiedlichsten buntgemusterten Wollstoffe benutzt, die sie aus irgendeinem Möbelstofflager hatten mitgehen lassen. Dieser vielfarbige Krimskrams hing zerfetzt und zerzaust im Wind, knallte, flappte und tanzte einem vor den Augen. Wir sind in den Graben gesprungen.«

Vaters Regimentsgeschichte, Leutnant Thieles Tagebuch

und das Foto an unserer Wohnzimmerwand sind in Monsieur Cazets Kopf mit *dessen* eigenen Erinnerungen zusammengekommen. Doch stärker noch als die mörderischen Vorgänge in den Wäldern von Verdun beeindruckt ihn die besondere Art und Weise der Deutschen, Fuß zu fassen, Wurzeln zu schlagen, seßhaft zu werden in der Fremde. Auch Léon Cazet ist in den deutschen Graben gesprungen. Er schaut in die Stollenunterstände, er sieht die kleinbürgerlich eingerichteten Schlaf- und Wohnräume, die wie Puppenstuben ausstaffiert sind, mit roten Fliesen gepflastert, mit weißem Sand bestreut, mit jugendbewegten Bildern an den Wänden, und Blumen auf den Tischen. »Ein wenig frohsinnige Feldzugspoesie und Schützengrabenidyll«, schwärmt der Chronist von Vaters Regimentsgeschichte. Mitten im Wust wollstoffbezogener Armstützen und buntgemusterter Sandsäcke liegt auch Leutnant Thieles Unterstand, Vater lehnt selbstbewußt an der schrägstehenden Tür, Erich Thiele schreibt zuversichtlich Natur- und Liebesgedichte. »Nun«, dichtet er, »so komm, du volles neues Leben, umfange mich!« und räkelt sich im Schrecken deutscher Gemütlichkeit.

Léon Cazet denkt an seine Begegnungen mit deutschen Soldaten am Brunnen von Chambrettes Ferme. Sonntagsmorgens sind sie dort zum Wasserholen zusammengetroffen, haben einen Blick ins Haus geworfen, eine Weile miteinander geredet –, Léon Cazet hat bei der Unterhaltung Fragen und Antworten geklärt und gedolmetscht. Er erinnert sich an eine ärmliche Bauernstube, an schlichte Holzschemel, an einen blankgeschrubbten Tisch und kahle Wände. »Unser Graben war nicht mehr als zwanzig Minuten Fußmarsch von Chambrettes Ferme entfernt«, erzählt Vater und schaut Léon Cazet verschmitzt von der Seite an, »da hätten wir uns gut und gerne begegnen und kennenlernen können, wäre ich als Meldegänger von Leutnant Thiele nicht immer anderswo unterwegs gewesen.« Im Zwiegespräch mit Vater geht Monsieur Cazet noch einen Schritt weiter, berührt kaum merklich Vaters Arm und sagt: »Wenn ihr Deutschen nicht gewesen wärt mit eurem Mundharmonikaspiel und euren Volksliedern, die ans Herz gehen, hätten wir Franzosen manchmal verzweifeln können. Wir waren oft nahe daran, die Flinte ins Korn zu werfen, doch ihr mit eurer Seelenruhe habt uns geradezu herausgefordert, montags in aller Frühe gegen uns weiterzukämpfen.« Vater bleibt ungerührt. Sich über Gefühlsregungen zu äußern, ist ihm von jeher peinlich gewesen, er faßt sich ans Kinn und erwidert: »Das Singen ist nie meine Stärke gewesen, es ist mir mein Leben lang entweder zu unmanierlich oder zu rührselig vorgekommen.«

Unverdrossen steht Monsieur Cazet vor dem gerahmten Foto. Er kommt wieder zurück auf den ernst dreinschauenden Meldegänger Harig mit den Hosenträgern und der Konfirmationsuhr und auf den schreibenden Erich Thiele mit Offiziersmütze und Zwicker:

Zwei Männer im Feld, seltsam vereint auf einem rätselhaften Stimmungsbild. Léon Cazet ist ratlos. Noch einmal stellt er Vater eine Frage, hofft auf eine Antwort. Dabei spricht er langsam und deutlich, drückt sich verständlich aus, doch Vater schweigt; er versteht die Frage nicht. Nein, Vater hat keine Worte zur Verfügung, Monsieur Cazet die deutsche Gemütlichkeit zu erklären.

Schon als Mutter mit Roland das Geheimnis des einheimischen Kartoffelsalats lüftete und Worte wechselte, in denen es rumpelte und zischte, erinnerte sich Madame Cazet an das deutsche Strohhacken in Seurre, das sich inzwischen in eine höhere Sphärenmusik verwandelt hatte. Nun dolmetschte Roland die von Vater in Sütterlin handgeschriebene Menükarte, die Madame Cazet wie ein Blatt aus dem Buch mit sieben Siegeln vorkam. Er suchte nach den richtigen Ausdrücken, vergewisserte sich bei mir und gab den Speisen halberfundene, hochtönende Namen, die Madame in ein helles Entzücken versetzten. Dank seiner Übersetzungskunst wuchs Mutters deftige Hausmannskost aus Frau Holles Praktischem Kochbuch zu einem märchenhaften Festmahl an. Madame Cazet wollte kaum noch ihren Ohren trauen.

Dabei ging es um nichts Einfacheres als um eine Rindfleischsuppe mit Markklößchen, gefüllte Kartoffelknödel, gedünstete Kohlherzen und einen Rinderrollbraten mit dikker fetter Sauce. Die Speisen waren angerichtet in tiefen Schüsseln und auf breiten Platten aus blumengemustertem Porzellan. Zum Nachtisch gab es eine Buttercremetorte und Mutters selbstfabrizierte Nougatkugeln, die sie in ihrem rosafarbenen Paradedöschen servierte. Madame Cazet pickte sich mit gespreizten Fingern eine Kugel heraus, verzehrte sie in kleinen Bissen und ließ zum Zeichen ihrer Anerkennung zwei weitere Kugeln folgen. Unversehens trat ihr der Schweiß aus. Vater öffnete auf einen Wink Mutters das Oberlicht des Wohnzimmerfensters, Madame Cazet schluckte und schnaufte in heftigen Atemzügen. Es war eine laue Nacht, der Hunger gestillt, der Durst gelöscht, das Mütchen gekühlt. Mutter trug für die Männer Obstschnäpse und für die Frauen erneut Kakao mit Nuß und Danziger Goldwasser auf, doch nach dem Verzehr der gehaltvollen Nougatkugeln wählte sie für Madame Cazet einen Klosterfrau Melissengeist, der noch rechtzeitig der Verdauungsarbeit ihrer Leber zu Hilfe kommen sollte.

Die Eltern verschnauften sich, beisammensitzend am Tisch. Ich ging mit Brigitte hinaus auf den Balkon, Roland und Hermann folgten. Wir zündeten unsere Verdauungszigaretten an und kosteten den Rauch in tiefen Zügen aus. »Mein Kalaharitraum hat sich erfüllt«, sagte Roland zu Hermann, »zwar nicht am Großen Waterberg, doch in der Ebene von Bilen habe ich mein Gelobtes Land gefunden.« Aus dem Ägypter war ein Äthiopier geworden: Es war Sommer und immer noch hell. Wir harrten auf dem Balkon aus, bis die ersten Sterne aus dem Himmel drangen.

September 1960, die Sommerferien waren in vollem Gang. An einem Freitagnachmittag standen überraschend zwei Autos vor der Tür, chromblitzende schmucke französische Modelle. Roland und seine Nichte Josette entstiegen einem kleinen Renault, sein Schwager Louis kletterte mit seinen Söhnen aus einem geräumigen Combi. Mit geübten Handgriffen luden sie Luftmatratzen und Zeltplanen aus, schleppten Kaldaunenwürste und Ziegenkäse, Dijoner Lebkuchen und eine Kiste *Charmes Chambertin* ins Haus. Kaum hatten sie Gepäck und Mitbringsel zum Essen und Trinken abgestellt, wären sie uns am liebsten gleich um den Hals gefallen, hätte Roland sie nicht mit strenger Miene davon abgehalten.

Sie waren, Roland mitgezählt, zu fünft oder zu sechst, ich habe es nicht mehr genau im Gedächtnis. Der Schwager war rot behaart und muskulös gebaut, ein Hüne, der eher einem Iren oder einem Skandinavier ähnlich sah als den burgundischen Cazets aus dem baskischen Spanien. Die Nachricht von deutscher Häuslichkeit und deutschem Strohhacken war zu ihnen vorgedrungen, auch sie wollten uns und die für sie fremden Gepflogenheiten des täglichen Lebens und Sprechens kennenlernen. Brigitte und Josette tischten auf, wir aßen und tranken, was sie aus Burgund mitgebracht hatten, spät in der Nacht stießen wir auf Monsieur Cazets Angelkunst und Madame Cazets Gladiolenzucht an, amüsierten uns darüber und baten Roland um eine Geschichte aus Äthiopien, wo er seit drei Jahren an der französischen Schule lehrte. Roland erzählte von Reisen, die er in seiner freien Zeit unternahm: Damals hörten wir zum erstenmal von seiner Entdeckung der Ebene von Bilen, die für ihn das Land war, worin Milch und Honig fließen. Claude und seine Brüder spitzten die Ohren, als sie von Rolands Begegnung mit Hyänen hörten, Josette verkroch sich in einen Sessel, als er von Schlangen sprach, die hinter den Fahrersitz seines Geländewagens gekrochen waren. Alle gaben sich freundlich und ungeniert, auch der Schwager, der sich mit gerunzelter Stirn hin und wieder in seinem roten Haar kraulte, als hielte er Rolands Abenteuergeschichten für ein durchtriebenes Jägerlatein. Die gute Stimmung hielt an, dem aufgedrehten Treiben folgte ein geruhsamer Schlaf. Die Luftmatratzen quietschten und die Nasen schnauften: Das doppelte Atemgeräusch zog durch das ganze Haus, Brigitte und ich hörten es bis in unser Schlafkämmerchen unter dem Dach.

Beim Frühstück am nächsten Morgen erfaßte Neffen und Nichte eine vertrackte Ratlosigkeit. Eine Kanne Kaffee und ein Topf Milch standen auf dem Tisch, Butter und Käse, zwei Gläser mit Marmelade, Platten mit Schnittwurst und Schinkenspeck und für jeden ein weichgekochtes Ei. Brigitte hatte Brot aufgeschnitten, es duftete frisch und kräftig aus dem geflochtenen Körbchen. Was bringt aber einem Franzosen ein noch so reichlich gedeckter Frühstückstisch, wozu dienen ihm Tellerchen und Täßchen mit dem schönsten Zwiebelmuster, wenn er nichts damit anzufangen weiß. Es gab keine geräumigen Schalen mit Milchkaffee, worin er sein Brot hätte bröckeln, es weichen lassen und dann hätte geräuschvoll schlürfen können. Nein, es gab keinen breiten französischen Bol ohne Henkel, es gab nur die kleinen geblümten deutschen Kaffeetassen, die man am zierlichen Griff anfaßt und sie womöglich mit gespreizten Fingerspitzen zum Munde führt. Was soll ein Franzose mit einem deutschen Bauernbrot anfangen, das sich so schwer bröckeln und einweichen läßt in ein winziges Täßchen? Josette und ihre Brüder probierten es vergebens, sie schnippelten und rissen an der knusprig gebackenen Kruste des hilflosen Bauernbrots, zerrupften, zerfetzten, zerfledderten es, bis Roland ein Machtwort sprach: Es sei nie zu spät, den heimischen Horizont zu übersteigen, »denkt an unseren Descartes! Lernt und begreift, daß er auf seinen Reisen eingesehen hat: Die Leute, die eine andere Denk- und Lebensweise haben als wir, sind darum nicht alle gleich Barbaren!«

Zum Glück für Neffen und Nichte fiel ich Roland ins Wort und erzählte unser eigenes Mißgeschick am Lac de Chalin. Dort wurden uns Artischocken serviert, wir mühten uns verzweifelt ab mit einer fremden, uns völlig unbekannten Frucht, plagten uns herum, die harten Blätterschuppen mit den Zähnen zu zermahlen, es gelang uns nicht. Ein freundlicher Pensionsgast aus Paris erlöste uns aus der Not, die Schuppen der Artischocken mit den Zähnen zermalmen zu müssen. Er belehrte uns auf die charmanteste Weise, zuerst die Unterseite der Blattschuppen und dann den fleischigen Blütenhüllboden zu verspeisen – und alles übrige auf dem Teller zurückzulassen.

Nicht anders als uns am Lac de Chalin erging es Rolands Neffen und Nichte bei uns in Sulzbach: Sie mußten sich wie wir ins Ungewisse stürzen und lernen, das harte Brot der Gewöhnung zu essen. Zum Abschied, mit feiner Anspielung auf seinen Vater, der ja als junger Mann seine ersten Sporen in Deutschland verdient hatte, ahmte Roland das Tremolo des Vaters nach und fing mit Zitterstimme zu singen an: »Alt Heidelberg, du feine!« Dann ergriff er seine Reisetasche und rief: »Jetzt auf nach Deutschland, da warten schon Pépère und Grandmère auf uns.« Küssend umarmten wir uns alle, wie es sich für echte Herzverwandte gehört. Sie fuhren ab –, Brigitte und ich winkten ihnen nach, bis sie nicht mehr zu sehen waren.

Kaum von der Straße wieder im Haus zurück, machte ich mich wie von Sinnen über Descartes' *Discours de la Méthode* her. »Ich war damals in Deutschland«, schreibt Descartes, und drei Seiten weiter: »Ich hatte beachtet, wie ein und derselbe Mensch mit demselben Geist, von Kindheit an unter Franzosen oder Deutschen erzogen, ein ganz anderer wird, als er sein würde, wenn er stets unter Chinesen oder Kannibalen gelebt hätte, und wie, bis in die Kleidermoden hinein, dasselbe Ding, das uns vor zehn Jahren gefallen hat und vielleicht nach zehn Jahren wieder gefallen wird, uns im Augenblick unpassend und lächerlich erscheint, so daß uns viel mehr Gewohnheit und Beispiel leiten als irgendeine sichere Einsicht.«

Das neue Schuljahr stand kurz bevor, für Roland kam es auf die Minute an. Er packte eilig, sprang in Dijon aufs letzte Trittbrett des Schnellzugs nach Marseille, nahm von dort aus das Schiff durch den Suezkanal und das Rote Meer und fuhr mit der alten Eisenbahn zwanzig Stunden und siebenundvierzig Minuten von Dschibuti nach Addis Abeba ins Abessinische Hochgebirge. Trotz gebotener Eile war er nicht in blinde Hast gefallen, saß im letzten Waggon und las die Aufzeichnungen des Schweizer Ingenieurs Alfred Ilg. Er las und rauchte, schaute hin und wieder aus dem Fenster, und je tiefer er in seine Lektüre hineingeriet, um so enger verband er seine Erwartungen mit den geschilderten Überraschungen der Reise. Ilg, der im Auftrag König Meneliks II. um die Jahrhundertwende diese Bahnstrecke gebaut hatte, beschreibt das erleichterte Aufatmen, wenn man erst einmal das Dankaligebirge im Rücken hat, denn nun genießt man den Blick vom Grat der Hügelkette ins Tal des Awasch, durchkostet das trügerische Lichtspiel einer Fata Morgana, ergötzt sich am gravitätischen Vorüberschreiten der Affen und Löwen, am schrillen Lachen der Schakale, am sanften Flöten der Nachtigallen. Auch Roland stockt der Atem in jeder Serpentine, die das Bahngleis entlang der Felsenwände nimmt, auch er läßt sich necken von den Luftspiegelungen über der Ebene von Bilen, auch ihn erregt das Patrouillieren der Raubtiere, das Röcheln der Nachtvögel. Im weiten Hochtal hinter Diradaura steigen Sandhosen auf. Zuerst wirbeln sie Teller und Töpfe empor, dann entwurzeln sie Zelte und Hütten; Matten, Tierhäute, Lumpen stieben in die Höhe, ein lautes Marktgetümmel rückt näher; dann ist er angekommen, pünktlich und wohlgerüstet für seine Arbeit.

In der Unterstadt von Addis Abeba steigt er aus dem Zug, zweitausenddreihundert Meter über dem Meeresspiegel, es ist ein frischer, strahlender Morgen. Ein leichter Schwindel erfaßt ihn, seine Nase blutet, die Buchstaben der Straßenschilder verschwimmen vor seinen Augen. »Sechs Jahre lang lebte ich in dieser Stadt, unterrichtete Schüler und Schülerinnen verschiedener Nationalität zwischen elf und achtzehn Jahren in französischer Sprache«, schreibt er in seinem Erinnerungsbuch und fährt fort: »Meine freie Zeit verbrachte ich mit Freunden auf Reisen. Wir durchquerten Abessinien nach allen Richtungen, begeisterten uns an seinen Landschaften und seinen Bauwerken, genossen sein Klima, bewunderten seine Tier- und Pflanzenwelt. Ich hatte meinen Weg gefunden.« Sein zweites Leben begann.

Der Schwindel hatte bald nachgelassen, das Nasenbluten aufgehört, die Buchstaben vor seinen Augen waren wieder in aller Schärfe erkennbar: Aus dem Ägypter war nach ein paar Monaten ein Äthiopier geworden. Namenswechsel, vorgenommen, schon bevor Roland nach Dschibuti versetzt worden war. Äthiopien, das war für Hermann der Name für das Land, auf dessen Karte es noch weiße Flecken gab, ein großes, unerforschtes Land, viel fremder, viel geheimnisvoller als Ägypten: Wenn er das Wort Äthiopien höre, könne er gut und gerne den Leuchtturm von Alexandrien vergessen, er freue sich jetzt schon auf Rolands Geschichten aus diesem Land. Und so saßen wir bei seinem nächsten Besuch abendelang um den Wohnzimmertisch, aßen Mutters Würstchen mit Kartoffelsalat und hörten Rolands Geschichten zu.

Woran erinnerte er sich, wenn er uns von Äthiopien erzählte? Woran erinnere ich mich, wenn ich es wieder- und weitererzähle? Ich kann von Glück sagen, daß meistens jemand dabei war und mir jetzt ins Wort fallen kann, wenn ich etwas falsch wiedergebe. Da aber nicht Tag und Nacht und in jeder Sekunde jemand dabei gewesen sein kann, ist wohl kein Zeuge zu finden, der für alle Einzelheiten meiner äthiopischen Geschichte den Schwurfinger hebt. Darf ich mir zum Beispiel die Freiheit herausnehmen und Roland unverblümt einen Waffen- und Drogenhändler nennen, nur weil jeder zweite Äthiopier mit Sätteln und Schabracken, mit Krummsäbeln aus Puddelstahl und Schilden aus Büffelhäuten handelt, weil jeder Äthiopier hinter dem Rücken des Gesetzes Elfenbein und Haschisch feilbietet, am liebsten Zibet, diese salbenartige Substanz aus der Analdrüse der Zibetkatze, die so aufreizend und berauschend duftet? Roland hat es mir eines Tages erzählt, nicht einmal unter dem Siegel der Verschwiegenheit; von wem sollte ich es sonst erfahren haben, und dazu noch bis ins kleinste Detail? Wer kann sich dafür verbürgen, daß der französische Geologe und Abenteurer

Lebertois der Dichter Arthur Rimbaud unter erfundenem Namen gewesen ist? Aus alten Geschichten ist bekannt: Der Geologe handelte mit spottbillig erworbenen Haushaltswaren, die er ausgerechnet auf dem Plätzchen vor Rimbauds Haus in Harar erworben und dann an der Küste für teures Geld verhökert hat. Er raffte sich ein Vermögen zusammen, das er rasch wieder verspielte, genau wie Rimbaud, der in bitterster Armut zugrunde ging. Womit handelte der Lehrer Cazet? Es sind glaubhafte Berichte, aber auch umstrittene Legenden im Umlauf, denn die Geschichte des Abenteurers entfachen das Vergnügen am Erzählen. Ich spüre das prikkelnde Gefühl beim Schreiben, es juckt mich in den Fingern, aber ich weiß nicht, was mich erregt: Mal ist es die Angst vor dem Enthüllen, mal die Lust am Verbergen.

Rolands Schulstunden waren bald stadtbekannt. Es hatte sich in den einschlägigen Kreisen Addis Abebas rasch herumgesprochen, wie geschickt er es anstelle, einheimischen Kindern mit Hilfe der französischen Sprache die ganze Welt zu erschließen. Die kleinen Äthiopier waren begeistert. Erwachsene und ältere Leute kamen hinzu, Fabrikarbeiter und Journalisten, Verwaltungsangestellte und Schriftsteller. Sie amüsierten sich an Rolands volkstümlicher Lehrweise, die Dinge von sich selbst sprechen zu lassen. Er stand vor der Klasse, schaute mit großen Augen die Dinge der näheren Umgebung an, fragte diese nach ihren Namen, hielt ihnen mit vorgehaltener Hand sein Ohr entgegen und tat so, als wiederhole er die Namen laut und deutlich. Lehrer und Schüler schauten gemeinsam die Dinge an, den Tisch und den Stuhl, das Heft und das Buch, den Schrank und das Fenster. Roland fragte, und die Schüler nannten und wiederholten ihre Namen fünfmal, zehnmal, zwanzigmal und wurden nicht müde dabei. Schauend und sprechend übten sie und beherzigten die Einsicht des Philosophen Descartes, es komme einzig und allein darauf an, die Dinge genau anzuschauen und beim Namen zu nennen, damit sich beim Erkennen ihre einzigartige Wirklichkeit unmißverständlich zeige.

Roland ging hinaus ins Freie, er zeigte den Jungen und den Mädchen das Haus und den Baum, die Erde und den Himmel und nannte auch deren Namen. Die Schüler schauten und übten so fleißig und willig, als hätten sie beim Anschauen und Üben auch die Forderung des Philosophen begriffen, wie nötig es ist, nur ihrer Wahrnehmung zu trauen und jedes Vorurteil zu meiden. Roland ermunterte sie, die Engherzigkeit ihrer Erziehung und die Unduldsamkeit ihres Glaubens zu überwinden, denn nur was sich ohne verführerische Einflüsterung klar und deutlich erkennen lasse, sei wirklich. Und dabei flüsterte er selbst mit seinem Anschauungsunterricht der *méthode directe* den neugierigen Äthiopiern Wort für Wort ein, mit ihren französischen Namen seien die Dinge dieser Welt am klarsten und deutlichsten erkennbar. Das bedeutet nicht, daß er sich weigerte, auch die äthiopischen Namen der Dinge zu lernen. Die unbefangene Berührung mit den Dingen und allen ihren vielen Namen hatte ihm selbst schon von Kind an die Logik des Erkennens erschlossen. Er lernte die Kunst, sich überall zurechtzufinden, wo er in Zukunft hinkommen werde, sei es bei den Rauschgifthändlern am Horn von Afrika oder bei den Hulamädchen an einem Palmenstrand der Südsee. Jedesmal, wenn er aus Addis Abeba zu uns kam und seine Schulgeschichten zum besten gab, sprühte er von den kuriosen Einfällen seiner Unterrichtslehre. Dabei geschehe alles ja ziemlich unauffällig, er habe stets die Ideen seines Landsmanns Descartes auf die allereinfachste Weise angewandt, seine Schüler vor die Dinge geführt und deren Namen genannt: »Ich bin ja kein Philosoph, auch wenn sich alles so übergescheit anhört.« Wir Lehrer müßten es schließlich so gut wissen wie er, meinte er, denn hundertfünfzig Jahre nach Descartes habe der Schweizer Pestalozzi auch uns deutschen Lehrern den Rat gegeben, kein Lirilariwesen in der Schule aufkommen zu lassen. Was den Kindern so eine Art gebe, mit dem Maul ein Weites und Breites über die Sachen zu machen, das tauge nicht viel: Schauen und Üben, das sei das A und O. Roland kannte natürlich Louis

Marchands Lehrbuch der französischen Sprache, das nach dem Krieg auch unsere französische Fibel gewesen ist: Damit habe er von Anfang an in Addis Abeba gearbeitet. »Ihr stellt es euch in euren gescheiten Köpfen nicht vor, was es für eine Freude für die kleinen Äthiopier bedeutet, mit Monsieur und Madame Dupont am Tisch zu sitzen, mit Roger und André in die Schule zu gehen, mit Tante Adèle die Rosen im Garten zu sehen und mit Onkel Bruno die Affen im Zoo. An die Stelle des kleinen Fritz Hickel aus Straßburg, der sich so leidenschaftlich für das französische Denken interessiert, ist der kleine Abebe Bikila aus Addis Abeba getreten, der aus reiner Lust an der Körperbewegung eines Tages die olympische Goldmedaille im Marathonlauf erringen will.«

Dagegen widerstrebe es ihm, den äthiopischen Legenden so viel Raum in den Köpfen der Schüler zu gönnen: Er habe sogar die Schöpfungsgeschichte vom äthiopischen Menschen ins Reich der Märchen verbannt: »Wollt ihr Nachkommen der halbtierischen Troglodíten sein, die in den Erdlöchern der Ebene von Bilen und hinter den Sanddünen des Arabischen Golfs gehaust haben sollen? Wollt ihr die Entstehungs- und Entwicklungsgeschichte des Menschen studieren, oder wollt ihr an Hirngespinste glauben?« Vor lauter Aufklärungseifer ist er in Versuchung geraten, das Gehirn und die Füße, das Denken und das Gehen, das Nachsinnen und das Unterwegssein für einander zugehörige Körperteile und Tätigkeiten auszugeben.

Es klingelte an der Haustür, anhaltend und stürmisch. Auf der Treppe stand unser Freund Roland Cazet. Er war schnurstracks aus Addis Abeba gekommen, auf Silvesterurlaub unterwegs zu seinen Eltern in Burgund. Den Besuch bei uns hatte er angekündigt, seine Ankunft aber kaum abwarten können, sich endlich einen Herzenswunsch zu erfüllen:

Behagliches Wohlergehen unter deutschen Tannenzweigen bei Feuerzangenbowle und frisch gebackenen Weihnachtsplätzchen! Da er keinen Wintermantel besitzt, trägt er sein

Sommerjöppchen bis an den Hals zugeknöpft, und in der Hand sein orientalisches Spanköfferchen, dem er gerade entstiegen schien wie der türkische Kaufmannssohn im Märchen vom fliegenden Koffer. Durchgepustet von der frischen Luft, bläst er in seine kalten Hände, kaum im Haus, steckt er sich eine Zigarette an und macht Dampf auf.

Draußen herrschte Nieselwetter. Ein feiner Schnee fiel vom Himmel, der als Sprühregen auf der Erde ankam: Kein Weihnachtswetter mit Eisblumen an den Fenstern und Eiszapfen an den Dachtraufen. Seit er an französischen Schulen in Afrika lehrte, war er im Winter nicht mehr nach Europa gekommen, aber Weihnachten im Schnee, deutsche Weihnachten unter dem Tannenbaum mit Kling Klang Gloria: Das wollte er einmal aus vollem Herzen genießen. Auf Schnee und Tannenbaum, auf Weihnachtslieder und Bescherung könne er zur Not verzichten, schrieb er uns im Oktober aus Asmara, nicht aber auf hausgebackenes saarländisches Zukkerzeug.

Roland war im rechten Augenblick eingetroffen. Später gekommen, hätte er womöglich das Backen der Zimtwaffeln versäumt und wäre um eine folgenschwere Lebenserfahrung ärmer geblieben. Zum Glück liebte er das Spiel mit dem Feuer wie der deutsche Zimtwaffelbäcker und der orientalische Feuerwerker. Auch Roland hatte seine Freude an Wunderkerzen und Knallfröschen, gern erzählte er von den bengalischen Leuchtkugeln der Äthiopier, bei denen die Einheimischen genauso vergnügt in die Höhe hüpfen wie die Türken, bis ihnen am Ende die Pantoffeln um die Ohren fliegen. Orientalisches Zündeln und deutsches Backen haben sicherlich wenig miteinander zu tun. Zum Zündeln braucht man Streichhölzer, trockenes Holz und Papier, zum Zierwaffelbacken gibt es eine besondere Waffelform aus schwarzem Gußeisen. Sie ist rechteckig, Ober- und Unterseite, die ein starkes Scharnier zusammenhält, sind in sechs Flächen unterteilt: Da gibt es Linien- und Blumenmuster, einen üppigen Präsentkorb und einen Vogel auf einem Baum.

Das Spiel mit dem Feuer beginnt: Man nehme 250 Gramm Mehl, 125 Gramm Butter, 2 Eier, 200 Gramm Zucker, 65 Gramm gemahlene Mandeln, 10 Gramm Zimt, nach Belieben ein halbes Glas Cognac oder einen Eßlöffel Rum. Butter, Zucker, Eier werden schaumig gerührt, dann gibt man die gemahlenen Mandeln und den Zimt dazu. Nun wird das Mehl untergehoben, bis ein steifer Teig entsteht, der sich kugeln läßt. Inzwischen läßt man das Waffeleisen schön heiß werden, reibt es tüchtig mit Speck ein, setzt auf jedes Feld des heißen Eisens eine Kugel, drückt das Eisen fest zusammen und läßt die Waffeln schnell auf gutem Feuer goldbraun ausbacken.

Roland legt Hand an. Inbrünstig kugelt er zwischen seinen Handflächen den Teig, tüchtig reibt er das Waffeleisen mit der Speckschwarte ein, fest drückt er das Eisen zusammen. Das schöne Heißwerden, das goldbraune Ausbacken, das heiße Eisen, das gute Feuer! Nach dem Backen setzen wir uns zwischen Plattenspieler und Bücherregal in die gepolsterten Großvatersessel. Auf der noch warmen Ofenplatte erhitzt sich der Rotwein für die Feuerzangenbowle – und während der Zuckerhut, mit Rum übergossen, im blauen Feuer zerschmilzt und sich in die Bowleschüssel ergießt, kühlen die frisch gebackenen Zimtwaffeln nach und nach ab.

Da saß er, der Zögling aus der Schule der Vernunft, in ein deutsches Biedermeierbild versetzt; sein Wohlgefühl ließ ihm keine Wahl. Roland sprang über seinen Schatten, er tummelte sich im Schlaraffenland. Man muß nur daran glauben, aber das fällt einem Franzosen, der in der Welt herumgekommen ist und das Zweifeln gelernt hat, gar nicht so leicht. Madame de Staël war ihm genau vor hundertsechzig Jahren vorausgeeilt, die deutsche Gemütlichkeit zu erkunden. Auch sie war Ende November, in der schmuddeligen Vorweihnachtszeit, nach Deutschland gekommen: Eine eigentümliche Stille und Verschlossenheit in der Natur wie beim Menschen presse einem anfangs das Herz zusammen, schreibt sie, es scheine, als ob die Zeit dort langsamer verfließe, als ob die Vegetation auf diesem Boden nicht üppiger und schneller sprösse als die

Ideen im Kopf der Menschen. Roland hatte es bei seinen Freunden in Sulzbach auf der Schmelz besser getroffen als seine Landsmännin in einem Gasthof an der Kaiserstraße. Wo Madame de Staël dem Hämmern eines Klaviers, lauschte Roland dem Brutzeln der Zimtwaffeln; wo sie den Gestank trocknender Wäsche über einem Eisenofen, roch er den Duft der Weihnachtsplätzchen in der Gebäckschale! Und erst die Dichter! Als Madame de Staël nach Deutschland reiste, waren die romantischen Dichter um die Mitte zwanzig und nicht gewillt, nur herzzerreißende Liebesseufzer und inbrünstige Vogelstimmen nachzuahmen: Wenn's ums Ganze ging, waren sie imstande, Weihnachtsplätzchen in die Luft zu sprengen: »Pim pim pim der Mörser klinget«, singt der Dichter Brentano, »Nelken, Zimt, Muskatennuß, alles bald zu Staub zerspringet!«, und es landet, fein pulverisiert, im sämigen Backteig.

Roland trinkt noch einen Schluck Bowle, knabbert eine Zimtwaffel, zündet eine Zigarette an und bläst den Rauch, der sich eine Zeitlang in seiner Lunge breit gemacht hat, mit lautstarkem Fauchen aus. Dann öffnet er sein Spanköfferchen, kramt eine Brosche aus Gold hervor und schenkt sie Brigitte: die Sonne von Eritrea. Ein aufgewölbter Goldkern sendet ein Strahlenbündel von vielen kleinen Sonnen aus. Brigitte trägt die Brosche am Revers ihrer violetten Jacke. In der dunkelsten Nacht braucht nur ein winziger Lichtstrahl auf sie zu fallen, schon blitzt die Sonne taghell auf: Das ist eine physikalische Tatsache: Sie hat nichts mit einer äthiopischen Legende und nichts mit einem deutschen Weihnachtsmärchen zu tun.

Es war in einem Frühsommer, Anfang der sechziger Jahre. Per Luftpost kam eine Ansichtskarte aus Addis Abeba: Roland kündigte seinen Besuch an. Auf der farbigen Rückseite der Karte war das Eingeborenendorf abgebildet, das er unlängst besucht hatte, ein Zaun aus Pfählen umschließt zeltartige Bambushäuser, eine Schirmakazie breitet ihr Laubdach über sie hin. Roland kam an einem Freitag, er trug ein Köfferchen in der einen und ein schmales Paket in der anderen Hand. Wir warteten schon auf ihn, Hans und Hanno waren eingeladen, und Hermann war auch da.

Im Jahr zuvor aus Brigittes Sulzbacher Elternhaus nach Dudweiler umgezogen, wohnten wir nun in einer Eigentumswohnung am Gehlenberg hoch oben im elften Stock, hatten einen Ausblick nach Westen weit übers Land und konnten die Rauchschwaden sehen, die aus den Schloten von Petite Rosselle zu uns herüberwehten. Doch Roland kam aus der entgegengesetzten Richtung, er brachte ein Gastgeschenk aus dem Morgenland mit. Der Ägypter hatte sich in einen Äthiopier verwandelt.

Ägypten, Äthiopien: Nicht nur die Namen dieser afrikanischen Länder mit ihrem ausgefallenen Schriftbild gleichen prächtig gekleideten Märchenerzählern aus *Tausendundeiner Nacht*, auch die Märchenerzähler selbst sind bis ins innerste Mark ägyptisch und äthiopisch. Wäre Roland kein Realist, mit seinen afrikanischen Geschichten, die sich auf federleichten Flügeln in die luftigste Höhe erheben, könnte man ihn für einen Märchenerzähler halten. Aber auch das Umgekehrte trifft zu: Wäre er nämlich kein Märchenerzähler, könnte er mit diesen gleichen Geschichten als der nüchternste Realist gelten, so eifrig war er bemüht, dem Luftigen Boden unter die Füße zu bringen.

Kaum saßen wir um den runden Tisch versammelt, öffnete er das Paket, das er mitgebracht hatte und zog ein farbenschillerndes Gemälde aus der Papphülle hervor. »Mein äthiopisches Geschenk für euch«, sagte er und überreichte es mir mit einer verschmitzten Erklärung, die wir zunächst nicht verstanden. »Es ist eine Liebesgeschichte fürs Auge«, sagte er. Roland hob das Gemälde vorsichtig, für seine Art vielleicht eine Idee zu feierlich in die Höhe und stellte es mitten im Zimmer auf einen Stuhl. Das Deckenlicht fiel schräg gegen das Bild und ließ die Farben hell aufglänzen.

Ein gewitzter Märchenerzähler, der er sonst nie zuvor gewesen ist, nimmt Roland uns mit auf die abenteuerliche Reise der jemenitischen Königin von Saba zu König Salomo von Jerusalem: Eine üppig ausgeschmückte Geschichte, auf Leinwand handgemalt in sechsundzwanzig Bildern, von der die Geschichtsbücher nur spärliche Einzelheiten berichten. Eine Königin aus *Tausendundeiner Nacht* reist: Da hat der Künstler auf seinen Bildern nicht Platz genug, all die mit Gold und Edelsteinen, teurem Holz und seltenen Spezereien beladenen Kamele unterzubringen! Männer schleppen gehörnte Esel auf dem Buckel, Ruderer steuern grazile Boote übers Meer, Satrapen kümmern sich um die herausgeputzte Königin, versorgen sie mit Himmelsbrot, unterhalten sie mit Augenrollen. Und überall ist auch der äthiopische Löwe dabei, rümpft die Nase, stellt die Schnurrhaare, rollt die Augen wie die bärtigen Reisebegleiter. Die Esel erinnern an alte Fabeltiere, die Boote sehen aus, als seien sie aus Papier gefaltet, und die Königin gibt sich den Anschein einer kostümierten Filmschauspielerin: Darsteller und Requisiten in einer Theaterkulisse!

Es ist eine Reise teils über Land, teils auf dem Wasser, an den Pyramiden entlang, über das Rote Meer strebt der Zug nach dem heiligen Land. Es muß Frühjahr sein, denn die Pyramiden ragen aus saftigem Grün hervor, auch Salomos Palast, mit goldverzierter Kuppel, steht vor einem grasgrünen Horizont im blühenden Paradies. Wir kennen den Wortlaut der Geschichte aus der Bibel, hier wird sie zur Bildergeschichte. Doch es ergeht uns wie den Schiffsleuten mit den übergroßen, ohrlosen Köpfen und den weitaufgerissenen tiefschwarzen Augen: Der Sinn der Geschichte bleibt uns verborgen.

Auch der Maler bleibt uns ein Rätsel. Sein Name ist so schwer entzifferbar wie seine Bilder. Heißt er mit Vornamen Girma, heißt er mit Nachnamen Bekeltew, was ja eher russisch als äthiopisch klingt, vielleicht aber kurdistanisch oder belutschistanisch ist wie die islamischen Namen der Erzähler aus *Tausendundeiner Nacht*. Roland hat den Namen des Malers vergessen. Er habe ihn zwar kennengelernt, aber ihm scheine, der Maler hätte mit einem Pseudonym signiert, um seiner Bildergeschichte nicht mit einem amtlich beglaubigten Familiennamen den Zauber des Märchens zu nehmen.

Vielleicht hat Roland das Bild sogar bei Girma Bekeltew in Auftrag gegeben, der ihn zum Dank in seiner Bildergeschichte versteckt hat. Roland könnte Modell gesessen haben für den einen der kostümierten Ruderer, der eine Gesichtsmaske trägt, oder auch für den königlichen Vasallen, von dem nur die eine Gesichtshälfte zu sehen ist.

O ja, Roland tritt in vielerlei Gestalt auf, sein leibhaftiges Auftauchen bei uns am Tisch hindert ihn nicht daran, im nächsten Augenblick in der Bildergeschichte zu verschwinden. Dieses Wechselspiel zwischen dem wirklichen Menschen Roland und einer Figur meiner Phantasie wird ihm sicher nicht recht sein, dachte ich mir beim Anschauen der Bilder: Ich kenne seine Abneigung vor dem Künstlichen, die Zurückweisung des poetischen Scheins. Doch meine Gedankenspiele führten mich in die Irre: Roland war ein Äthiopier aus Überzeugung, die schöne Königin von Saba ihm zur Herzenssache geworden, da halfen alle biblischen und koranischen Einflüsterungen wenig. Die äthiopischen Geschichtsbücher hatten ihre Herkunft ans Horn von Afrika versetzt, daran gab es nichts zu rütteln. Ein echter Äthiopier ist nicht wankelmütig wie ein Schriftgelehrter, der mal nach links in die Bibel, mal nach rechts in den Koran und dann in ein Sammelsurium von Lesarten und Anmerkungen und Kommentaren schaut. »Wir Äthiopier«, sagte Roland, und sein selbstbewußtes Lächeln zeigte an, wie ernst er es meinte, »wir Äthiopier sprechen von *unserer* Königin.« Wenn auch der Maler die Bibel, den Koran oder ganz andere Bücher gelesen hatte, für Roland stand fest: »Mein Bild zeigt die wahre Geschichte, die damit endet, daß König und Königin Wange an Wange, eng umschlungen eingewickelt in einem farbigen Teppich zusammenlagen. Schaut euch das Bild genau an! Über diese unzweideutige Situation gibt die Bibel nur sehr spärlich, geradezu verschämt Auskunft: ›Und der König Salomo gab der Königin von Reichsarabien alles, was sie begehrte und bat, außer was er ihr von selbst gab.‹ Während die ganze zivilisierte Welt bis heute herumrätselt, was das wohl gewesen sein mag, das König Salomo von selbst gab, fragen sich die Äthiopier mit zielgerichteter Logik, was wohl unter einer gemeinsamen Bettdecke geschehen muß, das dem Mann die Gelegenheit verschafft, alles von sich selbst zu geben. Wir kennen sie aus der äthiopischen Geschichte: Die Königin von Saba reiste von Jerusalem wieder nach Hause und gebar den kleinen Menelik, einen kraftstrotzenden gesunden Knaben.«

Roland beendete seine ausführliche Erzählung samt Erklärung aller Umstände mit einem pfiffigen Schlenker ins rein Historische: Als nämlich Menelik herangewachsen war, wollte er, wie jeder junge Mann, der in getrennten Familienverhältnissen großgeworden ist, seinen Vater kennenlernen. »Also packte er seine Sachen, kleidete sich wie seine Mutter Jahre zuvor in die schönsten Kleider des Landes und zog wie sie damals voller Neugier nach Jerusalem. Und was meint ihr, was passierte?« fragte Roland mit rollenden äthiopischen Augen, »Salomo war so entzückt vom Wesen und auch vom Aussehen dieses schmucken Burschen, daß er ihn bei sich behalten wollte und ihm sogar die Königsherrschaft über Israel versprach. Stellt euch vor, was in Israel losgewesen und erst was aus Israel geworden wäre, hätte der umschwärmte Menelik dieses Angebot akzeptiert! Doch Menelik hatte Heimweh nach seiner Mutter, und so ließ Salomo ihn wieder ziehen. Seine Begleiter aber, die Salomo ihm mit auf den Weg gab, stibitzten die Bundeslade aus dem Tempel – die echte, nicht die nachgemachte – und brachten sie nach Äthiopien, wo man sie heute noch in der Kirche Maryam Seyon bewundern kann. Und wer's nicht glaubt, komme mit mir nach Addis Abeba. Dort will ich sie ihm gerne zeigen.« Ich glaubte seine Geschichte, wie ich jeder Geschichte glaube, die gut und überzeugend erzählt wird.

Wir rauchten und tranken und debattierten uns die Köpfe heiß. Um zwei in der Nacht war noch kein einziges Wort über das gute Essen, über das schöne Wetter, über unsere Gesundheit gefallen. Und Roland, scheinbar zum Märchenerzähler geworden, gefiel sich am Ende in der Rolle des Historikers, der sich auf die Überlieferungen der äthiopischen Geschichte stützt und nicht in den Märchen von *Tausendundeiner Nacht* herumirrt. »Unser äthiopischer Menelik war ein kundiger Seefahrer, der Segel setzen und das Ruder führen konnte, höchstpersönlich bei König Salomo eine Kiste voller Goldstücke in Empfang nahm und seiner Mutter nach Hause brachte«, erzählte Roland und setzte den Schlußpunkt hinter die Geschichte der Königin von Saba, »er war kein windiger Sindbad, der raublistig mit dem Vogel Roch über das Diamantental fliegt.«

Mitte der sechziger Jahre war unser Freundeskreis immer noch klein und übersichtlich. Jeder kannte jeden, jeder achtete und schätzte die ganz besondere Art des anderen: Jeder war Verfechter seines eigenen Kopfs, wir ließen uns nicht über einen Kamm scheren. Hans zeichnete die grotesken Figuren seiner Kosmogonie, Erwin schnitt seine Metamorphosen in Holz, Eugen übersetzte den Roman *Les Choses* von Georges Perec, und von mir lag ein kleines Buch in der hintersten Ecke der Buchläden: *Reise nach Bordeaux*.

Eines Abends im September kam Roland Cazet aus Somalia, sprang mitten in unseren Kreis, und alles drehte sich plötzlich nur noch um ihn. Nach Addis Abeba hatte er zwei Jahre in Ali-Sabieh gearbeitet, nun wohnte er in Dschibuti und lehrte Kinder und Heranwachsende aus den Somalistämmen der umliegenden Gras- und Buschsteppen die festgeregelte Ordnung der französischen Sprache.

Er erzählte uns von Schafzüchtern und Tabakbauern, von Wanderhirten und Kameltreibern, die seit vielen Jahren in der Stadt leben, den Franzosen Haus und Auto versorgen, Hirse anbauen und Zuckerrohrplantagen bewässern, aber auch Banken ausrauben und Drogen schmuggeln. Wir saßen um unseren großen runden Tisch, verzehrten einen Coq au Vin, den Brigitte gekocht, tranken dazu einen Riesling, den unser Winzer aus dem Elsaß geliefert hatte. Das Hähnchen schmolz auf der Zunge, der Wein kleidete den Gaumen aus. Roland kaute andächtig, schluckte in winzigen Bissen. Jedes weitere Wort hätte ihm Mühe gemacht, zwischen seinen Zähnen hervorzukommen. Diesen Umstand nützte Hellmut, unser redegewandter Philosoph, der gerade damit beschäftigt war, aus der schlichten Sprechwissenschaft eine Kunstlehre des Verstehens zu entwickeln: Er unterbrach Roland bei jedem Bissen Brot, jedem Schluck Wein, denn er wollte sich nicht mit Räuberpistolen abfinden. Ihn interessiere die Kultur dieses Landes, er wolle etwas über somalische Dichter und ihre Vortragskunst erfahren, nichts über Praktiken somalischer Raub- und Schmugglerzüge.

Alles zu seiner Zeit, meinte Roland, auf die Dichter komme er sowieso noch zu sprechen, er selbst sei nämlich eines Tages nach Harar gefahren, wo der Dichter Rimbaud gewohnt und Geschäfte gemacht habe. Roland ließ sich Zeit, bot jedem eine Zigarette an, schraubte den monströsen Filter auf eine Selbstgedrehte; Hellmut saß wie auf glühenden Kohlen und wetzte wieder den Schnabel. Hans sagte zu ihm: »Nun laß Roland endlich weitererzählen«, und schaute diesen erwartungsvoll an.

»Ich kenne Rimbauds orientalische Verrücktheiten ziemlich genau«, begann Roland, »und so habe ich mir auf meiner Reise von Dschibuti nach Harar fortwährend den armen kranken Rimbaud an meiner Seite vorgestellt, wie er sich mit den unerträglichen Schmerzen im Bein beschäftigt und nicht mit schönen Gedichten im Kopf.« Wie so oft bei Rolands Erzählungen aus fernen Ländern beugten wir uns bald über unsere Schulatlanten und vergewisserten uns erst mal, daß eine Fingerbreite auf den Afrikakarten von Westermann und Diercke in Wirklichkeit fast fünfhundert Kilometer sind –, doch erst Rolands Schilderung seines Wegs öffnete uns die Augen für ein weites, unerschlossenes Land. Dort wo die Bahnlinie aus dem Hinterland des Roten Meeres allmählich die Ebene verlasse, die Landschaft reizvoller, das Klima milder, die Aussichten auf gute Geschäfte vielversprechender würden als sonstwo, locke ein buntscheckiges Bergland mit Edelholzwäldern und Kaffeeplantagen.

An Rolands Zeigefinger entlang reisen wir vorbei an Felsschluchten und Bergkämmen aufwärts ins Gebirge. In einer hügeligen Niederung erkennen wir von weitem das Panorama der Stadt Harar, die sich beim Näherkommen zuerst als eine flache, ockerfarbene Dachlandschaft, schließlich als ein unentwirrbares Geflecht von Gassen zu erkennen gibt. So viel Mühe er sich auch gibt, seine Reisegeschichte nicht auszuschmücken mit phantastischen Bildern: In unseren Köpfen verwandeln sich die Mauern von Harar in einen rotflammenden Teppich, die Gassen in geheimnisvolle Irrgärten. Roland, gewaltig in Fahrt gekommen, malt mit seinen Wörtern in grellen Farben, scheut sich nicht, uns in dunkle Ecken, in stinkige Winkel zu locken. Erst als wir am Ende seiner Schilderung die drei gelben Minarette erblicken, fällt zum zweitenmal der Name Arthur Rimbaud. Roland zieht ein schmales Buch aus seiner Jackentasche, blättert darin, sucht eine bestimmte Stelle. »Auch wenn ich ständig ein Buch von Rimbaud mit mir herumschleppe, so darf man daraus keine voreiligen Schlüsse ziehen«, bemerkt er, »denn was da drinsteht, ist das Bekenntnis Rimbauds zu seinem Entschluß, das korrupte Europa zu verlassen. ›Du bist im Abendland‹, schreibt er, ›aber frei, in deinem Morgenland zu leben.‹ Das bedeutet für ihn: Reise nach Afrika, setz' dich in Aden auf den Weg, faß' Fuß in Harar, um Geschäfte zu machen –, und das hat nun wirklich nichts mit Poesie zu tun.« Ich dachte dabei an Hermann und seine Absicht, die Wüste nutzbar zu machen, einen Wunsch, den er mit Roland teilte. Auch Hermann zog es nach Afrika: In den Hohlmulden der Kalahari wollte er Salz gewinnen, nicht unter Palmen sitzen und Gedichte lesen.

Brigitte und Hanno zünden sich eine Zigarette an, Hanno atmet den Rauch tief ein und bläst ihn dann quer über den Tisch. Roland kommt hinter den Atem, stößt ein heftiges

Husten aus. »Das Land ist nicht unangenehm«, sagt er, »das ist das einzig Positive, das Rimbaud seiner Familie nach Charleville schreibt, kein Geschmuse von Gobelins, kein Geschwätz von rätselhaften Labyrinthen. Aber ich will mich ja vor euch nicht mit einem französischen Dichter brüsten, der sich mit siebzehn gebärdet, als springe er auf ein trunkenes Schiff und am Ende behauptet, selbst dieser verlorene Kahn im Ozean zu sein. Der junge Mann hat sich gewaltig übernommen. Zwei Jahre später schmeißt er den Stift hin und schreibt kein einziges Gedicht mehr. O ja, mit zwanzig hat er die Nase gestrichen voll und rappelt sich nur noch für ein paar vernünftige Sätze auf. Wer sich die Priester, die Professoren, die Herren vom Hohen Rat anschaue, sehe sich einem Erschießungskommando gegenübergestellt, schreibt er und gesteht: »Ich gehörte niemals diesem Volk an, ich war niemals Christ, ich begreife das Gesetz nicht, ich habe keinen Sinn für Moral: Ich bin ein Vieh. Das Schlaueste ist, diesen Kontinent zu verlassen, auf dem der Wahnsinn umgeht.« Roland spricht Rimbauds Wörter mit hämischer Betonung aus, sie rauschen auf, fallen aber jäh in sich zusammen: »Später hat er seine Gedichte *Spülwasser* genannt, danach hat er endlich mit dem Reimen aufgehört und mit dem Leben begonnen.« An dieser Stelle war Hellmuts Geduld zu Ende, er unterbrach Roland mit der Frage: »Ist dir schon einmal bewußt geworden, daß du mit besonderer Lust und Bosheit die Poesie attackierst?« Ihn ärgerte Rolands Vorsatz, den Dichter Rimbaud auf seine Seite des Geschäftemachers zu ziehen, und so wartete er die Antwort nicht ab, sondern setzte seine Attacke mit spitzen Bemerkungen fort. Wir stutzten allesamt, denn er redete unbeirrbar und ließ sich nicht mehr unterbrechen. Hans kniff die Augen zusammen, Eugen strich sich über sein Ziegenbärtchen, und ich versuchte die heikle Situation mit ein paar flotten Sprüchen zu überbrücken. Ich bat Roland, seine Erzählung fortzusetzen. Der Freund verharrte ein paar Augenblicke. Er hatte früher schon von Hellmuts geistreichen Eskapaden gehört, doch er schenkte ihnen keine Beachtung mehr und mit der Bemerkung, mehr als die vielgepriesene Mühsal des Poeten bewundere er die übermenschlichen Anstrengungen des Handlungsreisenden – und nahm seine Geschichte wieder auf: »Ihr könnt euch die Strapazen einer Karawanenexpedition mit Kaffee und Gewürzen von Harar nach Aden ans Rote Meer und mit Lebensmitteln und Arbeitsgerät zurück ins Gebirge in euren kühnsten Träumen nicht vorstellen. Er ist nicht mit dem Auto gefahren, wie unsereiner heutzutage, den linken Arm bequem auf die Türbrüstung gelehnt und den Sonnenschutz über die Frontscheibe heruntergeklappt, arabisches Musikgedudel aus dem Kassettenrekorder im Ohr. Er hat auch das Turnen der Ziegen in den Schirmakazien und den Galopp der Zebras durchs Dornengestrüpp nicht als touristischen Augenschmaus genießen können –, und die Kinder der Eingeborenen mit aufgeblähten Bäuchen waren für ihn bestimmt keine herbeorderten Statisten fürs Fotoalbum. Rimbaud reitet auf dem Kamel, es ist sengendheiß, immer wieder quält ihn der Schmerz im Bein, sein Arsch ist aufgerieben, er kann kein Essen bei sich behalten. Dabei hatte er keine Lust auf herausgeputzte Wegbeschreibungen, für aufgedonnerte Landschaftsbeschwörungen! Preislisten, Tagesbilanzen, Geschäftsbriefe hat er geschrieben, wenn er abends neben dem Zelt am Klapptischchen saß. Darin ist es ums nackte Leben gegangen, nicht um zurechtgeschneiderte Poesie!«

Roland läßt nicht davon ab, seinen Weg des Abenteurers und Geschäftsmanns Seite an Seite mit Rimbaud weiterzugehen. Inzwischen fühlt er sich so eng mit dem Äthiopier Rimbaud verbunden, daß er die Scheu vor einem verliert, der früher einmal Gedichte geschrieben hat. »Wenn ich wach auf dem Bett liege, die Augen schließe und an meinen Aufenthalt in Harar denke, dann läuft in meinem Kopf jedesmal dasselbe Ereignis ab. Ich liege ja nicht da und spinne mir ein Märchen aus«, erzählt er, »ich erlebe das Geschehen einer Reise nach, die ich selbst unternommen habe, und gerate immer wieder in eine Geschichte hinein, die sich abspult wie ein Abenteuerfilm. Ganz deutlich sehe ich ein zweigeschossiges Haus mit einem Maueraufsatz auf dem Flachdach, sehe die vier Fenster des ersten Stocks, das mit Wellblech überdachte Erdgeschoß und eine Außentreppe zur Rechten. In diesem Augenblick kommt ein junger Mann von Ende zwanzig die Stufen herunter. Ich kann machen, was ich will, möchte das Gesicht des jungen Mannes, das ich von einem verschwommenen Foto her kenne und für das Gesicht eines flüchtigen Bekannten halte, sogar aus meinem Gedächtnis verdrängen: Immer ist es Arthur Rimbaud, als mohammedanischer Kaufmann verkleidet. Er trägt Kaftan und Turban und einen roten weiten Übermantel, den er mit gespreizten Fingerspitzen vom Boden anhebt und mir mit kurzen raschen Schritten entgegentritt.«

Roland ist in Bewegung geraten. Aus einer Pappschachtel stülpt er ein Dutzend farbige und schwarzweiße Fotos vor uns auf den Tisch, ordnet sie in eine feste Reihenfolge, zündet eine selbst gestopfte Zigarette an –, und weitererzählend nimmt er uns auf seine Reise mit. Wir sehen die beiden Männer mit bepackten Kamelen durch das südliche Tor ziehen. Die Regenflut eines Morgengewitters ist in der Sonne rasch aufgetrocknet, das Hochland weitet sich, Männer und Tiere lassen sich nicht mehr deutlich erkennen: Sie bewegen sich, als zögen künstliche Figuren durch ein gebasteltes Modellgebirge. Entlang blühender Kaffee- und Kampferplantagen, die Kamele am Zügel, passieren sie die Senke zwischen einem Berg zur Linken und einer Hangrinne zur Rechten. Am Ausgang des Tals halten sie ihre Tiere an und setzen sich einander gegenüber auf zwei Felsbrocken, die vom Grat eines Bergkamms in die Mulde herabgerollt sind – und rasten eine Weile. Obwohl wir weit von ihnen entfernt sind, sehen wir, wie sie sich einander zuneigen, doch was sie miteinander reden, können wir nicht hören. Roland, der ja selbst am Erzählen ist, verrät es uns nicht. »Was sollen wohl zwei Männer miteinander reden, die auf Geschäftsreise unterwegs sind«, meint er, »es war ein Zwiegespräch unter Gleichgesinnten, von denen einer früher einmal geglaubt hat, er müsse partout Gedichte schreiben.« Roland lacht schallend auf, er hat sich in seiner eigenen Erzählung verfangen, beeilt sich aber, den Faden wieder aufzunehmen. Und so erreicht die kleine Karawane nach mühsamem Aufstieg über bebaute Terrassen ein Dorf mit konischen Dächern. Aus offenen Türen strömen Eingeborene mit Armreifen und Halsketten, auf der Stirn tragen sie Elfenbeinstäbe, die an Lederriemen geknüpft sind. In ihrer heiseren Rachensprache reden sie auf die beiden Männer ein, die sich, urplötzlich in eine betäubende Duftwolke gehüllt, vergeblich um eine vernünftige Abwicklung ihrer Geschäfte bemühen.

Aus Briefen kennt Roland diese Reise Rimbauds mit einem Geschäftsfreund. Im betäubenden Wohlgeruch von Balsam und Rosenöl, von Haschisch und Opium verwirrten sich die Sinne der Männer, sie sahen unwirkliche Bilder an ihren Augen vorüberziehen, und wie es ja in solchen Situationen häufig passiert, geht alles schief, was man sich vorgenommen hat. Rimbaud bekam hohes Fieber, und in überstürzten Eilmärschen kehrten die beiden nach Harar zurück. »Was soll ich Euch von meiner Arbeit hier erzählen, die mich bereits so sehr anwidert, und von dem Land, vor dem mir graust«, schreibt Rimbaud an Mutter und Schwester, »soll ich Euch von den Versuchen erzählen, die ich unter außerordentlichen Strapazen unternommen habe und die mir nichts eingetragen haben als Fieber?« Fortan häufen sich seine Hiobsbotschaften, er jammert über den schlechten Ausgang seiner Geschäfte, über die hoffnungslose Aussicht rasch Millionär zu werden, über die aufkommende Angst, sogar das wenige zu verlieren, das er besitze. »Stellt Euch vor, daß ich an meinem Gürtel ständig sechzehntausend und ein paar hundert Franc in Gold bei mir trage; das wiegt an die acht Kilo und verpaßt mir schlimmen Durchfall.« Noch faselt er von Einkünften aus Elfenbein- und Ebenholzmanufakturen auf der Insel Sansibar, noch träumt er von Geschäften mit Gummiarabikum aus den Akazienhainen des Sudan, noch phantasiert er von Erträgen aus den Salzpfannen der Wüste Kalahari. Dem entgegen stehen bedenkliche Absprachen, fragwürdige Bilanzen, undurchsichtige Versuche, Geld zu beschaffen, die ihn schließlich in den Ruin stürzen.

Trotz all seines Unglücks, Roland gefielen Rimbauds haarsträubende Abenteuer ins Wagnis, die Seitensprünge ins Risiko. Er fühlte sich aufgenommen in die Gesellschaft der Händler, in den Klub der Aktionäre, in die Loge der Spekulanten. »Ich möchte mich nicht dagegen sträuben, diesen Menschen Rimbaud als mein Ebenbild anzuerkennen. Ihr werdet sehen, wie ich ihm immer ähnlicher werde und ihm nacheifere, um es dann am Ende besser zu machen als er.« Roland saß halbtrunken mit uns am Tisch, griff sich hie und da eines der Fotos seiner Hararreise aus dem Stoß heraus und hielt es hoch über die Weingläser und Aschenbecher, als wollte er die Kuriositäten seiner Reisegeschichte mit realen Bildern beweisen: Wir sehen die Moschee von Harar mit ihrem gedrungenen Minarett an der Place Rimbaud, sehen die barbusigen Mädchen mit Rastalocken und Perlenketten vor seiner Citroën-Ente, sehen Zebras durch die Steppe galoppieren und Ziegen auf Dornbüschen balancieren. »Schon Rimbaud hat den Markt von Harar, den alten Händler zwischen den Säulen seines Hauses, seinen griechischen Angestellten unter Bananenstauden fotografiert. Wer aber meine Geschichte nicht glauben will, der schaue sich die Fotos genau an, Rimbauds Fotos und meine Fotos –, und wer meint, Rimbaud hätte nach all seinen Konkursen die Flinte ins Korn geworfen, der schaue sich mal die Bestellscheine an, die er nach Frankreich geschickt hat. Seine Listen sind nämlich ellenlang. Er wußte haargenau, worauf's ankam: Er brauchte einen Theodoliten und einen Sextanten – und stoßweise Bücher! Aber keine Romane und keine Gedichtbände, er brauchte Handbücher über Schabgeräte fürs Kaffeebohnenschälen und über Spezialwaffen für die Elefantenjagd. Eins darf man dabei nicht übersehen: In seinen Gedichten ist immer etwas anderes gemeint als das, was er sagt, in seinen Geschäftsbriefen bedeutet jedes Wort genau das, was dasteht, nicht mehr und nicht weniger.« Auch Roland blieb getreu bei der Sache, er war kein Schwadroneur, verzapfte kein Jägerlatein. Hätten wir nicht die Ortsbeschreibungen von Alfred Bardey und die Erlebnisschilderungen von Roland Cazet, wir wüßten nichts über diesen Reiseweg Rimbauds. Er selbst hat kein Wort darüber verlauten lassen. Außer Fieber nichts eingebracht, schreibt er an Mutter und Schwester, das ist alles, was er berichtet. Roland wiederholte Rimbauds Klage noch ein drittes Mal, es war zu spüren, wie er teilnahm an Schicksalsschlägen, die ihn selbst betrafen. Hellmut winkte ab. Mit verzwickten Einwänden und Fragen versuchte er erneut, Rolands Eintreten für den abenteuerlustigen Geschäftemacher Rimbaud zu durchkreuzen: Es gelang ihm nicht.

Der Coq au Riesling war verzehrt. Wieder einmal hatten wir versäumt, die Kochkünste der Hausfrau zu loben. So wäre der Abend in einem gescheiterten Streitgespräch untergegangen, hätte nicht Hans sich aufgerappelt und ihm in letzter Sekunde eine Wende gegeben. »Was habt ihr eigentlich gegessen in diesem unwirtlichen Gebirge?« fragte er Roland, »ich jedenfalls kann mir nicht vorstellen, daß euch dort jemand einen solch herrlichen Coq au Riesling aufgetischt hat, wie wir ihn heut' abend verspeisen konnten. Muddel«, sagte er zu Hanno, »beim nächsten Treffen machst du einen Coq au Riesling und Roland kann dort weitererzählen, wo er heute abend aufgehört hat.« Brigitte brachte die Schnapsgläser auf den Tisch, sie schenkte jedem einen Mirabell ein, wir stießen an, und Hans rief: »Auf Roland und Rimbaud, die tapferen Äthiopier!«

Roland dankte Hans für seinen Trinkspruch und lud ihn nach Ali-Sabieh ein, wo er schauen, wo er zeichnen, wo er malen könne nach Herzenslust. Hans ließ sich noch einen zweiten und auch noch einen dritten Mirabell nachschenken, er trank und verdrehte die Augen, sah sich schon in Gesellschaft von trinkfesten Genossen in der Savanne sitzen, die Flasche neben sich im Gras. Ihm war der Abenteurer Rimbaud lieber als der zu Hause hockende Dichter, der unternehmungslustige Geschichtenerzähler Roland lieber als der Schulmeister Cazet aus Addis Abeba. Leider fürchte er, daß er die Einladung ausschlagen müsse: »In Gedanken sitze ich schon zu Hause an meiner Staffelei und male. Bei deinen Erzählungen sind mir die Moscheen und die verwitterten Mauern, die Stadttore und die zerklüfteten Berge im Kopf entstanden, so daß ich sie in den allerfeinsten Einzelheiten malen kann, ohne sie wirklich vor Augen zu haben.«

Was hat Roland Cazet mit Arthur Rimbaud zu tun? Beide, noch nicht dreißig, trieben sich in Afrika herum und suchten das Ihre. Rimbaud wollte *das Feuer stehlen*: Damit hat er Ernst gemacht und sich die Finger verbrannt. Roland wollte sich *das Seine nehmen*: Es hing zu hoch für ihn und er ist auf die Nase gefallen. Was sollte das für ein Feuer sein, das Rimbaud sich holen wollte? Und was war das für ein Eigentum, das Roland begehrte? Ich frage mich, ob Rolands Geschichte von Rimbaud nicht ein Vorwand war, seine eigene Geschichte zu erzählen. Am Ende des Abends war Rimbaud nur noch ein Name wie Roland, er wurde blaß und immer blasser und verblaßte schließlich ganz, als hätte sich der Dichter selbst gewünscht, in der Namenlosigkeit der Globetrotter zu verschwinden. Wir folgten Roland durch die Berge zurück nach Harar, kehrten durch das untere Tor in die Stadt ein und verloren uns im dichter werdenden Abenddunst.

Bei unserem Treffen war Roland siebenunddreißig Jahre alt, genau so alt wie Rimbaud bei seinem Tod. Rimbaud litt an einer Krankheit, die bis heute auch für die Ärzte ein Rätsel geblieben ist. Sein linkes Bein versteifte sich vom Knöchel bis zum Oberschenkel, er selbst spricht von Entzündung und Wassersucht, die ich unter unaussprechlichen Namen im Klinischen Wörterbuch wiederfinde. Er klagt über entsetzliche Schmerzen. Seine nächsten Bekannten stehen kopfschüttelnd am Krankenbett, sie munkeln hinter seinem Rücken von den Folgen einer Syphilis. Auch Roland bleibt nicht verschont. Aus merkwürdigen gesundheitlichen Gründen habe er zum

Abschluß des Schuljahres 1970 seine Stelle in Dschibuti aufgeben müssen, schreibt er uns in einem Brief, am Ende seines Krankenurlaubs habe er um eine Dienstpause von einem Jahr ohne Gehalt nachgesucht. Als er bei uns ankam, bat er mich um rasche Konsultation eines Arztes. Er leide unter einem rheumatischen Fieber, habe Schmerzen in den Gliedern, vor allem in einem besonderen Glied, wir könnten uns schon denken, in welchem. Der Arzt diagnostizierte einen Tripper, sprach aber auch von einem anderen, schwerer wiegenden Leiden, das auf Prostata und Nebenhoden überzugreifen drohe. Er nannte es eine Arthritis gonorrhoica und behandelte Roland mit Penicillin. »Warum lernt man in der Schule nichts über Medizin, zumindest das wenige, das jeder braucht, um nicht solche Dummheiten zu machen?« hatte Rimbaud einst an seine Schwester Isabelle geschrieben.

Das Beste ist die heile Haut

Alexandria, Addis Abeba, Djibouti: Rolands afrikanische Spiele waren zu Ende –, zumindest schien es so. Obwohl er seine Fühler schon nach Indonesien und darüber hinaus nach Tahiti und den Marquesa-Inseln ausgestreckt hatte: Afrika ließ ihn nicht los. Wenn er donnerstags zu uns kam, fuhr er schon anderntags mit dem Frühzug nach Saarbrücken, kaufte sich am Bahnhofskiosk die FAZ und die WELT, spazierte die Kaiserstraße hinunter und schlüpfte bereits vor neun in die Dresdner Bank. Nach seiner Rückkehr, beim Mittagessen, schwelgte er in Geldgeschäften: Er hatte äthiopische und somalische Wertpapiere gekauft und hoffte auf Dividenden. Da der Deutsche Aktienindex in den letzten Wochen von der 3900-Punkteschwelle zurückgeprallt sei, stelle sich ihm die Frage, wie sich wohl die Inflation entwickeln könnte und welche Konsequenz die Zentralbank daraus zöge. Noch seien die Verhältnisse grundstabil, das Wirtschaftswachstum gesichert und die Geldpolitik optimistisch ausgerichtet. Einem verlockenden Angebot folgend habe er sich entschlossen, weiter an der Börse zu spekulieren, und Aktien einer kanadischen Gesellschaft namens IOS gekauft. Die Grundkosten seien zwar ziemlich hoch, doch das Konzept des Initiators Bernie Cornfield verspreche Aussichten auf rasche und außerordentliche Gewinne. Roland zeigte uns eine Aktie, ein ansehnliches Papier mit altmodischen Ornamenten und Schriftzügen wie aus dem neunzehnten Jahrhundert und der Vignette einer allegorischen Göttin mit nacktem Busen. Die Göttin trägt langes, fliegendes Haar und ein geflochtenes Zepter in der Rechten, den Ellbogen stützt sie lässig auf die

Erdkugel. Das wirkt gediegen, auf dem technisch perfekten Stahlstich präsentiert sich die barbusige Göttin des Geldes in aller Ungeniertheit und strahlt Bernie Cornfields Visionen mit Überzeugungskraft aus. Inzwischen hatte der Briefträger die neueste Ausgabe der ZEIT gebracht, worauf Roland sich gleich nach dem Mittagessen ins Gästezimmer zurückzog und seine Lektüre der Wirtschaftsteile begann. Wenn ich später zu ihm ins Zimmer kam, fand ich ihn in die Börsenblätter vertieft. Mit dem Zeigefinger längs und quer über die Blattseiten fahrend, verglich er Zahlenkolonnen und graphische Darstellungen, überprüfte die FAZ-Rendite mit der Umlaufrendite der Süddeutschen, untersuchte die Schaubilder deutscher Maschinenexporte, englischer Automobilverkäufe und der globalen Ölpreisentwicklung. Er beurteilte Konjunktur- und Hypothekenverhalten und buchstabierte mir bereitwillig das sibyllinische Begriffsalphabet der Wirtschaft.

Er studierte die Spieltheorie, las *Die Strategie des Konflikts* von Schelling, der den Zusammenhang wirtschaftsübergreifender Operationen mit sozialen und militärischen Verhaltensweisen herstellt. Von der Preisbildung auf Märkten über Tarifverhandlungen bis zu Rüstungswettläufen und Massenschießereien reiche sein ökonomisches Repertoire, erklärte er mir, wenn man sich mit einem Partner immer wieder auf das gleiche Spiel einlasse, sei es das beste, man verzichte auf den raschen Profit und lege seine Zinsen und Zinseszinsen langfristig an. Ich schwieg, seine Zahlenspielerei erschien mir wie ein unseriöses Abrakadabra, das überdies auch noch Gewinne abwirft. Mehr als die solide Ziffern- und Buchstabenakrobatik amüsierte ihn der ungleiche Austausch der Kräfte, das Wechselspiel von Geben und Nehmen nach Art der Bankräuber, wie wir es ja aus eigener Anschauung von Lyon her kannten. »Erinnere dich«, sagte er, »die Bankräuber von Lyon hatten sich die Demonstration der streikenden Lehrer zunutze gemacht: Den ganzen Tag über wurden Freiheit, Gleichheit und Brüderlichkeit beschworen; mit diesen patriotischen Parolen scharte sich nun halb Lyon auf die Seite der Räuber. Es ist müßig, sich auf Erklärungsversuche einzulassen«, meinte er, »in der wissenschaftlichen Theorie fortgesetzter Spiele, bei denen ja stets mehrere Parteien über eine lange Zeit interagieren, hat die Moral ohnehin nichts zu suchen.«

Mitten in Rolands Lehrstunde platzte Hermann herein, erkundigte sich nach Dividenden aus Rolands afrikanischen Kaffee- und Gummiaktien und fragte ihn scherzhaft, wie es mit den Wertpapieren der Kalahari-Salzpfannen-Company stünde. Roland nahm Hermanns Scherz auf, flunkerte von einem enormen Nachfrage-Boom und sagte: »Zum Glück haben alle meine afrikanischen Geschäfte schöne Erträge gebracht: Am meisten zu loben sind tatsächlich die Gewinne aus dem Salzpfannengeschäft.« Er habe den Eindruck, als hätte die Nachfrage nach dem von ihm so hoch bewerteten Kalaharisalz sich in der ganzen Welt herumgesprochen: »Es wird nicht lange dauern, bis die Zeitungen in allen Weltsprachen darüber berichten.«

Roland hielt sich auf dem laufenden. Oft schon zum Frühstück kaufte er sich alle erreichbaren Zeitungen mit ausführlichem Wirtschaftsteil, die ihm die Finessen des Weltmarkts bis in die verborgensten Schlupflöcher öffnen sollten. In einem deutschen Roman habe er von einem tüchtigen jungen Mann gelesen, der sich mit dem vertrackten Zusammenspiel von Soll und Haben befasse. Auf typisch deutsche Art habe der Romancier dieses Geschäft mit einem bunten Gewebe aus zahllosen Fäden verglichen, aus dünnen Schnüren, die ineinander greifen und ihr Garn über Land und Meer in alle Weltteile weiterspinnen. Warum so viel Poesie, wenn's um die Wirtschaft geht, frage er sich, hielt allerdings fleißig mit und meinte: »Genau so wie dieser Schlaukopf mache ich es ja auch: Ich häkele meinen Tüll so fein, daß ihn nicht einmal das Steueramt bemerkt.« Roland war ein reicher Mann geworden. Nun ja, was man eben in unseren Kreisen reich nennt: Er hatte keine Sorgen, aß und trank so viel und so gut er mochte, amüsierte sich mit Frauen, wohnte eine Zeitlang in Hotels, die er per Federstrich mit Scheck bezahlte. Reichliches Gehalt, Zulage für Auslands- und Überseeaufenthalt, wohlkalkulierter Lebenswandel und erfolgreiche Geschäfte mit Medikamenten und Transistorgeräten hatten ihm ein gut verzinstes Kapital eingebracht, das er im Laufe von zwölf Jahren in günstigen Darlehen anlegte. Er besaß ein halbes Dutzend kleiner Ferienstudios an der spanischen Mittelmeerküste, mehr als zweihundert antiquarische, von Liebhabern gesuchte Radioapparate der oberen Klasse, Aktien und Obligationen verschiedener Banken. Die Studios waren an Urlaubsgäste vermietet, mit den Radiogeräten bereiste er Handelsmessen in Deutschland und Österreich, die Aktien vermehrte er in schlauen Operationen, indem er sie nach den Börsenständen gewinnbringend auf- und weiterverkaufte. Ja, er lieh sich sogar bei uns eine erkleckliche Summe. Bernie Cornfields IOS-Aktien versprachen ihm den Durchbruch ins eigentliche Glück. Die schöne Göttin bot ihre prächtigen Brüste dar, als locke sie zu noch höheren Geschäften.

Es kam anders als erhofft. Nach anfänglichen Erfolgen stürzte die IOS-Aktie vom Gipfel in den Abgrund. Fehlspekulationen und ausbleibende Kursanstiege, nachfolgende Manipulationen und Betrügereien führten ins finanzielle Desaster. Allzu waghalsig hatte Roland sich in die Versprechungen der reinen Wirtschaftslehre gestürzt, sich rettungslos in diesem vermaledeiten poetischen Gewebe aus feinstgesponnenen Fäden verhaspelt. So kommen wir unabwendbar auf Rimbaud zurück. Auch er hatte ja sein ganzes Glück aufs Spiel gesetzt. Und auch er konnte nicht wissen, daß es ihm aus dem Ruder laufen würde. »Ich möchte schnell, in vier oder fünf Jahren, fünfzigtausend Francs zusammenbekommen«, schreibt er an seine Mutter, »und danach werde ich heiraten.« Rimbaud will ausruhen an einem Ort, der ihm einigermaßen gefällt, eine Familie gründen, einen Sohn haben, »den ich für den Rest meines Lebens nach meinen Vorstellungen erziehen würde, um ihn mit der vollständigsten Ausbildung zu versehen, die in unserer Zeit zu erlangen ist, und den ich einen berühmten Ingenieur werden sehe, den die Wissenschaft reich und mächtig macht?« Das alles schreibt er mit einem Fragezeichen, seine Hoffnung ist wohl nicht allzu groß. Der Brief endet: »Wie die Muselmanen bin ich sicher, daß geschehen wird, was geschehen soll.«

Rolands Briefe lassen die Briefe Rimbauds an seine Mutter und seinen Geschäftspartner in uns aufleben: »Mein Geschäft ist sehr schlecht ausgelaufen, und ich fürchtete eine Zeitlang, ich müßte ohne einen Taler zurückkehren ... Ich komme aus dem Geschäft mit sehr wenig heraus, weniger als ich hinein gesteckt hatte«, schreibt Rimbaud, und schließlich, Rolands Wünsche vorausahnend: »Ich möchte ein paar tausend Franc Rente haben und das Jahr in zwei oder drei verschiedenen Ländern verbringen können, bei bescheidenem Leben und mit ein paar kleinen Geschäften, damit ich meine Kosten dekken kann.« Doch Rolands Geschäfte gingen so rasch den Bach runter wie Rimbauds Geschäfte achtzig Jahre zuvor. Das Unheil war nicht mehr aufzuhalten. Roland schrieb an seine Mutter nach Seurre, als sei sie die Mutter Rimbauds in Charleville, beide kauderwelschten sie halb ausgesprochene Bekenntnisse, Roland auf burgundisch, Rimbaud auf ardennisch. So ähnlich sie sich nun geworden waren, suchten sie ihr Heil in treuer Kumpanei. Als Roland das nächste Mal unverhofft zu uns kam und den Namen Rimbauds in den Mund nahm, sprach er nicht mehr von einem Fremden, er sprach von seinesgleichen. Das einzige, was ihn von Rimbaud unterschied, war sein realistisch geschulter Verstand. Trotz halsbrecherischer Unternehmungen hatte er keine Flausen vom schöneren Leben im Schoß einer Familie im Kopf, er spintisierte sich kein lauschiges Dasein vor mit Frau und Kindern in einem Luftschlößchen abseits der Zivilisation.

Roland hatte alles verloren, fast alles. Es blieben ihm zwei Studios an der Costa Blanca und zwei Radioapparate in seiner Autogarage. »Ich hätte sowieso nicht in diesen sieben Studios zugleich wohnen können und hätte auch nicht gleichzeitig an diesen zweihundert Radioapparaten sitzen und Bourvil hören können«, sagte er, »fort ist fort und weg ist weg!« Den einen Apparat holte er sich in seine kleine Wohnung in Dijon, den anderen hielt er auf Reserve, für alle Fälle. Es war ein Volksempfänger von 1937, ein Röhrengerät mit Elektrik von erklecklichem Sammlerwert, den wir ihm zum Geburtstag geschenkt hatten. Den hüte er wie einen Augapfel, erklärte er, den würde er erst verkaufen, wenn er kurz vor dem Verhungern stünde. Ein Verkauf seines zweiten spanischen Studios bleibe ihm leider versagt, es sei nämlich an einen Spanier vermietet, den er aber nicht herausbekomme, um es zu Geld zu machen. Eine Klage bei Gericht sei ebenso gescheitert wie sein Plan, das Studio einer spanischen Bank zu übertragen, die den lästigen Mieter raussetzt, damit sie es verscheuern könne. Weiß überhaupt jemand, wer nach Rolands Tod in den Besitz dieses Studios gelangt ist? Sein Lieblingsneffe Claude, vielleicht ein anderer leiblicher Erbe, oder ist es überhaupt nicht möglich, als Ausländer einen Spanier aus einer spanischen Wohnung zu vertreiben? »Macht nix«, sagte Roland, »mein Aktiengeschäft war ein Schlag ins Wasser, da hat's geknallt – und fertig! Das Übriggebliebene teil' ich mir ein fürs Reisen, fürs Essen und Trinken und fürs Rauchen. Der Rest reicht fürs Krematorium. Aber Bernie Cornfield als Betrüger zu bezeichnen, kommt mir ebenso wenig in den Sinn, wie Casanova als Ehebrecher zu verurteilen.«

Im Windschatten hinter St. Wendel versteckt liegt das Dörfchen Urweiler: Dort mieteten wir im Juli 1968 ein Sommerhaus. Die ländliche Abgeschiedenheit lockte mit sanften Hügeln und dichten Wäldern –, und so fuhren wir schon am letzten Schultag vor den großen Ferien von zu Hause ab. Der Kofferraum war vollbepackt mit Wein, die Kisten drückten auf die Räder, das Auto glitt wippend über den Asphalt. Der durchgerüttelte Luxemburger Elbling perlte noch, als wir die Flaschen öffneten. Er schäumte wild, die Gläser klangen, ein schöneres Leben begann. Als kurze Zeit später Hans und Hanno eintrafen und wir erneut auf unser Wohlergehen anstießen, hatte sich der Elbling immer noch nicht beruhigt.

Den ganzen Nachmittag saßen wir auf der Terrasse, tranken und warteten auf Roland, der sich für spätabends angesagt hatte. Mit erhobenen Gläsern begrüßten wir ihn, der Elbling war in der Sonne lauwarm geworden und perlte unentwegt. Unsere Trinklust war ungebrochen, und so hatte der Wein bald keine Gelegenheit mehr zu schäumen, denn die dritte oder die vierte Flasche kam schon aus dem Kühlschrank, dort hatte der Elbling seine Wut längst gestillt. Roland packte die von seiner Mutter frisch gebackenen Gougères aus, wir aßen und tranken und fühlten uns wie Gott in Frankreich.

Unser Sommerhaus lag nur ein paar Schritte oberhalb des Dorfrands, hinter dem ein undurchdringlicher Wald beginnt. Er erstreckt sich weit über den Höhenrücken des Bosenbergs hinweg in ein Seitental, ist von schmalen Pfaden durchzogen, die immer schmäler werden, je tiefer man ins Unterholz vordringt. Wer die Märchen vom großen dicken Wald gelesen hat, kennt auch seine Gefahren, gibt acht, daß er nicht vom Weg abkommt und wie Jorinde von der alten Erzzauberin in eine Nachtigall verwandelt wird. Beim ersten Waldgang spotteten wir über unsere Märchenseligkeit, nahmen aber gleich einen Schluck aus dem Flachmann, damit wir nicht ins Spintisieren gerieten. Während wir friedlich spazierengingen, flogen in Paris die Pflastersteine auf Autos und in Berlin die Tomaten auf den Schah von Persien. Unsere Ausflüge zu den Leitersweiler Buchen weckten in Roland Erinnerungen an seinen Vater, der gern das Geheimnisvolle des deutschen Mischwaldes gegen die Nüchternheit des französischen Stoppelwaldes ausspielte – »Vergleiche, die ja längst ausgedient haben und doch nicht völlig falsch sind«, meinte er, »meine äthiopischen und somalischen Landpartien sind eigentlich nur exotische Eskapaden, diese Spaziergänge durch den deutschen Wald kommen Lektionen gleich: Man lernt euch Deutsche dabei kennen. Du erfährst nämlich mehr über einen Deutschen, wenn du mit ihm schweigend durch den Wald gehst, als in einer philosophischen Plauderstunde.«

Bei den Leitersweiler Buchen wich er Hans nicht von der

Seite. Hans packte Rötel aus, den wir an einer Böschung der Blies ausgegraben und mit dem Taschenmesser zugespitzt hatten: dicke, und doch handliche Kreidestifte aus Roteisenstein und Ton. Wir schlüpften ins Unterholz, schauten ins Laubgewirr der wundersam verdrechselten Bäume, betrachteten die verkrüppelten Äste, die verknorzten Zweige, die Hans mit Pinsel und Stift unversehens in verwachsene Arme und mißgebildete Finger vierschrötiger Kobolde verwandelte. Mißgestalt war für Hans keine Fehlleistung der Natur, Abweichung vom Üblichen keine Scheußlichkeit: Für ihn drückte sich in der Übertreibung das Wesenhafte aus –, und er ließ nicht nach, sein makabres Spiel zu treiben. Verkrebste Glieder, die aus den Leibern gebeugter Bäume ragten, Zunderschwamm, der wie vernarbtes Fleisch aufquoll: Todholz, unter dem Malerpinsel zu einem grotesken Scheinleben erweckt! Roland kratzte sich am Kopf, angesichts dieser Bilder gehe wohl oder übel seine Überzeugung vom klassischen Schönheitsideal in die Binsen, meinte er und klopfte Hans wohlmeinend auf die Schulter.

Vom Sturm gebeutelt, vom Blitz zersplittert: Fünfunddreißig Jahre später haben Nashornkäfer und Balkenschröter die Baumleichen heimgesucht. Marder und Bilche hausen in den hohlen Stämmen, aus verrotteten Wurzelstöcken sprießen Haufen von Hallimasch mit weißen Lamellen und braunen Schuppen auf der Haut. Wenn Roland wiederkommen könnte, fände er das verfaulte Holz in schaurige Gestalten umgewandelt. Hans hat sie in seinen Bildern vorweggenommen. Wer weiß, wer die Zeichnung heute besitzt, die er Roland zum Abschied geschenkt hat!

Schon vor seinem zweiten Besuch in Urweiler hatte sich Rolands sympathische Gesinnung herumgesprochen. Nicht nur seine aufsehenerregende Zigarettenspitze und sein ausgefallenes Sommerjöppchen fielen in aller Augen, uns beeindruckte seine zupackende Art, ein Problem rasch und bündig auf den Punkt zu bringen.

Trotz dieser Nüchternheit verlor er die Ziele seiner Neugierde nicht aus den Augen: Nun liebäugelte er mit einer Lehrerstelle in Französisch-Polynesien, gestand er, die Stadt Papeete auf der Insel Tahiti habe es ihm angetan, seit er bei dem Maler Gauguin gelesen habe, dort könne man sich unter Palmen tummeln wie Adam und Eva im Paradies. Roland war bald Hahn im Korb. Jeder wollte ihn sehen, jeder wollte mit ihm sprechen, jeder wollte seine Meinung hören. Noch gab es nicht den Freundeskreis von heute, es fehlten Leo und Fee, Fred und Gabi, Johannes und die anderen, die heute das zweite Dutzend voll machen. Nach und nach kamen sie zu uns nach Urweiler, es gab keinen, mit dem Roland von Anfang an nicht rasch ins Gespräch gekommen wäre. Die einen hatten sich mit der Dichtkunst, die anderen mit der Malerei angelegt, einige reüssierten in der Literaturwissenschaft, im Journalismus, in der Hörspieldramaturgie: Es waren Künstler mit entschiedenen Meinungen, und folglich ging es hoch her in unseren Debatten. Später gab es welche, die ihr Heil in der Politik versuchten, emporstiegen auf Engelsflügeln und bald wieder auf den Pfoten landeten. Wer hat in diesem Zusammenhang noch nicht den Namen Oskar gehört? Der eine mag sich Oskar, den Politiker, der andere Oskar, den Dichter, vorstellen: Roland lernte sie alle kennen.

Jeder von uns wäre ja gern aus der Reihe getanzt, hätte in seinem Metier mit Vorliebe die erste Geige gespielt. Es gibt solche, die am liebsten in der Mitte und solche, die lieber am Rand stehen –, doch keiner konnte sich das Ansehen des Außenseiters erwerben. Roland Cazet mußte kommen und glaubhaft darstellen, was es sonst nicht gibt: den Exzentriker, der im Mittelpunkt steht. Roland hatte uns gefehlt, ein ungekünstelter Exzentriker, ein Globetrotter, der quer durch Afrika zog, lieber aber als Bienen- und Lavendelzüchter in Frankreich geblieben wäre –, ein Mädchenhändler, der im Vorderen Orient seine Geschäfte trieb, lieber aber seine heißgeliebte Odette geheiratet hätte –, ein Methodiker, der das einfache Leben in der Südsee suchte, lieber aber seiner komplizierten Bastelarbeit an Radioapparaten treu geblieben wäre.

Das Sommerhaus in Urweiler war Treffpunkt unserer Clique. Es gab kein Telefon, doch feste Verabredungen galten, und an den Wochenenden kamen die Freunde unangemeldet. Roland war von Anfang an mitten unter uns. Bei seinem nächsten Besuch lernte er Michel kennen. Michel kam freitags nachmittags, wir saßen bei einer Flasche Wein auf der Terrasse: Hans, der keinen Augenblick untätig sein konnte, hatte den Zeichenblock über die Knie gebreitet und entwarf aus dem Gedächtnis immer wieder neue Baumgestalten. Obgleich gerade angekommen, stürzte Michel sich begeistert in diese Verwandlungsspiele mit Pinsel und Farbe. Er wußte, daß er einen mal- und trinkfreudigen Hans antreffen würde, legte aber den Finger auf den Mund, als Hanno ihn in ein Gespräch über die Gefahren des Alkoholmißbrauchs verwickeln wollte. Stumm schaute er Hans beim Zeichnen zu, dieweil Brigitte fürsorglich über den Tisch blickte und Hanno nachschenkte. Petra, inzwischen vierzehn geworden, saß abseits an der Hausecke und schminkte sich. Da weißer Lippenstift in Mode gekommen war, glich sie einer japanischen Tempeltänzerin. Roland zündete Hans eine Zigarette an, bot Michel seine Schachtel mit Gitanes und stopfte sich in seinen Filter eine Selbstgedrehte.

In tiefen Zügen rauchend genossen sie die Wiederauferstehung der Leitersweiler Buchen als exotische Fabelwesen. Hans hatte sich vorgenommen, die Geschichte des Waldes zu entwerfen, und da auch Michel darauf brannte, sie bis in die feinsten Einzelheiten zu erfahren, folgte er aufmerksam jedem Strich. Roland sagte, er werde seinen Freunden in Somalia von diesem Nachmittag erzählen, an dem die Malkunst explodiert sei. »Die Freunde werden staunen, denn wo gibt's das sonst noch auf der Welt, daß sich einheimische Bäume in orientalische Drachen verwandeln.« Darüber war es dunkel geworden. Brigitte brachte eine neue Flasche Wein auf den

Tisch und prostete uns allen zu. Das Gläserklingen erzeugte eine kleine Nachtmusik, sie weckte die Siebenschläfer unter dem Dach. Es raschelte und piepste, eines der Tiere schlüpfte unter der Regentraufe hervor und schaute vorwitzig auf die Greife und Lindwürmer im Zeichenblock. Michel trat an die Hausecke, streckte einladend die Hand aus und bat den Siebenschläfer zu einem Schluck Wein an den Tisch. Der Siebenschläfer pfiff, richtete sich auf und rief seine ganze Familie herbei. Wäre Hans nicht in diesem Moment von einem zischenden Niesreiz überfallen worden, die Siebenschläfer, so freundlich zu einem Plauderstündchen gebeten, hätten nicht aus panischer Angst das Weite gesucht.

Am nächsten Morgen war nichts von ihnen zu sehen und zu hören. Rolands Rasierapparat schnurrte, das Kaffeewasser sprudelte, Hans schnarchte noch. Auf dem Terrassentisch lag ein Zettel mit der Nachricht von Michel, er sei schon unterwegs, frische Brötchen zu holen – und daneben ein Gedicht, das ihm wohl in der Nacht eingefallen war. »Was man bei euch nicht alles erleben kann«, meinte Roland und tauchte sein Brötchen in den Milchkaffee, »hier werden bis spätabends Bilder gemalt und tief in der Nacht noch Gedichte geschrieben, die den Nagel auf den Kopf treffen.«

Wenn Michel mit dem Einkaufskorb durchs Gartentor kam, schwieg Rolands Rasierapparat auf der Stelle. Michel brachte nicht nur außer frischen Brötchen, Schinken und Eiern die Bildzeitung mit den neuesten Nachrichten, er überbrachte vor allem die letzten Weisheiten von Frau Egler aus dem EDEKA-Geschäft. Es war im August 1969, als Frau Egler ihn mit einer tiefgründigen Frage vor ein Rätsel gestellt hat –, und Michel erlitt einen Schock. In aller Herrgottsfrühe hatte Frau Egler ihn mit einer Denkaufgabe verwirrt, deren Sinn sich nur aus der Kenntnis der hiesigen Mundart erschließt. Es geht dabei um ein Tier, genau gesagt um seine Eigenschaften und Fähigkeiten: Es geht um das Huhn und seine einzigartige Nützlichkeit.

Doch der Ton macht die Musik: Saarländischer Wortlaut

und saarländische Grammatik ermöglichen einzig und allein das Begreifen eines solchen logischen Zusammenspiels. Da Frau Egler eine schwer verständliche Abart unserer Mundart sprach, blieb Michel nichts anderes übrig, als sich den Wortlaut von Frage, Antwort und Begründung haargenau einzuprägen. Noch bevor er Frühstücksbrötchen, Frühstücksschinken und Frühstückseier aus dem Korb packte, deklamierte er das philosophische Lehrstück. Frage: »Wat is dat nitzlichste Dier?« Antwort: »Dat Hinkel.« Begründung: »For wat? Man kann et esse vor seinem Läwe un kann et esse noo seinem Läwe, un in seinem Läwe gift et uus die Aier.« Das Hinkel und das Ei, von Clemens Brentano zu literarischer Unsterblichkeit gelangt, geisterte durch unsere Köpfe. Da schlug Rolands Stunde!

Er erinnerte sich an sein erstes Zusammentreffen mit Mutter in unserem Hühnerpferch, sprach ehrfurchtsvoll von unseren Hinkeln, die unter Aufsicht des Hahns pickten und gackerten und sich zielstrebig auf ihre Nester begaben, die berühmten Fünfzigerjahre-Eier zu legen, die nicht nur wie Eier aussahen, sondern noch wie Eier schmeckten: Aus einem deutschen Märchen entwickelte er seine Eiertheorie. »Berücksichtige stets, welche praktische Bedeutung eine Idee hat«, dozierte er, »meine Eieridee folgt nämlich Frau Eglers Theorie der Nützlichkeit und läßt keine übergeschnappten Ausdeutungen aufkommen.«

In allen Weltsprachen zu Hause, hatte er sich in Frau Eglers Mundart rasch zurechtgefunden. So oft jemand in den darauffolgenden Tagen das Eierthema aufs Tapet brachte, Roland wetteiferte mit Michel um die lautgetreue Wiedergabe des Lehrsatzes, der inzwischen sprichwörtliche Popularität erlangt hatte. Wir wußten, daß er schon lange vor unseren Urweiler Tagen entschlossen war, Europa in dem Augenblick zu verlassen, da es seinen ihm eigenen Geruch und Geschmack verliert. Frau Eglers Eiertheorie vorausahnend, verteidigte er sie während all der Jahre seines Aufenthalts in Ägypten, in Äthiopien, in Somalia gegen die Geschäftemacher aus Amerika, die mit Eierleg- und Eierschneid-, Eierbrüt- und Eierverpackungsmaschinen den letzten Sinn und Zweck des Essens verderben.

Wir hatten lange debattiert, schließlich brachte Brigitte die Frühstückseier auf den Tisch. Roland pellte ein Ei, aß es und sagte: »Das ist kein Ei. Das kann gar kein Ei sein, denn es schmeckt nicht wie ein Ei, es schmeckt wie inzwischen alles in Europa schmeckt, es schmeckt nach nichts.« Er wende sich nicht gegen Frau Egler, denn sie könne ja nichts dafür, daß ein EG-Ei so dick sei wie ein Gänseei und zwei Dotter habe. Nein, Frau Egler sei nicht schuld am Untergang Europas, auch wir nicht, die ihre Hinkel- und Eiertheorie richtig verstanden hätten. Hans saß stumm am Tischende, er hatte schon wieder seinen Block vor sich liegen und zeichnete, mal nahm er den Filz-, mal den Rötelstift zur Hand und führte sie geschickt über das Papier.

Ägyptisches Getier, äthiopisches Gewächs, somalisches Gefieder: Hans zauberte aus Eiern eine skurrile neue Welt hervor. Seine Eier waren Lebacher Eier, jene eigenartigen riesenfaustgroßen Steine, die wir am Fuß des Hunnenrings aus dem feuchten Lehm eines Weiherufers gruben. Sie ließen sich zerteilen und öffnen wie Überraschungseier aus Schokolade. Was herauskam, waren allerdings keine Anhänger und Ringelchen aus Trompetenblech, uns starrten versteinerte metallische Einsprengsel an wie plombierte Gebisse, galvanisierte Schwären, eingedampfter Dotter. Hans zeichnete sie: Aus den Gebissen, den Schwären, den Dottern wuchsen unter seiner Hand phantastische Gestalten hervor. Jedesmal, wenn er ein Lebacher Ei aufschlug, rief Roland voller Erwartung: »Egal, ob jetzt eine Baumwurzel oder ein Tierschädel herauskommt: Du wirst etwas anderes draus machen!«

Ein pfiffiger Journalist hatte gemeldet, im St. Wendeler Land entstehe ein achtes Weltwunder. Einige hatten es in der Zeitung gelesen, andere im Radio gehört, die meisten durch das Fernsehen erfahren –, rasch machte das Wort seine Runde.

Wir waren zwar längst eingeweiht, wollten aber Frau Egler aus dem EDEKA-Geschäft nicht die Freude verderben, es uns als eine Sensation zu präsentieren. Ein achtes Weltwunder im Saarland, was für ein Ereignis! Roland und Michel überbrachten die Nachricht, machten sich auf den Weg und fanden es tatsächlich:

Auf der Höhe zwischen St. Wendel und Baltersweiler entdeckten sie Bildhauer bei der Arbeit. Die Künstler, teils mit nacktem Oberkörper, teils mit luftigen Hemden bekleidet, trugen Leinenhüte, Schirmmützen oder Kopftücher gegen die sengende Sonne: Sie sahen tatsächlich aus wie besessene Wundertäter, die ihre Kraft und ihren Erfindungsgeist daransetzten, das Bild der Erde zu verändern.

Roland stand erstaunt am Straßenrand, schaute den Künstlern bei der Arbeit zu und meinte: »Wundertäter verehrt man kurze Zeit, dann werden ihre Namen vergessen, und bald darauf verschwinden auch ihre Werke von der Bildfläche.«

Seine Zweifel verflogen beizeiten, denn unsere Wundertäter auf der Baltersweiler Höhe waren zu ihrem Glück moderne Wundertäter: Sie hantierten nicht mit Wünschelruten und Zauberstäben, fuchtelten nicht mit handbreiten Schwertern herum –, aus aller Welt gekommen, begaben sie sich schweigend mit Hämmern und Meißeln in die Felder und Wiesen, versanken fast in den sanften Wellen des Schaumberger Hügellands, rangen von früh am Morgen bis spät in den Nachmittag hinein mit rohen Steinblöcken, denen sie eine neue Gestalt geben wollten. Und was das Wichtigste war: Sie hatten Journalisten und Schriftsteller, sie hatten sogar Dichter auf ihrer Seite, die dafür sorgten, daß ihre Arbeit nicht ohne das gebührende Tamtam unter die Leute kam.

Es waren Bildhauer, die ja bekanntlich die Sprache der Steine verstehen, an deren Lehre vom Sinn des Daseins glauben und sie wie moderne Schamanen ungeniert verbreiten. Eingeladen von Leo, dem Erfinder dieses achten Weltwunders, der *Straße der Skulpturen*, hatten sie sich über die ganze Höhe verteilt. Ihr Klopfen drang aus offenem Gelände und versteckten Seitenpfaden, von nahen Wiesenhängen und von fernen Weizenfeldern her. Ein Japaner meißelte seinen Sonnenstein, ein Pole seinen Grenzstein, ein Österreicher seinen Wappenstein. Togashis Sonne glänzte von weither über die Kontinente, Ryszkas Grenze entpuppte sich als Querwand zwischen Mann und Frau, Ölzants Wappen gaben geheime Auskunft über Herrschafts- und Geschlechterlinien. Schon konnte man erste Auslegungen in der Zeitung lesen, vor allem die Dichter waren mit mystischen Sinndeutungen im Radio zu hören.

Wir freundeten uns im Nu mit den Bildhauern an, und da Roland sich mit den alten Weltwundern auskannte, standen rege Wortwechsel bevor. Bald gingen wir bei ihnen und sie bei uns ein und aus. Wir besuchten sie bei Leos gegrillten Würstchen an der Damra, sie uns bei Brigittes polnischer Suppe im Sommerhaus. Der Stein als solcher wurde zum Gesprächsthema, sein besonderes Wesen zum Anlaß heftiger Debatten. Ein Stein scheint nämlich nicht einfach nur ein hartes, ungeformtes Materialgemenge der Erdkruste zu sein, die Bildhauer machten uns weis, der Stein bringe aus der Erde verschlüsselte Naturgeheimnisse an die Oberfläche und überrasche den normalen Menschen mit seiner verborgenen Rätselhaftigkeit. Nur die Bildhauer seien auf Grund ihres intimen Umgangs mit ihm imstande, die Gedanken und Absichten, aber auch die Sorgen und Nöte des Steins zu begreifen.

Wir wunderten uns über Rolands Bereitschaft, sich auf den Hokuspokus der Bildhauer einzulassen –, doch bald erkannten wir den Grund dafür: Was nämlich die Weltwunder anlange, mache ihm niemand ein X für ein U vor. Fast alle Weltwunder seien aus Stein gemacht, belehrte er uns, er habe alle sieben schon aufgesucht.

Ob nun der Koloß von Rhodos und der Zeus von Olympia tatsächlich zwei Erzstandbilder oder nicht doch Steinskulpturen gewesen waren, bleibe dahingestellt, von diesen beiden Wundern sei nämlich nichts übriggeblieben als das Gerede darüber. »Ich habe Zeugen«, sagte er, »mein alter Freund Abdul Hassan hat mich zu der Stelle geführt, wo Hafenarbeiter die Feuer des Leuchtturms von Alexandria geschürt haben, und mit dem schönen Valentino bin ich ans Ufer des Euphrat gereist, wo die Königin Semiramis in den hängenden Gärten herumspaziert ist.« Der Globetrotter fand kein Ende, fügte hie noch eine Besonderheit, dort eine kleine Legende an, er überschüttete uns geradezu mit seinen Kenntnissen, uns blieb die Spucke weg. Bei seiner Erzählung legten die Bildhauer Hammer und Meißel zur Seite, warfen ihre Stirn in Falten und suchten nach Worten. Ein Bildhauer hält einen einfachen Menschen nicht für besonders kundig, wenn's um seine Sache geht: Er redet mit jedermann wie mit einem Kind, dem man die Welt erklären muß.

Nach jeder Debatte unter freiem Himmel baten die Künstler uns an die Damra, ein verschwiegenes Plätzchen im Talgrund eines Bachs, wo Leos und Fees Haus zwischen Büschen und Bäumen steht. »Dort reden wir weiter«, versprachen sie. Unter Holzschuppen neben der mächtigen Akazie saßen schon andere Bildhauer, ein deftiger Bratenduft stieg uns in die Nase. Wir setzten uns zu ihnen an den langen Tisch, auf dem Platten mit Würsten und Käse standen, Wein- und Bierflaschen, mit Zigarettenkippen überhäufte Aschenbecher. Paul war dabei, ein Saarländer, der in seinem Stein die Ewigkeit von Zeit und Raum mit der Unverrückbarkeit der Geometrie zu veranschaulichen suchte –, und die schöne Gaby, eine Rumänin, die sich alle Mühe gab, ihrem Stein den endgültigen Ausdruck des Plastischen zu verschaffen. »Ich muß die Schwingungen des Lichts aufspüren, das die uns bedrängenden Dinge entkräftet«, sagte sie und faßte ihre Philosophie in dem Satz zusammen: »Die Form lauscht in den Raum.« Die Holzkohle glühte, die Würste schmorten –, wenn es nach dem Wunsch der Bildhauer gegangen wäre, hätte sich das Licht explodierend aufgeschwungen, hätte die Form diesem Höllenspektakel ergriffen gelauscht.

Wenn ich mir heute, fünfunddreißig Jahre später, unser damaliges Zusammenleben mit den Schöpfern des achten Weltwunders ins Gedächtnis rufe, sehe ich ein Genrebild wie von Pieter Brueghel gemalt, höre Wörter, die ich von den gemalten Lippen ablese. Bildhauer sind wie Bauern, sie schaffen nicht nur mit den Händen –, essend und trinkend reden sie von ihrer Arbeit, und wenn die Stimmung am höchsten ist, fangen sie an, wortreich mit dem Sinn der Welt zu kokettieren. Paul nimmt eine Bratwurst in die Hand und bekennt: Wenn er seinen Hammer ansetze, berühre er Jahrmillionen –, Gaby wischt sich über den Mund und gesteht, Leos Elbling stille ihren Durst nach Schönheit wie ihre Erinnerung an die Nike von Samothrake. In den Hirnen der Bildhauer rumort es, daß man es bis in den hintersten Winkel von St. Wendel hört: Die Steine fabulieren, das Licht flunkert, die Damra wird zum Hexenkessel.

Haben sich die Bildhauer als Wortakrobaten entpuppt? Oder ist ihnen der Alkohol zu Kopf gestiegen? Alle schwärmen, viele sind außer sich, es hat den Anschein, als hätte jeder sich unsterblich in einen Stein verliebt. Ihr Überschwang hat auch uns angesteckt, wir reden und reden, nur Hans bleibt stumm. Ihm kommt dieser Wirbel spanisch vor: Er, sonst kein Kostverächter, erschrickt vor dem Übermaß an Leidenschaft. »Was soll ich mich in ein Gespräch einmischen, dessen Gegenstand für mich ohne Bedeutung ist«, sagt er zu Roland, »ich mißtraue allem Dreidimensionalen, ich schwöre auf das Blatt Papier.« Die ganze ordinäre Welt sei dreidimensional, da brauche die Kunst nicht auch noch dreidimensional zu sein: »Diese hemdsärmelige Ausdehnung nach allen Seiten ist mir viel zu nah an der Natur.«

Roland läßt keinen Zwist aufkommen. »Jeder hat seine eigene Vorstellung von den Dingen«, antwortet er für alle, die dem Rausch der Bildhauer widerstehen wollen. »Ich denke an unseren Ausflug mit Hans zu den Leitersweiler Buchen«, fährt er fort, »dort habe ich den Umgang des Malers mit der Natur kennengelernt: Pilzhüte, die sich in Affenköpfe, Baumrinden, die sich in Ritterrüstungen verwandeln. Das ist eben seine besondere Vorstellung von der Welt, und was man aus ihr machen kann.« Vielleicht hat Fee auf dieses Wort von Roland gewartet. Sie erhebt sich von ihrem Stuhl, bittet um eine Minute Gehör und zitiert – fast stimmlos und zurückhaltend –: »macht sich tut sich bildet sich entfaltet sich entwickelt sich kommt vor kommt raus was so aussieht wie ein tier was ein tier sein könnte ein tier ist ein tier sein soll könnte ein tier sein kann gar kein tier sein kann ein tier sein muß ein tier sein ist ein tier vielleicht ein phantasietier zum erinnern zum gedenken.«

»So hab' ich es mir gleich gedacht«, meinte Roland, »man muß zu euch nach Urweiler fahren, wo alles möglich ist: Einmal kommt ihr vom Hundertsten ins Tausendste, ein andermal sitzt jedes Wort und jeder Strich an seinem Platz.« Roland aber stellt die Bildhauer nicht ins Abseits: »Leo hatte die beste Idee, die ein Bildhauer haben kann. Mit seiner *Straße der Skulpturen* geht er den Dränglern aus dem Weg, es ist ja viel Platz auf der Baltersweiler Höhe. Und wenn er am Ende vielleicht sogar über die Grenzen hinausgeht und Steine bis nach Rußland setzt, kann man mit Fug und Recht von einem achten Weltwunder sprechen.«

Es hatte sich in der halben Republik herumgesprochen, daß Brigitte und ich in Urweiler ein Sommerhaus gemietet hatten. Im Dorf erkundigten sich die Leute bei Frau Egler, ob wir tatsächlich den lieben langen Tag mit einem Franzosen essend und trinkend auf der Terrasse säßen und mit plötzlich auftauchenden wildfremden Gästen über die verrücktesten Dinge diskutierten. Der eine oder andere Spaziergänger aus dem Dorf habe sich beim zufälligen Vorbeigehen über die Unverständlichkeit unserer Streitgespräche geradezu erschrocken: Da seien Worte gefallen, die man nie zuvor im Dorf gehört hätte, vor allem französische Fremdwörter, die der burgundische Freund mit knarrender Aussprache von sich gab. Aber auch deutsche Wörter, die ein vernünftiger Mensch nicht in den Mund nähme, seien bei uns nur so im Schwang. »Das klingt irgendwie schräg«, meinte der Briefträger zu Frau Egler, »aber das ist ja kein Wunder, schon vor Mittag knallen dort die Korken!« Ich kann es tatsächlich nicht leugnen: Wer in einiger Entfernung mit gespitzten Ohren an unserer Terrasse vorüberging, dem mußte der Widerhall unserer Gespräche wie ein modernistisches Singspiel vorgekommen sein: Die spitzen friesischen Laute stießen sich an den runden schwäbischen, Tamaras tschechisches und burgundisches Rollen klang wie Trommelwirbel.

Zu Ostern waren Balder und Tamara mit ihrem Söhnchen Jakob unserer Einladung gefolgt. Der kleine Jakob eilte den Eltern mit erhobenen Armen voraus, an Balders Füßen blitzten braune Stiefelchen, auf Tamaras Geschenkteller glänzten bunte Ostereier. Diese Stiefelchen, nach wie vor in aller Munde, und dieser Teller, noch heute ein Glanzstück unseres Geschirrs, sind Erinnerungsstücke der besonderen Art: Sie leuchten blitzartig in unserem Kopf auf, sobald von Balder, Tamara und dem kleinen Jakob die Rede ist. Unsere Gäste waren aus München gekommen, just an dem Tag, als wir auf Hans gewartet haben, der in Salzburg ein Malersymposion besucht und sich vorgenommen hatte, zum österlichen Abendessen wieder in Urweiler zu sein. Die Wartezeit verging im Flug, denn Balder, der besonnene Wortjongleur und Psychoanalytiker, hatte mit Tamara, der leidenschaftlichen Schauspielerin aus Prag, eine streitbare Partnerin an seiner Seite.

Balder genoß großes Ansehen unter Eingeweihten: Er beherrschte nicht nur die rabulistische Laut- und Silbenkunst der konkreten Poesie, er übte darüber hinaus seine tiefenpsychologische Heilkunst mit erstaunlichem Erfolg aus. Seinem therapeutischen Geschick war es zu verdanken, daß ein Patient von der Marotte abließ, nur im Kleppermantel den Beischlaf genießen zu können. Nach einer schwierigen Session sprang der Hypochonder eines Tages vom Sofa, warf den Mantel in die Ecke und folgte künftig den Gebräuchen der Freikörperkultur. Tamara ihrerseits, die den Namen eines bedeutenden Schriftstellers trägt, erinnerte uns, sobald sie den Mund auftat, an die Sängerin Josefine. Obwohl Tamara nie eine verwandtschaftliche Anspielung auf Kafka gemacht hat, für mich ist sie bis heute die Nichte des Dichters und das Ebenbild der von ihm erfundenen Sängerin. Wie Josefine, die ja eher gepfiffen als gesungen hat, konzertierte sie mit Roland im Duett. Tamaras triumphierendes Sprechen stand ihrem triumphierenden Pfeifen nicht nach, zusammen mit Rolands Rollen des burgundischen »r« erzeugten beide einen kuriosen Sprechgesang. Man konnte nicht Wort für Wort unterscheiden, worüber sie sich so melodiös unterhielten, offenbar tauschten sie Eindrücke miteinander aus, die sie von Begegnungen mit Prager Bekannten im Gedächtnis behalten hatten. Tamara ergriff dabei Rolands Hand, schmatzte mit den Lippen, schnalzte mit der Zunge, so daß Balder ein blitzendes Auge auf sie warf.

Beider Wortmusik verstummte, als Balders psychoanalytische Lehrstunde begann. Wäre ein unbescholtener Urweiler Bürger in diesen Augenblicken am Zaun vorbeigegangen, er hätte die Wörter Testosteron und Östrogen gehört und vermuten können, es handele sich um den Bericht eines landwirtschaftlichen Verwaltungsdirektors. Balder lockte uns auf das heikelste Feld seines Metiers, spielte die Deutungen heißdiskutierter Theorien gegeneinander aus, vermied es aber, Auswirkungen der Keimdrüsen- und Eierstockhormone intellektuell oder gar moralisch zu bewerten. Normalfälle seien Männer, die nur zu einer Erektion kommen, wenn sich ihre Partnerinnen in entsprechender Reizwäsche zeigen; Frauen, die nur zum Beischlaf imstande sind, wenn ihre Partner das Achselspray Rexona benutzen. Dagegen gäbe es Männer von erstaunlicher Unbefangenheit: Altmodische Strumpfhalter und dreiviertellange Unterhosen dämpfen nicht im mindesten ihre Lust. Wer aber auf schwarze Slips und Strapse angewiesen oder überempfindlich gegen Unterhosen mit langen Beinen sei, müsse sich unbedingt einer Therapie unterziehen. Tamara nickte bestätigend, Hanno lächelte maliziös, als hätte sie schon wer weiß welche Erfahrungen auf diesem Gebiet gemacht.

Jetzt war Roland an der Reihe, und er ließ sich nicht aufhalten. Spontan erhob er sich aus dem Klappsessel, suchte für zwei Minuten sein Zimmer auf und kam mit einer Handvoll knallbunter Farbfotos zurück. »Meine Nächte in Jakarta, meine Nächte in Manila: Ihr lieben Freunde«, sagte er und sortierte die Fotos auf dem Terrassentisch, »in diesen fernen Ländern brauchte ich nicht ins Gebirge zu fahren, um tätige Vulkane zu bestaunen, brauchte nicht ans Meer zu reisen, um blindwütige Taifune zu genießen: Hier auf den Fotos könnt ihr asiatische Vulkane und Taifune aus Fleisch und Blut sehen, nackt und in Aktion, schaut genau hin, vielleicht regen sie euch an, eure europäischen Komplexe auf die Reihe zu bringen.« Wir sahen indonesische und philippinische Mädchen in allen nur erdenklichen Posen: Es waren keine Schönheiten, keine Pin-up-Girls aus pornografischen Zeitschriften, es waren hundsgewöhnliche Mädchen beim asiatischen Hausfrauensex. Auf einigen Fotos war auch Roland abgebildet, pudelnackt, im vulkanischen und taifunischen Getümmel mit diesen Mädchen. Roland amüsierte sich über unsere Erregung: Worüber wir uns fast zerstritten hätten, war für ihn das Selbstverständlichste von der Welt. Er machte kein besonderes Aufheben mit den Fotos, ließ sie aber zur freien Betrachtung auf dem Tisch liegen und wandte sich wieder Tamara zu.

Brigitte bat zum Abendessen. Weiterplaudernd, weiterstreitend zogen wir uns ins Haus zurück und setzten uns um den Tisch, wo ein Stuhl für Hans frei geblieben war. Längst beim Mirabell angelangt, aufgepulvert von Balders Geschichten, tritt eine plötzliche Stille ein. Es klopft an der Tür, zweimal kräftig. Im nächsten Augenblick fliegt die Tür weit auf. Hans steht im Rahmen und streckt uns seinen linken Arm entgegen. Der Arm ist nackt, der Hemdsärmel an der Achsel abgeschnitten. Wir schauen entsetzt: Was für ein Arm! Von der Schulter bis zu Handwurzel dunkelblau gefärbt, nachtschwarz, könnte man sagen, wenn nicht ein finsteres Blaurot beigemischt wäre! Hans sagt ungerührt, mit einem zurückgehaltenen Stolz in der Stimme: »Ein Hippie hat mich gebissen.« Da steht er, mit einem purpurfarbenen Arm wie das Monster aus einem Science-fiction-Film. Der kleine Jakob schreit auf, hüpft Tamara auf den Schoß, verbirgt seinen Kopf in ihre Hände.

Nach einer Minute Totenstille faßt Balder sich als erster ein Herz. Er tritt Hans entgegen, nimmt den Arm in seine Hände, wendet ihn von außen nach innen, betrachtet die Hautoberfläche, untersucht sie Quadratzentimeter um Quadratzentimeter, fahndet sorgfältig nach der Bißwunde und findet sie, von dichtem Achselhaar verdeckt, auf der Innenseite des Oberarms. »Das Blut hat sich subkutan von der Achselhöhle bis ins Handgelenk ergossen«, diagnostiziert er, »das Hämatom ist wohl explosionsartig zustande gekommen.« Er sei zwar kein praktischer Arzt, geschweige ein Sport- oder Unfallspezialist, doch so viel könne er sagen: Die durch den Biß freigewordene Blutmasse sei geradezu strahlartig in das Muskelgewebe des Arms geschossen. Allerdings, fügt er erstaunt hinzu, ein von einem Hippiebiß verursachter Bluterguß solchen Ausmaßes sei ihm zuvor noch nicht unter die Augen gekommen.

Auch Roland, der Weltmann, betrachtet sich das blutunterlaufene Glied, er geht dabei anders heran als Balder, der Arzt: Roland interessiert mehr das Geschlecht des Täters als das Ergebnis seiner Tat. Er fragt, ob dieser Blutsauger nicht vielleicht eine Blutsaugerin war: »Schaut genau hin. Es ist der linke Arm, woraus ich schließe, daß der Hippie es auf etwas anderes abgesehen hatte als auf eine handgreifliche Auseinandersetzung. Denkt einmal nach: Hans, ein Rechtshänder, hätte dem Hippie im Falle einer Tätlichkeit den rechten Arm zugewandt. Und so was, ein Hippiebiß! Könnt ihr euch überhaupt vorstellen, daß eines dieser langhaarigen Blumenkinder, die nichts im Sinn haben als Friedenslieder zu singen, zum bissigen Ungeheuer wird? Wie kommt es zwischen Männern überhaupt zu Bissen unter die linke Achselhöhle?« Hans steht da und schweigt. Er streckt den Arm aus und läßt das Hämatom für ihn sprechen. Seine mal tiefrot, mal tiefblau schillernde Farbe flößt uns Angst ein: Wir bangen um sein Leben, denn wer kann wissen, ob der blutrünstige Beißer nicht lebensbedrohliche Spaltpilze in seinen Körper befördert hat. Balder befürchtet schwerwiegende Zerreißungs- und Durchtrittsblutungen, doch es ist Ostersonntag, spätabends, keine Arztpraxis hat geöffnet, und Hans weigert sich, in die Klinik gebracht zu werden: Was würden wohl die Ärzte denken?

Balder mußte sich auf seine Seelenheilkunst verlassen. Er frage sich, ob Hans in seiner direkten Art den Hippie vielleicht vor den Kopf gestoßen, sich über seine langen Haare, seinen bunten Schal, seine geflickte Hose lustig gemacht und dadurch einen psychotischen Affekt hervorgerufen habe, der nicht mehr zu dämpfen war. Bei einem Blumenkind könne es sich ja gut und gerne um einen Menschen handeln, der seine Einfühlsamkeit in die falsche Richtung wendet und Hans zum leidenden Opfer statt zum lustbetonten Objekt gemacht hat: Eine negative Zuneigung, sagte er, eine mißratene Liebeserklärung! Balder befand sich in einer heiklen Lage. Wie sollte er in Anwesenheit einer vom Alkohol stimulierten Gesellschaft den Geschädigten eines Hippiebisses angemessen behandeln? Es gab nicht einmal ein Sofa!

An diesem Punkt meldete sich Hanno zu Wort. Sie möchte sich nicht mit Vermutungen abspeisen lassen, meinte sie, und schon gar nicht mit einem Verdacht, der in eine bestimmte Richtung weise. Der kleine Jakob hielt die Augen offen und spitzte die Ohren, als hätte er vor, diese aus eigener Anschauung wahrgenommenen Ereignisse eines schönen Tages weiterzuerzählen. Niemand konnte vorausahnen, daß er fünfunddreißig Jahre später Regie führen würde in einem Fernsehthriller. Roland blieb bei seinen Zweifeln. Ein Hippie, der einen Geschlechtsgenossen unter die linke Achsel beißt, dieser Vorfall sei nicht mit den spitzfindigsten Erklärungen aus der Welt zu schaffen. Hans schwieg. Er schweigt bis heute. Auch als das Blaurote ins Gelbgrüne überwechselte und keine schlimmen Folgen mehr zu befürchten waren, machte er keine Anstalten, gewisse Unstimmigkeiten dieser Geschichte zurechtzurücken.

Vor mir auf dem Tisch liegt ein Fotoband: *Veduten und Landschaften* von Elger Esser. Ich schaue mir die Bilder an und erinnere mich an einen Sommertag vor fünfunddreißig Jahren. Roland und Elgers Vater Mäk, ein burgundischer Realist und ein rheinländischer Phantast, treffen in Urweiler zusammen und verstehen sich auf der Stelle. Beide aßen, tranken und rauchten im Übermaß, ihre unaufdringliche Art, mit Männern ins Gespräch und mit Frauen in Fühlung zu kommen, verband sie eng miteinander. In Gesprächen ergriffen sie gern das Wort, Rolands Schnarren und Mäks Grunzen bleiben mir unvergeßlich. Beide sind längst gestorben, in Elgers Fotos nähere ich mich ihnen, spüre sie hautnah an meiner Seite. Ich betrachte Elgers Foto von Lyon und denke an die Nachmittagsspaziergänge mit Roland durch die graugelbe, verschlossene Stadt. Am rechten Flußufer erkenne ich La Cannelle, wo wir hin und wieder bei einem Marc de Bourgogne saßen, ein Stück Würfelzucker im Glas versenkten und zusahen, wie der *Canard* untertauchte. Ich weiß nicht mehr, ist es das Ufer der Rhône oder das Ufer der Saône? Auf Elgers Foto ist die Nähe in die Ferne gerückt: reißender Strom oder trödelnder Fluß, das Wasser ist zum Stillstand gekommen. Ich betrachte die Fotos der normannischen Strände und denke an meinen Ausflug mit Mäk und seiner Freundin *La Beille* ans Meerufer beim Mont Michel. Mein Blick fällt auf eine Mole, wo wir bis über die Knöchel im Wasser standen, doch die Stelle ist nicht zu orten: Auf Elgers Fotografien ist nicht einmal der Strand zu sehen, auf dem er im Augenblick der Aufnahme gestanden hat. Das Wasser rührt sich nicht, kennt weder Ebbe noch Flut, es könnte auch ein fast ausgetrocknetes Wadi in einer imaginären Wüste sein. Wie oft habe ich Roland von seinen Kalahariträumen sprechen, wie oft habe ich Mäk singen gehört: »Heißer Sand und die Erinnerung daran!«

Im Rückblick sehe ich beide nebeneinander am Rand unserer Gartenterrasse sitzen, sie schauen über die Büsche hinweg, rauchen und heben die Gläser. Elger zappelt auf dem Schoß seiner Mutter, er ist drei, höchstens vier Jahre alt. Irgendein Unbehagen quält ihn, er greint, er quengelt. Regine klopft Mäk auf die Schulter und fragt: »Was soll ich bloß machen?« Mäk wendet sich um, tätschelt Elger die Wangen und sagt: »Gib ihm das Pfeifchen.« Nach ein paar Zügen aus der Haschischpfeife schaut Elger gelöst in die Runde, kein Ton mehr kommt über seine Lippen, er ringelt sich auf Regines Schoß, und schon nach wenigen Augenblicken schläft er tief und fest. Es ist später Vormittag, von meinem Giebelfensterchen aus schaue ich hinab auf die Terrasse, wo Roland und Mäk in ein Gespräch vertieft sind.

Mäk, ein alter Freund aus der hohen Zeit der experimentellen Stuttgarter Dichterschule, Gründungsmitglied des Sozialistischen Katholischen Künstlerbundes und zugleich der witzigste aller Gotteslästerer, war der radikalste Dichter der Linken, die kein Wort von ihm akzeptierte. In einer Schrift der Verwertungsgesellschaft Wort kann man lesen: »Jesus war ein Drückeberger«, er habe sich hinter dem lieben Gott verschanzt, und auf einem seiner bedruckten Bierplättchen heißt es vom Schöpfergott: »Der arme Teufel hat kein Sperma.« Roland und Mäk, Zwillingsbrüder im Geist! In den frühen Fünfzigern kannten beide sich im Frankfurter Bahnhofsviertel aus, danach verkehrte Mäk im Stuttgarter Club Voltaire und Roland im internationalen Literatencafé von Addis Abeba. Beide reisten im Vorderen Orient, Mäk aus politischen, Roland aus beruflichen Gründen. Jetzt hockten sie zum erstenmal freundschaftlich beisammen. Nicht lange blieben sie ungestört in ihrem Gespräch unter vier Augen, denn unversehens traf die Meute der Basisrevolutionäre ein, die ein junger Trierer angekündigt hatte. Dieser Trierer, ein hartnäckiger, ja aufdringlicher Wilder mit einem polnischen, vielleicht tschechischen Namen, war schon einige Male zuvor bei uns zu

Hause aufgetaucht: Nun kam er mit einer jungen Frau aus dem Schwäbischen, die zum harten Kern der Studentenrevolte gehörte. Sie wollten uns kennenlernen und hatten ihre Ankunft für den frühen Nachmittag in Aussicht gestellt.

Ich weiß nicht, ob sie operativ ausgestattet waren, Meßtischblätter und Kompasse besaßen, sie fanden jedenfalls den Weg zu uns in den hintersten Winkel der Republik. Es kamen junge Frauen in grellgeblümten Schals, junge Männer in Tarnanzügen, auf dem Oberarm tätowiert mit den Köpfen von Che Guevara und Mao Tse-tung. Es waren, wie sich rasch herausstellte, scharfe Dialektiker, unerbittliche Demagogen, auch aalglatte Sophisten, die sich, kaum hatten sie ihren Fuß auf die Terrasse gesetzt, mit Mäk und Roland anlegten. Die beiden, der eine die Haschischpfeife, der andere seinen Wunderfilter im Mund, begrüßten die Scharfmacher mit Bonmots aus der alten skeptischen Philosophie. Es fielen keine revolutionären Aperçus von Babeuf und Bakunin, von Marcuse, der mit den Rationalisten, von Adorno, der mit den Frauen im Streit lag. Mäk brachte Epikur, Roland brachte Montaigne ins Spiel, was den Revoluzzern nicht ins Konzept paßte. Während sie geradlinig aufs Ganze gingen und zur Untergrabung der Gesellschaftsordnung den Gang durch die Institutionen verlangten, warfen Mäk und Roland ihnen harte Brocken vor die Füße. Wenn man an einem beständigen Sein zweifle, könne es logischerweise auch keine allgemeingültige Gesellschaftsform geben, meinte Roland, und Mäk fügte hinzu: »Eure Götter kümmern sich ja auch nur um sich selbst, ihr müßt zusehen, wie ihr in den Einrichtungen zurechtkommt.«

An diesem Sommertag waren wir zweifellos eine bunte Gesellschaft, zusammengewürfelt aus Poeten und Tomatenwerfern. Einige kamen für eine halbe Stunde, grüßten von Freunden und Bekannten, versetzten aber bei ihrem Weggang die gemischte Gesellschaft mit gepfefferten Parolen teils in Angst, teils in helle Begeisterung. Andere blieben über Nacht, und wir fürchteten schon, die forschesten unter ihnen könnten uns aus unserem Haus vertreiben und sich selbst darin für die Dauer ihrer Aktivitäten festsetzen. Sie schliefen in ihren Kleidern, bis oben hin zugeknöpft, auf mitgebrachten Luftmatratzen, rissen sich um die BILD-Zeitung, die Roland aus Frau Eglers EDEKA-Laden mitbrachte. Nach dem Frühstück reisten sie gestiefelt und gespornt ab, fast überstürzt, als wären sie zu einer Entscheidungsschlacht verabredet. Vielleicht waren sie auf dem Weg nach Paris, wo immer noch die Pflastersteine flogen, oder nach Berlin, wo es unentwegt Tomaten hagelte. Stille Sympathisanten setzten sich in die äußerste Republik ab und verschwanden im Untergrund, aktive Anführer blieben bei uns zurück, stänkerten und krakeelten weiter und lagen sich am Ende wie die Kesselflicker in den Haaren. Anfangs hatte es den Anschein, als sei ihr Zusammentreffen purer Zufall, doch im Verlauf der nächsten beiden Tage gewann es den Anschein, als hätten sie das Treffen bei uns verabredet. Nun rückte Roland mehr und mehr in den Mittelpunkt. Er hatte den Parolen der Gäste aufmerksam gelauscht, schließlich verschaffte er sich Gehör, bat um zwei Minuten der Stille und sagte dann, kurz und bündig: »Ich weiß nicht, was ich von euch Deutschen halten soll! Mich beirrt eure Aggressivität, die aus einer dummen Selbstbezichtigung hervorgeht. Nach der amerikanischen Schelte von 1945 seid ihr brav geworden wie die Lämmchen und habt euch mit übertriebener Ängstlichkeit vor jedem Alleingang gehütet –, jetzt auf einmal habt ihr euch um hundertachtzig Grad gedreht. In der Nazizeit ist jeder zweite Deutsche mit dem Parteiabzeichen im Knopfloch herumgelaufen, heute tragen ihre Söhne die Mao-Bibel und Ho Tschi Minhs Gefängnistagebuch in der Jackentasche. Und was wird morgen sein? Woher rührt nur euer abgöttischer Gehorsam?« fragte er. Er fragte es auf französisch, denn er wollte nicht verbergen, daß es das Abgöttische, den Götzendienst auch in seiner Sprache, nicht aber in den französischen Köpfen gibt. »Wenn ihr das Wort Terror hört, denkt ihr voller Schrecken an Robespierre und die Französische Revolution – und macht euch in die Hosen, laßt Tomaten statt Steine fliegen.« Roland stellte sein Licht nicht unter den Scheffel, doch er redete sich fast in Rage. Mäk sprang ihm bei. So seien eben die Franzosen, schon Montaigne habe Landsleute kennengelernt, die aus lauter Höflichkeit grob gewesen seien, und das treffe auf Roland zu: »Was aber die großen Töne anlangt, so hört sich die deutsche Windmacherei an, als bräche übermorgen auch bei uns die große Revolution aus!« Urplötzlich tönt eine wohlklingende Begleitmusik aus dem Haus. In das Dröhnen und Jaulen unserer Stimmen mischt sich ein fröhliches Klappern von Geschirr. Kochtopf- und Küchenschüsselgeräusche klingen melodisch und freundlich: Brigitte und Hanno musizieren mit ihren Instrumenten, Rührlöffel klirren, Schlagbesen zischen, ihren Klängen gesellt sich nach und nach ein köstlicher Wohlgeruch bei. Brigitte rührte ihren berühmten Kartoffelsalat an, Hanno bereitete ihr in Essig eingelegtes Gemüse: Blumenkohl und Gurken, Gelbrüben und Zwiebeln, gewürzt mit Wacholderbeeren und Dill. Hans grillte Hähnchen und Zickel, der Bratenduft zog besänftigend über die Terrasse. Wie will sich ein Bürgerschreck dem Reiz einer deftigen Hausmannskost entziehen? Die Bilderstürmer hatten einen Bärenhunger, einige aßen stehend mit dem Teller in der Hand, andere machten sich am Eßtisch über Kartoffelsalat und Gemüse her, als hätten sie in den Tagen zuvor nichts zu reißen und zu beißen gehabt. Und Durst hatten sie auch, denn das unaufhörliche Reden hatte ihre Kehlen ausgetrocknet. Roland schenkte frischen Elbling in ihre Duralexgläser ein –, und ausgedörrt wie Karawanentiere schluckten sie den Wein, als sei es Wasser.

Mäk entschuldigte ihre Gier, die sich aus einer geistigen in eine leibliche Gier verwandelt hatte: Mit so viel Genußfreude Zickelfleisch zwischen den Zähnen und Weißwein in der Kehle hätte sie niemand mehr für verhärmte Anarchos gehalten. Was war auf einmal aus den Schreckensmenschen geworden, von denen es heißt, sie ziehen mit Schlapphut über den Augen und Bomben in den Hosentaschen durch die Gegend.

Gastronomischer Friede war ausgebrochen, Mäk faßte Roland an der Schulter und schob ihn in die Mitte der kauenden Meute. Der Mensch sei ein geselliges Tier, zitierte er wieder Montaigne, unter diesem Gesichtspunkt scheine es ihm, daß der Franzose mehr Mensch sei als jeder andere Mensch, er sei der Mensch par excellence, denn er sei einzig und allein für die Gesellschaft gemacht. Roland, der kürzlich noch in einem Tischspruch ausgerufen hatte: Hier bei uns in Urweiler rieche es drei Meilen gegen den Wind sowohl nach deftigem Essen wie auch nach moderner Poesie, hob sein Glas und beschwor über Gastronomie und Literatur hinaus die Wohltat der politischen Geselligkeit.

Er hätte es wissen müssen: Mit diesem Wort von der Geselligkeit stach er in ein Wespennest. Noch mit dem letzten Bissen im Mund schleuderten unsere streitlustigen Gäste neue Schmährufe über die Terrasse. Diesmal führten die Frauen das Wort, und da zwei von ihnen Hamburgerinnen waren und besonders spitze Laute erzeugten, klang ihre Widerrede besonders bissig. Unser französischer Freund verwechsele zwei Wörter, höhnten sie, denn gesellig sei nicht dasselbe wie gesellschaftlich, das brav Bürgerliche habe nichts mit dem entschieden Politischen zu tun. Sie konnten ihre soziologischen Studien nicht verleugnen, das freie Hin- und Herwechseln der Begriffe war ihnen fremd geblieben: Von Klopstocks geselligen Wolken und von Schillers geselligen Flammen hatten sie nichts gehört. Sie fügten sich der politischen Sprachregelung, davon wichen sie bis zuletzt nicht einen Finger breit ab. Bei Roland, dem liberalen Franzosen, drückten sie gnädig ein Auge zu, doch hart attackierten sie Mäk, den abtrünnigen Deutschen. Erst ein gestandener Linker, sei er nun verdorben von den Stuttgarter Spielhanseln, die jedes Wort wieder auf den Kopf stellen, das sie mühsam auf die Füße gestellt hätten. Trotzdem hätte es ihnen bei uns gefallen, sagte die junge Frau aus dem Schwäbischen, »auch wenn es hin und wieder drunter und drüber gegangen ist. Mit euch kann man zünftig streiten, da bleibt kein Stein auf dem anderen.«

Nach zwei Tagen hitziger Debatten reisten sie ab, noch vor der nächsten Nacht. Kaum aus dem Tor verschwunden, kamen die Siebenschläfer unter dem Dach hervor. Zunächst trauten sie der Stille nicht, dann näherten sie sich treuherzig, kletterten vom Dach herab und hielten sich am Fensterladen fest. Ruckartig wendeten sie die Köpfe und schauten über den Tisch, auf dem eine letzte Flasche Elbling stand. Rolands rollendes »r« kannten sie schon, Mäks behagliches Grunzen zog sie an, sie rückten näher herbei. Schließlich blickten sie zu Mäk, als hätten sie die Stimme dessen wiedererkannt, den sie von ihrem Versteck aus gehört hatten. Unter dunklen Brauen funkelten ihre Glupschaugen wie von heftiger Zuneigung befeuert. »Schaut euch die Siebenschläfer an«, sagte Mäk, »sie haben begriffen, worum es geht. Sie wissen aus eigener Erfahrung, daß einer da sein muß, der das gesellige Leben preist und festhält an dieser Überzeugung.« Er stand da, grunzte zufrieden und verkündete: »Mäk nec soli cedit!« Wir wußten es längst: Mäk weicht nicht einmal der Sonne!

Im Oktober, nachdem das ausgelassene Sommertreiben abgeklungen war, schrieb ich Roland einen Brief. Es war ein lauer Nachmittag, die Spinnfäden flogen, das Laub schimmerte gelb und rot. »Wir werden das Sommerhaus aufgeben«, schrieb ich, »in unserer Abwesenheit sind Wandalen eingebrochen und haben darin gehaust: Fernsehapparat und Plattenspieler kurz und klein geschlagen, das Geschirr auf dem Boden zerschmettert, Handtücher und Betten verschissen.« Während ich den Brief schrieb, zeichnete Hans zum letztenmal die ineinander verschlungenen Ginster- und Mistelzweige, besprachen Brigitte und Hanno die bevorstehenden Winterfestlichkeiten mit Zimtwaffeln und Feuerzangenbowle. Bis in die Nacht hinein saßen wir auf der Terrasse, schürten ein Holzfeuer, leerten eine Flasche Elbling und ergötzten uns an den pikantesten Geschichten der Urweiler Jahre. Es knisterte im Dachgebälk, die Siebenschläfer rüsteten zum Winterschlaf. Wir würden sie nicht wiedersehen. Als wir die Flasche Wein geleert hatten, zerknüllte ich den Brief für Roland und warf ihn ins Feuer. Ein paar Tage danach rief er bei uns zu Hause an: Seine Stimme klang heiser, er war stark erkältet. Ich erzählte ihm unser Mißgeschick mit dem Haus, und da er schlecht gestimmt war, schimpfte er drauflos. Er schimpfte auf den Herbst, schimpfte auf die Wandalen, schimpfte auf die miserablen europäischen Verhältnisse, die ihm das Leben hierzulande verleidet hätten. Deshalb freue er sich auf seine neue Stelle als Lehrer auf Tahiti. »Ich reise bald«, sagte er, »nächstes Jahr, wenn ich zu euch komme, werde ich erzählen, wie es im Paradies zugeht.«

Es wurde nichts draus: weder den Garten Eden, den ihm die Urlaubsprospekte, noch Adam und Eva, die ihm die Bilder des Malers Gauguin vorgaukelten, konnte er finden. Vor den Palmkulissen das rotgesprenkelte Korallenmeer der Sporttaucher, dahinter die graubetonierten Start- und Landepisten der Reisegesellschaften: Roland blinzelte mit den Augen, um das Paradies verschleiert zu genießen, doch im Halblicht sahen die Gewächse wie einheimische Zimmerpflanzen, die Insulaner wie bestellte Volkstänzer aus. Ihm blieb nur Gauguins Behauptung, die Liebesglut einer maorischen Kurtisane sei etwas ganz anderes als die abgebrühte Lässigkeit einer Pariser Kokotte. »Armer Paul Gauguin, in welchen billigen Puffs mochte er wohl in Paris abgestiegen sein?« quittierte Roland seine Überprüfung und gab uns eine kleine Lehrstunde: »Die Mädchen von Tahiti sind träge, sie rühren keinen Finger, sie machen sich nicht krumm, und mit ihren feisten Lippen, die auf den Bildern so verführerisch aussehen, wissen sie nichts Gescheites anzufangen. Ihre Dickfelligkeit hat nichts zu tun mit der raffinierten Laszivität französischer oder gar thailändischer Frauen, die Mädchen von Tahiti haben Nerven wie Drahtseile, kein Atemhauch kitzelt sie aus ihrer Lethargie. Beim Geschlechtsakt schlafen sie am liebsten ein. Weiß der Teufel, wo ihr vielgepriesener Instinkt abgeblieben ist?« Wir lauschten Rolands Lektion halb wie erstaunte Schulkinder im Aufklärungsunterricht, halb wie verzückte Zuhörer dem Märchenerzähler aus *Tausendundeiner Nacht*.

Roland reiste nach Tahiti zurück, er versuchte sein Glück ein zweites Mal. »Leider komme ich hier in der Südsee nicht an mein Ziel«, schrieb er in seinem nächsten Brief, »in Äthiopien bin ich fast ein Äthiopier, im Saarland fast ein Saarländer geworden. Hier in Polynesien gelingt es mir nicht, ein Polynesier zu werden. Ich finde keinen Widerhall, die Menschen hier sind ausgehöhlt. Das leib- und hirnerweichende Klima ist kein Mythos.« Nie zuvor und niemals mehr danach hat er uns so häufig geschrieben: Aus Alexandrien kam damals eine einzige Ansichtskarte, aus Äthiopien ein paar Postkarten, aus Somalia eine kleine Reisebeschreibung. Jetzt wurde er nicht müde, uns seine plötzlichen Schlafbedürfnisse, seine tropischen Fieberanfälle, seinen sexuellen Widerwillen anzuzeigen: »Im letzten halben Jahr habe ich sage und schreibe zwei Nummern geschoben, die erste mit einer Chinesin, sie war so lustlos, daß sie nicht auf ihre Kosten gekommen ist –, die zweite mit einer Thailänderin, sie hat sich alle drei Minuten auf mich gewälzt und vor Begeisterung geschrien wie am Spieß. So geht es hin und her, doch es bleibt bei keinem erfreulichen Höhepunkt, immer wieder geht's abwärts ins Elend. Der schöne Valentino – ihr erinnert euch an ihn und seine entsetzlich stinkenden Schweißfüße – hat mir ein persisches Sprichwort geschrieben, das den Nagel auf den Kopf trifft: Das Beste, was man vom Reisen nach Hause bringt, ist die heile Haut!«

Trotz Ernüchterung und Enttäuschung, trotz heftigen Widerspruchs: Roland las Gauguins Erinnerungsbuch *Noa Noa* und söhnte sich mit ihm aus. Er las es lieber als die kulturhistorischen Darstellungen über das Seelenleben der Wilden, über rituelle Menschenopfer und tabuisiertes Sexualverhalten, über Geister und Nachtgespenster verstorbener Polynesier. Er verschmähte vor allem das Illustriertengesäusel über Mädchen mit goldbrauner Haut und nachtschwarzem Haar, über schwellende Lippen und knospende Brüste, über das

Getue im Schoße unberührter Natur. Was Gauguin über die Landschaft schreibe, das habe ihm gefallen, und so sei er eines Tages auf seinen Fußspuren den Abenteuerpfaden durch ein wildes Tal quer durch die Insel gefolgt. Er habe jedoch weder die gefährlichen Klüfte fürchten gelernt noch die fratzenhaften Berggeister, die zu Gauguins Zeiten den Fremden aufgelauert hätten. Wehe dem Lebenden, der sich an einen von Dämonen bewohnten Ort wagt, schreibe Gauguin: Er, Roland Cazet, sei dieser Tollkühne gewesen. Was ihn mit Gauguin und den Insulanern zusammenbringe, sei die Aussage eines Eingeborenen, der den Maler vom Hörensagen kannte: He Mann, der Menschen macht! Komm und iß mit uns!

»Nur eins ist schade«, gestand Roland bei seinem nächsten Besuch, »nun bin ich von so weit hergekommen, durchblättere eure alten Schulatlanten von vorne nach hinten und muß feststellen: Eure Karten reichen nur bis zu der Inselwelt des ehemaligen deutschen Schutzgebiets, doch die Welt ist größer!« Wir blätterten und blätterten, erst ganz hinten im Atlas entdeckten wir auf der breit gezogenen Erdkarte die französischen Gesellschaftsinseln mit Tahiti und den Marquesas – winzig und klein wie Mückenschisse unter dem Äquator. Und noch ein allerletztes Mal kommt er auf Gauguin zurück: Er sieht das Büchlein *Noa Noa* neben den Atlanten auf dem Tisch liegen, schlägt es auf, blättert eine Weile darin, bis er die Stelle findet, auf die es ihm ankommt: »Ich denke an ein Bild, das ganz und gar nichts mit Gauguins Kunst, sondern mit seinem nackten Leben zu tun hat. Man sieht darauf eine Frau mit einem Männergesicht. Der Titel des Bildes heißt: *Woher kommen wir? Was sind wir? Wohin gehen wir?* Das frage ich mich auch. Wir kommen aus Europa und wohin wir auch gehen, wir kehren nach Europa zurück. Was haben wir gefunden in diesem europäisierten Polynesien?« Roland zitiert Gauguin: »Die groteske Nachahmung unserer Sitten, unserer Moden, unserer Laster und unserer Kulturlächerlichkeiten. Sollte ich einen so weiten Weg gemacht haben, um das zu finden, dem ich entflohen war?«

Nachdem Roland seine Arbeit in Papeete getan hat, besteigt er ein Militärboot und fährt zu den Marquesa-Inseln, fast tausend Seemeilen von Tahiti entfernt in die tiefste Abgeschiedenheit des Pazifischen Ozeans. Hier, auf der Insel Hiva Oa, hatte Gauguin die letzten anderthalb Jahre seines Lebens zugebracht. Er malt noch ein Bild, es stellt ein tiefverschneites bretonisches Dorf dar. Roland schreibt in seinen Erinnerungen: »Ich machte mich auf den weiten Weg und nahm in Atuana Abschied von Gauguin an seinem Grab.«

Roland kehrte vom Ende der Welt nach Europa zurück – und kam wieder zu Atem. Ein Jahr lang hielt er sich in Frankreich auf, handelte mit Radioapparaten, tauschte Briefmarken gegen Schmuck ein, widmete sich seinen kränkelnden Bankgeschäften. Um gemeinsam nach Verdun zu fahren, verabredeten wir uns auf einem Autobahn-Parkplatz zwischen Nancy und Toul. Als ich ankam, stand Roland schon auf dem rot asphaltierten Vorplatz einer Gedenkstätte. Zwischen Zypressen im Flammenschnitt erhebt sich ein Sockel mit Urne und Fackel aus Stein. Es ist ein gigantischer Altar, durch Spenden errichtet und erinnert an die Opfer der französischen Widerstandsbewegung.

Es war ein Märztag 1978 im Jubiläumsjahr des Elysée-Vertrags. Wir trafen uns nicht in Reims zu Gebet und frommen Sprüchen wie de Gaulle und Adenauer fünfzehn Jahre zuvor: Wir waren unterwegs zum Fort Douaumont, wo unsere Väter sich in den Schützengräben des Ersten Weltkriegs gegenüberlagen. Nicht Trompetengeschmetter und Trommelwirbel, nicht das fröhliche Quäken der Clairons und nicht das Kommandogetöse von Korporalen wollten wir hören, sondern dem Schweigen der überwachsenen Gräben lauschen. Hier aber, wo die großen Worte von Politikern aus marmornen Steinplatten tönen, hielt es Roland nicht aus, er stand angewidert da, wollte auf dem Fuß umkehren. Ich war begierig, mich dem Eindruck dieser monströsen Bilder und Zeichen nicht zu entziehen und bat ihn, noch eine Weile zu bleiben. Grell stach mir das Licht der sechs Tiefstrahler in die Augen, mich irritierten blankpolierte Sätze, die in mir die Vorstellung von Faden und Korn, von Zielen und Töten hervorriefen, als gäbe es gar keine menschliche Sprache. Ich berührte die Wachsrosen, die nach Hundepisse stanken, befingerte die Vergißmeinnicht aus Porzellan, das Kreuz aus glasfiberverstärktem Polyester, die Dachlattenverkleidung der Spruchplatte aus Acowell.

Das Denkmal ist für die Straße errichtet. Der asphaltierte Vorplatz flößt dem Autofahrer auf dem Weg nach Toul eine Ahnung an Platzkonzert und Parade ein, die Blumenverzierung des Doppelkreuzes erinnert an einen Trauerkartenrand: Dem Autofahrer entgeht beim Vorüberhuschen der verborgene Hintersinn. Widerstand und Helden, Befreiung und Spenden, Größe und Ziel: Wörter im Granit bilden eine geschwätzige Fassade. Es ist nichts dahinter als der armierte Beton. Stufen und Platten erhöhen die Worte, das Blattgold adelt die Maskerade. »Verwandlung findet im Transformatorenkasten statt, die Einheit des Widerstands ist der Quecksilberfaden gegen den elektrischen Strom in den Tiefstrahlern«, meinte Roland, »besser hätten wir in dem kleinen Bistro gegenüber eine Portion Münster Käse gegessen und eine Flasche Riesling dazu getrunken, als uns hier abgenudelte Worte einzuverleiben. Das ›V‹ bedeutet *Victoire* nur noch solange der Draht nicht rostet, der die Buchstaben zusammenhält.« Wir fuhren in die Wälder von Verdun, wo sie am dichtesten sind und kein Platz ist für Denkmäler mit dicken Sprüchen.

Es dauerte nicht lange, dann verschwand Roland wieder von der Bildfläche. Aus Damaskus kam eine Ansichtskarte mit dem Bild einer schönen Frau, die einen festlich aufgezäumten Rappen reitet. Sie trägt ein buntgemustertes Kleid, in der rechten Hand eine rote Blume, die auch auf dem Nacken des Rosses und, in Sträußchen blühend, unter seinen Hufen prangt.

Roland hatte es wieder einmal geschafft: Er war obenauf, und wir hätten uns nicht gewundert, wäre er auf einer nächsten Ansichtskarte neben der aufgetakelten Schönheit hergeritten. Einer staatspolitischen Vereinbarung zufolge hatte er es zum Französischlehrer syrischer Offiziere gebracht. Syrien, seit dem Zusammenbruch des Osmanischen Reiches französisches Mandats- und Absatzgebiet französischer Waren, brauchte Leute wie Roland Cazet. Keiner brachte es fertig, einem begriffsstutzigen syrischen Offizier die Bedienungsanleitung einer französischen Waffe und die Gebrauchsanweisung eines französischen Medikaments so mühelos verständlich zu machen wie er! Mit liebenswürdiger Geduld erklärte er das Ineinandergreifen der Einzelteile einer französischen Maschinenpistole, und schon kam ihre Bedienung einer menschenfreundlichen Tat gleich –, und auch die Wirkkraft eines französischen Antiseptikums konnte keiner so charmant darstellen: Aus seinem Mund erschien die Keimtötung wie ein erlösendes Labsal.

Der Orient ist eine Erzählung, auch wenn Goethe gemeint hat, er sei ein Gedicht. Zwei Tage vor unserer Abreise vertraute uns Brigittes Haushaltshilfe eine Geschichte an: »Mein Bruder Reinhold hat sein Lebtag eine Fotografie von einem verschleierten Türkenmädchen bei sich getragen. Ich weiß nicht, was das für ein Mädchen gewesen ist, Reinhold hat das Foto tagsüber in seiner Jackentasche mit sich geschleppt – und vor dem Schlafen neben sich auf den Nachttisch gelegt. Das hätte er nie quittiert. Ein einziges Mal hat er es mir gezeigt, über dem Schleierrand konnte ich aber nur die Augen des Mädchens sehen, sie waren so schwarz wie Kohlen.« Reinhold war im Ersten Weltkrieg bei Gallipoli an vorderster Front eingesetzt und verwundet worden, ein Mameluck hatte ihm das rechte Ohr abgebissen. Wir waren gewarnt, flogen bei stürmischem Wetter nach Beirut, fuhren von dort aus mit dem Taxi nach Damaskus. Brigitte trug ihren braunen Hosenanzug, ich war noch sommerlich mit heller Hose und heller Jacke bekleidet. Obwohl Anfang November, waren die Tage von spätsommerlicher Sonne durchwärmt, der Taxifahrer hatte die Wagenfenster heruntergedreht, unter der Motorhaube seines uralten Mercedes klopfte ein Dieselmotor. Durch die Luft schwang ein Schwall süßer Düfte, der Orient roch nach Gewürzen. Roland holt uns im Hotel International ab, er sieht die Neugier in unseren Augen. Wir speisen mit ihm auf der Terrasse des Vendôme. Ich esse eine doppelte Portion syrische *Mezzé* und ein trockenes Viertel Huhn, aber es bekommt mir nicht. Am Abend zeigt sich Schweiß auf meiner Stirn, ich habe leichtes Fieber.

Der nächste Tag treibt uns früh auf die Straße. Sie ist von uniformierten Mädchen überfüllt. Sie tragen khakifarbene Blusen und Kopftücher: Roland kennt einige und grüßt sie mit erhobener Hand. Wir sind unterwegs zu seinem Automechaniker, ein kleiner Syrer von sechs, sieben Jahren hilft, einen reparierten Reifen zu montieren, er dreht und schraubt, kurbelt und rollt, als gelte es einen aufs Dach gelegten Wagen wieder auf die Räder zu stellen: So ist er sich seines Trinkgelds sicher. Quer gegenüber vom Minarett der Takieh-Moschee Suleimans des Prächtigen ruft der Muezzin zum Gebet. Aus dem Lautsprecher scheppert es, dröhnend bricht die arabische Halskrankheit aus. Alle Moslems breiten Teppiche oder Pappkartons über den Boden, zerschlissene, durchlöcherte, doch farbenprächtige Socken werden unter den Kaftanen sichtbar. Nachmittags streifen wir durch die Souks. Roland wechselt Geld, er bespricht sich ausführlich mit einem Messerhändler, zeigt sich kundig in seinen Tauschgeschäften. Schon bei Dunkelheit fahren wir auf den Jabbal Qassiun, der die Stadt hoch überragt. Zu seinen Füßen die flirrenden Lichterkränze, hinter denen man das satte Grün der Oase ahnt, die den weitläufigen Stadtkern im Halbkreis umschlingt. Später, in Rolands kleiner Wohnung, wird mir schlecht. Ich ruhe ein Weilchen, trinke einen Tee, schlucke ein Mexaform, messe mir das Fieber. In der Nacht ist auch Brigitte vom Zorn des Pharaonen heimgesucht.

Am darauffolgenden Morgen, wieder erholt und erfrischt, starten wir mit Roland nach Palmyra, sechshundert Kilometer quer durch die Syrische Wüste. Bei der Ausfahrt aus Damaskus blendet uns das Badezimmergrün der Stadt vor dem Qassiun. Linker Hand Olivenhaine, rechter Hand die letzten Gärten der Oase El Ghouta. Dann, auf der Straße nach Bagdad, nur noch Esel und Nomadenzelte. In Dmayr ist gerade ein Hammel geschlachtet worden, das Tier hängt an einem Haken über dem lehmgestampften Gehsteig, blutet sich aus. Jenseits der Siedlung schöne, mauerumschlossene Wein- und Gemüsegärten, kunstvoll bewässert aus terrassenförmig ansteigenden Betonkanälen, rechts der Straße nur noch Telegrafendrähte, in denen die Botschaften singen. Zwischen Khan Abu Schamat und Saba Bijar die Fata Morgana eines Sees. Der Sand glitzert, die vorgegaukelte Wasserfläche wellt sich in der heißen Luft. Abu Schamat, eine alte Karawanserei, ist irakische Zollstation, Soldaten in Tarnanzügen und Zivilisten im Kaftan gestikulieren in lebhaftem Gespräch. Vor Saba Bijar ein umgestürzter Autobus in einem Wadi, ein Rabe fliegt auf, der Rost stäubt in der klaren Atmosphäre. Zarte, rote Wölkchen flimmern über Saba Bijar, eine Hammelherde überquert die Piste, die prächtigen Goldzähne des Hirten glänzen in der Sonne. Kurz nachdem ich das Steuer übernehme, zieht in der Ferne eine Kamelkarawane vorüber.

Schließlich erscheint das grüne Band von Palmyra, es liegt zuerst ganz dünn im gelbrosa Wüstenfels, wird dann breiter und farbiger, hinter Palmen erscheinen die gelben Kapitelle der höchsten Säulen. Zwei Minuten später eine Straßenkontrolle, Soldaten mit Maschinenpistolen. Vor dem Hotel Zenobia sind Kapitelle als Tische unter Ölbäumen aufgestellt. Wir trinken eine syrische Limonade und betrachten das Ruinenfeld, das vor uns ausgebreitet liegt. Stahlblauer Himmel, gleißendes Licht! Aus dem Tempel des Baal werfen wir einen Blick auf die Horizontlinie der Kolonnadenstadt und über die Wipfel der Palmen. Triumphbogen, Amphitheater, Agora: Eine Theaterkulisse wie aus Porzellan. Geringgeschätzt, sind Kleinasiens Römerstädte unberührt geblieben, ihr Eindruck ist biblisch. Es gibt keine modernen Zutaten, nur die Wüste und die große Oase. Hoch über einem Berg die arabische Zitadelle, darunter, im Tal der Gräber, die schroffen Türme der Nekropolis. Brigitte leidet in der Sonnenhitze, Roland fährt vor, um einen Picknickplatz zu finden. Ich rufe, um ihn näher herbeizuweisen, er hat aber das Autoradio weit aufgedreht, und ich muß bis auf die Höhe laufen, wo er, mit dem Rücken gegen das heiße Blech gelehnt, in den Himmel schaut. Als er mich erblickt, steigt er in den Wagen, wendet ihn und fährt Brigitte entgegen. Wir suchen einen Schattenplatz unter Palmen. Picknick im Anblick des Gräberfeldes. Die Palmengärten sind mit alten Mauern umfriedet, ein labyrinthisches Kanalsystem schlingt sich durch die Oase. Noch steht Wasser in den Gräben. Die Schütze sind geschlossen, aber der Sand ist noch dunkelbraun von Feuchtigkeit. Über den Hain tönt das Klopfen des Schöpfrads. Ein toter Igel liegt auf einem Säulenstumpf, ein ausgebeinter Eselsknochen im Sand, durch den sich eine belebte Ameisenstraße zieht. Rückfahrt über Homs. An der Ausfallstraße schmucke Kuppelhäuser im arabischen Stil, später Dörfer mit ärmlichen Erdhütten. »Was für ein Glück, daß wir in Europa geboren sind«, sagt Roland, »von Jahr zu Jahr wird es mir immer schwerer, auf die Segnungen unserer Zivilisation zu verzichten.«

Die höchsten Gipfel des Antilibanon sind in Wolken gehüllt, Aquarellwolken wie von Nolde gemalt: Europa ist näher gerückt. Doch im nächsten Augenblick ist die Sonne wieder da, und die nackten Gebirgszüge ragen auf als dreifach hintereinandergestaffelte Mauern, über die ein Riesenbussard hinwegfliegt wie der Vogel Roch in *Tausendundeiner Nacht*. Ankunft in Damaskus vor Sonnenuntergang. Erquickliche Siesta, Labsal mit Mexaform, kleine Nachfeier unseres Hochzeitstages. Roland hat Rosen und Goldlack gekauft und in eine Vase gestellt. Er läßt den Korken einer Champagnerflasche krachen, und während wir trinken, zeigt er uns Fotos seiner Bräute, von denen er so viele hat wie Kuddeldatteldu.

Abends im Cabaret bei Bauch- und Nabeltanz. Eine Tänzerin in Grün tritt auf mit Speckwülsten über dem Gürtel und starken, kurzen Beinen. Ihr folgt eine Sängerin, die mit ihrer Band so viel Lärm erzeugt, wie ihn nur ein Araber ertragen kann. Sechs Musiker nebeneinander, links zwei Geiger, rechts zwei Tamburinspieler, in der Mitte das Akkordeon und ein orientalisches Drehorgelinstrument. Die Zuschauer, einheimische Männer, stumm und ungerührt, ein paar üppige Frauen miteinander im Gespräch, die sich später als Tänzerinnen entpuppen.

Unerträgliche Musik, unsägliches Spektakel. Eine Tänzerin in Blau wackelt mit dem Bauch, daß man fürchten muß, die schmale Hülle müsse fallen. Sie wackelt immer ärger, als wolle sie das Röckchen tatsächlich abwerfen, aber die Hülle hält, und die Hüfte wackelt unverdrossen weiter. Die Männer bleiben ohne Anteilnahme, sie bewegen kein Glied. Roland berichtet, daß alle Tänzerinnen um drei Uhr nachts nach Hause gebracht und jede halbe Stunde angerufen werden, ob sie auch zu Hause geblieben sind. Seine thailändische Braut ist Nackttänzerin in diesem Etablissement, das Tanzen kein Honigschlecken. Da ich weiß, daß es sich nur dann um einen echten arabischen Bauchtanz handelt, wenn der Kopf, während der Bauch wackelt, unbewegt bleibt, muß ich mich entscheiden, ob ich auf den Kopf oder auf den Bauch schauen soll. Ich suche das Auge wie der Ringer beim Zweikampf. »Schaust du auf den Bauch, bist du verloren«, sagt Roland, und zeigt Neigung, sich selbst verloren zu geben. Plötzlich, nach Mitternacht, zwei Tänzerinnen mit Wasserflaschen auf der Schulter. Sie setzen die Flaschen auf den Kopf, tanzen und wackeln mit dem Hintern, legen sich auf den Boden, knien und verrenken sich konvulsivisch, doch die Wasserflaschen stehen unverrückt. Der Beweis ist erbracht, daß man den Bauch bewegen, den Kopf aber beherrschen kann.

Dann wackelt auf einmal das Licht. Es tanzen Dicke und Dünne, Orientalinnen und Afrikanerinnen, um zwei Uhr wird das Strippen der Asiatinnen beginnen. Schon sitzt Rolands Thailänderin bei uns am Tisch, in einer Stunde wird sie nackt auf der Bühne agieren. Wenn ich dieses ganze Drum und Dran zu Hause wahrheitsgetreu erzählen und vorführen will, muß ich ein buntes Tuch zur Hand nehmen, Hände und Beine verrenken, womöglich Kopf und Kragen riskieren. Das Ende ist ganz europäisch, wie in Saarbrücken, wie in Regensburg, und wir brave Mitteleuropäer brechen verschämt auf. Roland geht voraus, erhobenen Hauptes; ganz stolz sagt er: »Wir haben nichts zu zahlen brauchen.« Dann aber, als wir schon am Auto stehen, erscheint der Zuhälter und kassiert ihn erbarmungslos ab. Anderntags fliegt Brigitte zurück. Während sie, geduldig, mit einem lachenden und einem weinenden Auge, heimkehrfroh die Kontrollprozeduren der Flughafenabfertigung über sich ergehen läßt, stehe ich mit Roland hinter dem eisernen Gitterzaun der Absperrung, gefangen in der arabischen Welt.

Seither sind fünfundzwanzig Jahre vergangen. Roland lebt nicht mehr. In Erinnerung geblieben sind mir zwei Stunden, die wir miteinander verbracht haben, bevor auch ich Damaskus verließ und nach Kairo flog. Wir kehrten vom Flughafen noch einmal zur Stadt zurück, trafen beim Bab Kisan auf die alte Stadtmauer, stiegen aus dem Auto und durchquerten das Tor. Unterhalb der Mauer setzten wir uns vor ein Café und bestellten zwei Mokka. Es waren nicht mehr als zwei Tropfen in den Täßchen, das Aroma war betäubend. Ich genoß es mit Mund und Nase, hob den Kopf und schaute, halb narkotisiert, zu den Zinnen des Stadttors auf: Durch dieses Tor habe einst der Christenjäger Saulus die Stadt mit großem Trara betreten, die er, selbst verfolgt, ein paar Tage später, in einem Korb die Mauer heruntergelassen, bei Nacht und Nebel als Paulus wieder verlassen hat. Ich hörte nur mit halbem Ohr zu, denn in meinen Gedanken an letzte Nacht sah ich nicht Saulus und nicht Paulus vor mir, ich sah den Mädchenhändler Roland schnaubend auf- und atemringend wieder abtreten. Ich ließ es mir nicht anmerken, auch Roland schwieg. Doch unbeabsichtigt zog er mich immer tiefer in seine unglückselige Geschichte hinein. Wir stiegen auf den Turm der Stadtmauer und schauten stadteinwärts in die *Gerade Gasse* des

Judas: Hier habe der Jünger Ananias seine Hände Saulus auf die Schulter gelegt, erzähle die Apostelgeschichte, worauf es demselben wie Schuppen von den Augen gefallen und er zu Christus übergewechselt sei. Ich schaute über die Dächer, sah auf den Eingang eines Cabarets, und mir war, als hörte ich die Stimme des Zuhälters Abou Bachar, er kümmere sich nicht um Heiligengeschichten, ihn interessiere nichts als sein Geld, das Roland ihm noch für eine zusätzliche Flasche Champagner schuldig sei.

Freiheit, Gleichheit, Brüderlichkeit

»Nehmen Sie Singapur, das ist eine autoritär regierte und kontrollierte Stadt, in der Meinungsverschiedenheit und Abweichung nicht gestattet sind, es ist eine kulturelle Wüste«, klagt der chinesische Schriftsteller Zhu Dake in einem Interview. Er selbst, ein Fremder in seiner eigenen Stadt Schanghai, die im Augenblick dem Vorbild Singapur nacheifert, ist entsetzt: »Ja, wir haben den Transrapid, die Formel 1 und unsere kulturellen Großveranstaltungen: Orchester aus Deutschland, Tanz-Ensembles aus den USA. Am Wochenende treffen sich die Bauern aus der Gegend am Markt mit ihren Hühnern und Tomaten. Danach gehen sie wieder nach Hause und der Marktplatz bleibt zurück: leer und verlassen. An der Oberfläche sieht das toll aus, darunter ist es hohl. Unter all dem Glanz kein Geist und keine Seele.« Ich lese das Interview in der *Süddeutschen Zeitung* und denke dabei an Roland, der viele Jahre zuvor schon diese Situation bemerkt, dieses Elend selbst beschrieben hat. Doch hielt es ihn nicht davon ab, sich dem Kontinent Asien und besonders der Stadt Singapur immer wieder auszusetzen.

Was trieb ihn an? Wo wollte er sich in Singapur das Seine nehmen? Und was sollte das sein? Oder hoffte er, in Asien zu finden, was er in Afrika lange Zeit gesucht hatte? Afrika habe ihn krank gemacht, sagte er am Telefon, Asien werde ihn heilen. Seit seiner letzten Landpartie in die Ebene von Bilen quäle ihn ja hin und wieder ein Stechen im Unterleib, spüre er einen merkwürdigen Geschmack im Mund: Solange es nach kurzer Zeit plötzlich verschwinde, schiebe er einen Arztbesuch hinaus. Er plane eine Reise, die ein halbes Jahr dauern werde, nur weg aus der europäischen Kälte, hin zur Wärme des Orients! Im Augenblick überlege er noch, wohin die Reise führen solle, Freunde habe er überall auf der Welt.

Sollte er den schönen Valentino in Aleppo überraschen? Sollte er der Einladung von Sultan Al Amir Mohammed Farid auf die Malediven folgen? Marie des Anges rechnet mit seinem Besuch in Bangkok, die schöne Freundin Rositta lockt ihn zum Lampenfest nach Manila. Er entscheidet sich für Singapur, es steckt ihm eine Zusammenkunft mit alten Bekannten aus der äthiopischen Ära in der Nase. Was kümmern ihn die trostlosen Aussichten, was gehen ihn die Sorgen singapurischer Kulturkritiker an! Die Freunde aus Singapur versprachen Ablenkung und Erleichterung von Bauchkneifen und Mundgestank. Sie brennen darauf, ihm die Inselwelt von Lingga zu zeigen, bitten ihn um rasche Zusage. Roland wartete die geplante Schiffsreise nicht ab, kaufte ein Ticket und flog Mitte Februar nach Bombay. Vor dem Flughafenausgang empfing ihn ein aufreizendes Schauspiel von Dreck und Elend. Aus stickiger Feuchtigkeit floh er nach Madras, riß aus nach Kalkutta und rettete sich nach Colombo. Noch einmal scheiterte er bei dem Versuch, ein Frachtschiff nach Singapur zu besteigen, deshalb flog er mit der nächsten Maschine und richtete sich im chinesischen Viertel ein.

Es ist schwülheiß. Roland tritt auf den schmalen Hotelbalkon und schaut in die Tiefe, wo sich zwischen der Gartenterrasse und dem Badestrand entfesselte Touristen im Swimmingpool tummeln. Aus einem halben Dutzend Lautsprechern dröhnt eine scheußliche Schlagermusik. Hier ist er nun gelandet, zwängt sich zwischen Hauswand und Balkongeländer und fragt sich erschöpft: Was habe ich hier eigentlich zu suchen? Was gibt es hier für mich zu finden? Mit seinen Bekannten reist er ziel- und freudlos durchs Land. Er gewöhnt sich nur mühsam an die großen Entfernungen, die feuchte Hitze, die täglichen Wolkenbrüche und Gewitter. Es ekelt ihn vor den aufdringlichen Suppenverkäufern und ihrer lauwarmen Geflügelbrühe bei Tagesanbruch, vor den schmutzigen Straßenköchen und ihren gebratenen Schlangen zu Mittag.

Am Abend steht er, von den Freunden verlassen, wieder auf dem Hotelbalkon, hundemüde zwischen zerschlissenen Gardinen und bröckeligem Gemäuer und denkt: Mein Leben lang komme ich daher wie ein ausgedienter Fremdenlegionär, gestern aus Alexandrien und morgen aus Singapur. Die Leute schauen mich an wie den Mann vom anderen Stern. Hier stehe ich in Singapur und kann sagen: Schaut alle her, ihr Hinterwäldler und ihr Heimchen am Herd, hier stehe ich in Singapur und habe mir immer noch nicht das Meine genommen. Ich muß mich hüten, einen Kaugummi auf den Boden zu spucken und darf nicht vergessen, auf der Toilette zu spülen. Denn wer hier in Singapur einen Kaugummi auf den Boden spuckt und auf der Toilette das Spülen vergißt, der landet auf der Stelle hinter schwedischen Gardinen. Er packte den Koffer und flog schon nach drei Tagen zurück. Im Flugzeug, eingepfercht zwischen schlafenden Fluggästen, schreibt er eine Betrachtung über Siebenschläfer, die seinen Eltern auf dem Dachspeicher in die Falle gingen: »Ich habe sie gesehen, die Haut zerfetzt, den Schädel entblößt, am Drahtgitter verwüstet.« Roland schreibt es an Bord einer Boeing 767, siebenunddreißigtausend Fuß in der Höhe, fünfhundertsechzig Meilen zwischen Singapur und Bangkok.

Jubiläen standen bevor. Eugens Sechzigsten feierten wir an seinem Swimmingpool in Neuweiler: Es war eine Orgie am Wasser mit einem hallenden Hans als Hauptdarsteller. Rolands Sechzigsten feierten wir bei Leo und Fee an der grünen Damra: Es war ein bukolisches Fest unter Bäumen mit einer munteren Gesellschaft. Und es gab noch ein Jubiläum, das Roland und mir besonders am Herzen lag: Zum vierzigsten Jahrestag unserer ersten Begegnung fuhren wir zusammen nach Lyon.

Es ist Hochsommer, eine heiße Augustwoche. Wir durchqueren die Stadt im Eiltempo, denn so rasch wie möglich wollen wir beim Fort St. Irénée ankommen, dem Studentenwohnheim der frühen fünfziger Jahre, heute *Institut Franco-Chinois*. Der Hof ist betoniert, unter den Platanen gibt es Parkplätze für Autos und einen Kinderspielplatz. Das alte Brunnenhaus mit Winde und Kette sieht immer noch aus wie ein chinesischer Teepavillon. Es ist derselbe Holzfußboden in den Fluren wie 1949, der gleiche Chlorgestank auf den Toiletten, die Türen haben noch denselben badezimmergrünen Lackanstrich. Für ein paar Augenblicke stehen wir vor den Türen unserer damaligen Zimmer, der Flur ist nur mäßig erleuchtet wie ehdem, wir wagen nicht anzuklopfen.

Der Tabakladen an der Ecke ist geschlossen, Roland kann die schöne Verkäuferin von damals nicht begrüßen, die *Douches Municipales*, in denen wir uns samstags vom Schmutz und Schweiß der Woche gründlich gereinigt haben, sind nicht wiederzufinden. Es sind arme Viertel geblieben, die Straßen heißen noch immer rue Trouvée und rue des Pépinières, rue des Pommières und rue Vide-Bourse. Hier leben und arbeiten in kleinen, offenen Werkstätten, die nach der Straße gehen, immer noch Schuster und Schlosser, Kürschner und Sargschreiner, der Kunsttischler Voisin in der rue des Farges und die Seiler, die an die Dichterin Louise Labé denken lassen, die schöne Seilerin aus dem sechzehnten Jahrhundert. Im *Collège Moderne*, meiner Schule von damals, sehe ich die kahlen Gänge wieder, die hohen Klassenräume, den asphaltierten Hof. Ich treffe Monsieur Hahn, einen Saargemünder, den Nachfolger des damaligen Direktors, und spreche mit ihm über eine Zeit, die er nicht in Lyon verbracht hat. Ich rede und rede, das Französische wird geläufig auf meiner Zunge, ich rede und rede mir die Angst aus der Seele, die mich als Zweiundzwanzigjährigen so oft in dieser Schule befiel: Das Kriegsende war noch so nah, die Verachtung des Deutschen noch so heftig! Aber ich rede auch von meinem Freund Roland Cazet, dem Löwen von St. Irénée, den ich Monsieur Hahn ganz stolz vorstelle. Ich rede französisch, und je länger ich französisch spreche, um so häufiger antwortet mir

Monsieur Hahn auf deutsch. Er ist glücklich, die Sprache seiner Kindheit zu sprechen. Der Hausmeister, der uns zur Tür bringt, ist erstaunt: Er hat Monsieur Hahn nie deutsch sprechen gehört, er hat nicht einmal gewußt, daß er deutsch sprechen kann.

Nur ein paar Schritte weiter, tief unten im gallo-römischen Museum zwischen Äxten und Schwertern, gibt ein riesiges Fenster den Blick auf Lyons römisches Theater frei: Die Löwen des heiligen Irenäus brüllen aus der Legende herauf. Die Römer mochten ihn nicht, den griechischen Kirchenvater, Bischof von Lyon im 2. Jahrhundert, und wir mochten ihn auch nicht. Roland verachtete seine Geringschätzung der Logik, mir war sein dogmatisches Denken zuwider. Uns mißfiel seine apostolische Leisetreterei, wohlgefällig zu Kreuz zu kriechen; wir verabscheuten seinen Haß, unerbittlich gegen die Ketzer zu wettern. Wir hielten es mit den Römern, die ihn den Löwen zum Fraß vorwarfen. Mit den Löwen fletschten wir die Zähne und streckten die Krallen aus, sobald sich jemand erkühnte, uns mit frommen Argumenten zu belemmern. Roland, der Oberlöwe fletschte die Zähne am heftigsten, fuhr seine Krallen am weitesten aus. Mit der *Ficelle*, der Drahtseilbahn, die das Viertel von Fourvière mit dem Saôneufer verbindet, fahren wir schließlich abwärts in die Stadt. Es ist früher Abend, *l'heure bleu*, unsere Lieblingszeit. Wie vor vierzig Jahren nehmen wir Platz vor dem Café de la Paix, unserem Lieblingsort. Die rue de la République, jetzt Fußgängerzone, birst vor Geschäftigkeit: Männer mit fast platzenden Aktentaschen, Frauen mit überquellenden Papiertüten. Am Straßenrand flanieren junge Leute wie an der Schnur gespannt, drehen die Köpfe und reden über die Achsel hinweg, während sich in den engen Juwelier- und Parfümläden, die tagsüber nur zwei Personen Platz gönnen, dunkelhäutige Verkäuferinnen mit aufgetakeltem Shoppingvolk zum Abendschwatz drängen. Wir sitzen wie ehdem mit dem Rücken zur Glaswand des Cafés, unter der Markise entfachen Heizstrahler eine nordafrikanische Sommerwärme. Wir tauchen unseren Canard in den Calvados, lassen ihn geduldig mit Kaffee und Alkohol zusammenrinnen.

Die Place Bellecour ist immer noch mit feingemahlener roter Schlacke gestampft, auf seinem Sockel residiert immer noch Ludwig XIV., so schön wie nur ein König im Märchen sein kann. Mit langer Schleppe und Schwert an der Seite sitzt er immer noch auf seinem prächtigen Roß, dessen Mähne geflochten und dessen Schwanzhaar onduliert ist. Um sein Haupt fliegen wie eh und je die Tauben in frischer Luft, in den Blumenkästen welken Phlox und Begonien im Gewölk der Auspuffgase. Die Schaufenster der *Librairie Flammarion* locken noch immer mit den Neuerscheinungen aus Kunst und Wissenschaft, der Eingang von *Le Progrès* wird noch immer von den beiden barbusigen Fortschrittsdamen in Sandstein flankiert. Die linke trägt eine Fackel, die rechte ein lorbeerbekränztes Tamburin: Sie erleuchten den Geist des Wohlergehens und trommeln das Lied von Freiheit, Gleichheit, Brüderlichkeit.

»Erinnerst du dich?« fragt Roland, »hier saßen wir mit Eugen, der aus dem Saarland gekommen war, um bei der Zeitung die Rückmeldungen auf seine Annonce abzuholen. Eugen entschied sich für eine Stelle als Chef-Pâtissier in der wildesten Gegend Frankreichs, Bourg-d'Oisans, bis heute hab' ich's nicht vergessen! Er war gekommen, um in Frankreich zu lernen und zu arbeiten, genau so wie Ben Allep aus dem Sudan und der schlaue Konfuze aus China, die ja bei uns im Fort St. Irénée gleich nebenan ihre Zimmer hatten.« Eine Gruppe dunkelhäutiger Flaneure drängte sich bis an unseren Tisch heran, und Rolands Miene verfinsterte sich zusehends. Die jungen Männer spuckten uns vor die Füße, ihre Mädchen lachten schallend dazu, Roland sagte, es zöge ihm eine Gänsehaut über die Arme, wenn er das halbe Nordafrika an uns vorbeischlendern sehe: »Vergiß das dumme Gerede von der Rassenverbrüderung! Damals war die rue de la République bevölkert von deutschen, italienischen, spanischen Studenten, doch sie waren nicht gekommen, um Frankreich in Besitz zu nehmen. Erinnere dich an Hermann, der in den Salzpfannen der Kalahari arbeiten und sie nicht mit deutschem Dreck versauen wollte. Aber hier bei uns beherrschen Algerier und Marokkaner die Straße, werfen uns ihre Zigarettenkippen vor die Füße und pinkeln an die Hauswände.« Er sei gewiß nicht durch die halbe Welt gereist, um sie zum fadenscheinigen Christentum zu bekehren; diese Maghrebiner aber hätten nichts anderes im Sinn, als Europa mit ihrem islamischen Glaubensgestank zu verpesten. Er schalt die französische Schwäche, die aufgeklärte Vernunft Voltaires verraten zu haben –, und von unserer windelweichen Multikultischwärmerei halte er nicht das geringste.

Er schaute nach links durch die rue de la République und nach rechts über die Place Bellecour: Nordafrika durchquerte sorglos die Stadt, er klagte verbittert: »Was du hier erlebst, ist der Anfang vom Ende Frankreichs. Wenn meine Generation und die nachfolgende noch durchhält, will ich zufrieden sein, aufzuhalten ist die Entwicklung sowieso nicht. Unsere Welt wird kaputtgehen, denn es ist keiner da, sie von diesem Abschaum zu reinigen. Wo sind sie geblieben, unsere karolingischen Patrioten, die sich der Idee der Aufklärung verschrieben hatten?« Enttäuscht von ihrer Ohnmacht sei er Le Pens Front National beigetreten. Er sei aber Roland Cazet, dem die Zukunft der Zivilisation am Herzen liege, er sei nicht Brigitte Bardot, die das Schicksal der Biberratte zu Le Pen getrieben habe. War aus dem Oberlöwen ein alter Platzhirsch geworden, der sein Brunftrevier nicht räumen wollte? Trotz Verständnis für seine Einstellung war ich entsetzt. Verflogen war zwar sein Vergnügen an unserem alten Viertel, sein Amüsement im Museum, seine Freude an Hermanns und Eugens Besuchen –, doch wäre Roland nicht er selbst, hätte er auf einen Schlag sein Kokettieren mit dem Fatalismus vergessen: »Was soll man machen? So ist die Welt nun einmal, wunderbar inszeniert mit alldem, was wir haben kommen und gehen sehen, wenn auch nur in den Geschichtsbüchern! Dort kann man auf jeder zehnten Seite lesen: Freiheit,

Gleichheit, Brüderlichkeit. Doch macht sich heute noch jemand Gedanken darüber, was in diesen Wörtern eigentlich steckt?«

Den Abend verbrachten wir beim Ballett. *Le Silence bleu* hieß das Stück, wir hofften, uns in der vorgetanzten blauen Stille erholen zu können. Zuerst wälzten sich, bei schwellender Musik, wie sie im Fernsehen beim Wellenreiten aus dem Off erklingt, weißgewandete Tänzer und Tänzerinnen am Boden, ruderten mit Armen und Beinen und simulierten einen schweren Schiffbruch. Danach bewegten sich drei Damen in einem düsteren Interieur mit Fotoalbum, Buch und Spiegel bei deutscher romantischer Musik, doch schließlich brach ein solch ungebärdiger Sturm herein, daß die Bühnenvorhänge sich blähten und die Tänzer vor Schreck ihre Gesichter zu Grimassen verzogen. Wir begriffen, daß es wohl eine Programmänderung gegeben hatte und der Schiffbruch eigentlich die blaue Stille und die blaue Stille den Schiffbruch bedeuten sollte. Aus den Lautsprechern schepperte das Geräusch der aufgewühlten Wellen und in unseren Herzen der Pulsschlag aufgewühlter Gefühle.

Roland kam noch zweimal zu uns. Das vorletzte Mal stritt er mit Nico um ein spärliches Mittelgericht, das er fälschlicherweise anstelle eines Hauptgerichts bestellt hatte; das letzte Mal triumphierte er mit seinem Wunderfilter, mit dem er immer wieder die Argumente der überzeugten Nichtraucher bis in ihre Grundfesten erschütterte. Dann sagte er sein Adieu, das unwiderruflich blieb.

Im September 1996 schrieb er aus Dijon, er leide seit dem Frühjahr entsetzliche Qualen im Unterleib. Nach seiner Rückkehr von uns habe er eine Reihe von Blut-, Urin- und Stuhluntersuchungen über sich ergehen lassen, sie hätten nichts erbracht. Von seinem Hausarzt an einen Urologen überwiesen, sei er, da dieser einen längeren Auslandsurlaub verbringe, selbst nach Spanien gereist und erst am 17. September von ihm auf den Kopf gestellt worden. Das Ultraschallgerät habe erschreckende Laute vom Zustand seiner Prostata hervorgebracht, schrieb er, eine Dosis Creatinin habe seine katastrophale Vermutung bestätigt: Eine rasche Operation sei nötig, habe die zusätzliche Urethrocystographie angezeigt. Donner und Doria, wie schonungslos Roland uns eine Salve extraordinärer Begriffe um die Ohren haute! Monströse Fremdwörter jagten uns einen doppelten Schrekken ein, uns wurde flau im Magen und damisch im Kopf. »Bevor ich auch nur uff sagen konnte, hatte mir der Doktor die Hoden gekappt«, schrieb er, »im Augenblick liegen sie in Falten und haben die Farbe gedörrter Pflaumen. Was soll aus ihnen noch werden? Verschrumpelte Korinthen?« Und noch einmal ließ er es mit gepulverten Wörtern blitzen und donnern: »Ich muß nun meine ungezügelten Harnrhythmen bändigen und das Stück vom übriggebliebenen Schließmuskel beherrschen lernen« –, was sich, ins Deutsche übersetzt, genau so grausig anhört wie im Französischen.

Das Jahr 1997 bringt er mit ärztlichen Untersuchungen, langwierigen Behandlungen, schmerzhaften kleineren Eingriffen zu, kommt im Juli zu meinem siebzigsten Geburtstag zu uns ins Saarland und grüßt in allen seinen Briefen und Ansichtskarten mit »alter« oder »ewiger Burgunder« und spielt einmal auch auf unser gemeinsames Pinkeln auf Pfarrers Rosen an, Anfang der fünfziger Jahre, was ihm jetzt aber wohl nicht mehr gelingen würde. 1998 war ein schlimmes Jahr für ihn. Er schrieb an seinen Urologen, die Behandlung mit Estracyt sei immer schwerer zu ertragen, verursache ihm Übelkeit, Magenschmerzen, Appetit- und Geschmacksverlust. Der komische Geschmack, den er früher schon hin und wieder im Mund verspürt habe, sei jetzt zum Ekel geworden und bringe ihn zum Kotzen.

Im Herbst rief er mich an und hielt ein stundenlanges Lamento, das auf eine wüste Schelte hinauslief. Er habe sich den Roman *Der Ekel* von Sartre vorgenommen, den er ja stets gemieden habe aus Abscheu vor dem Philosophen, der nichts als einen modischen Existentialismus im Kopf gehabt und mit der Idee der Freiheit ein übles Spiel getrieben habe. Der Ekel, von dem er in aller Ausführlichkeit schreibe, sei ein intellektueller Ekel, ein eingebildeter erfundener Ekel. Sartre hätte sicherlich nie in seinem Leben Estracyt schlucken müssen, das ihm Zunge und Lippen hinterstzuvorderst gekehrt und ein Würgen im Hals verursacht habe, das man einzig und allein als wahrhaftigen Ekel bezeichnen könne. »Vielleicht hat er den gequälten Burgunder Roland Cazet vorausgeahnt, als er am Ende verkündete, sein Held Roquentin brauche den Ekel ja gar nicht mehr zu erdulden, er sei gar keine Krankheit, auch keine fixe Idee, der Ekel sei er selbst. Das halte ich Sartre zugute, daß er an einen wirklichen vom Ekel geplagten Menschen gedacht, nur keinen Mut gehabt hat, es auszusprechen«, sagte Roland lachend, »mein Ekel ist jedenfalls nicht vergleichbar mit Sartres metaphysischem Überdruß. Mir ist ja nicht in meinem Kopf zumute, als sei das Leben zum Kotzen, ich spüre nicht Sartres poetische Lust, ich spüre meine animalische Unlust, mich übergeben zu müssen. Es würgt mir im Hals, weil mir schlecht ist, nicht aus Widerwillen vor meiner menschlichen Natur, sondern aus unerträglicher Übelkeit, die mir den Schlund hochkommt.« Schöne Worte darüber zu machen sei der reine Quark, das gescheite Überkreuzdenken habe Sartre von seinem deutschen Großvater gelernt. Dieses Ansich- und Fürsich- und Anundfürsichsein hätte er sich wahrlich sparen und rundheraus sagen können: »Dem Menschen bleibt gar nichts anderes übrig, als aus sich zu machen, was in ihm steckt. Er muß sich das Seine nehmen, wo er es findet.«

Ich selbst bin ein miserabler Telefonierer. Ich telefoniere nur in Halbsätzen, fasse mich kurz wie es früher auf den Telefonhäuschen geschrieben stand: Jetzt aber, da Roland außerstande war, mit mir Auge in Auge zu sprechen, ließ ich mich auf langanhaltende Telefongespräche mit ihm ein. Bevor er erneut in die Klinik eingeliefert wurde, schrieb er auf deutsch: »Ich kann nicht mehr schiffen«, fügte aber zuversichtlich an: »Wir sehen uns im nächsten Frühjahr wieder.« Roland wehrte sich. Er wehrte sich gegen das Unabwendbare. Es war sein aufgeklärter Geist, der sich wehrte, der Geist des Bewußtseins aus der Zirbeldrüse, der stärker ist als der verblasene Wunder- und Hoffnungsglaube aus dem Bauch.

Am 22. Januar 1999 bedankt er sich bei Hermann für die Einladung zum Geburtstag: »Leider kann ich nicht bei dir sein, ich werde wieder operiert und soll unten am Bauch ein Rohr eingesetzt bekommen, von dem mich der Arzt erst wieder Ende Februar befreien wird.« Und fügt hinzu: »Hoffentlich werde ich, wenn ich genesen bin, mein Vagabundenleben erneut aufnehmen können. Dann mach' ich einen Besuch später im Frühling, und wir werden deinen Geburtstag nachfeiern. Vergiß nicht, mit allen Freunden auf meine Gesundheit anzustoßen!« Am 30. März dankt er Hermann für die Geburtstagsfotos und unsere Trinksprüche auf seine Gesundheit. Er bittet, einen Termin vor dem 14. Juni zu wählen, damit auch er uns einladen könne zu seinem Siebzigsten. In einem Brief vom gleichen Tag fragt er Brigitte und mich, ob wir ihm ein Foto von Beate Uhse als Pilotin der deutschen Luftwaffe besorgen könnten, ein Foto aus ihrer Jugend, bevor sie ihr Sex-Imperium gegründet hat. Am 26. April schreibt er, gerade hätte er sich besser gefühlt, da habe sich zusätzlich eine Herzinfektion bestätigt. Trotz allem freue er sich aufs Wiedersehen am 27. Mai und grüßt als »pissender Burgunder«, der nun leider gar nicht mehr in der Lage sei, die Rosen im Sulzbacher Pfarrgarten in so schwungvollen Bögen wie vor fünfzig Jahren zu begießen.

Er kam, wie all die Jahre zuvor, pünktlich um siebzehn Uhr. Das Frühjahr prahlte mit einer hellen Sonne, die noch am späten Nachmittag auf der Terrasse lag und die Platten wärmte. Alle Magnolienblüten waren aufgeplatzt, ihr fleischfarbenes Rot strotzte vor Gesundheit. Als Roland eintraf, ging er schnurstracks auf den Strauch zu und sagte: »Wenn du mir vor fünfzig Jahren die Haut abgezogen hättest, wäre mein Fleisch schon nicht mehr so knallrot wie diese Blüten darunter hervorgekommen.« Er lachte, als wäre ihm ein

Scherz gelungen, doch seine unerwartete Bemerkung, barsch und gespenstisch, entlockte mir nicht einmal ein Lächeln. Roland wollte mich nicht vor den Kopf stoßen, ich spürte die Absicht, seine leiblichen Nöte hinter einem kessen Witz zu verbergen, wir umarmten uns und setzten uns mit Brigitte an den Gartentisch, tranken zur Begrüßung einen elsässischen *Crémant*. Im Gespräch mit ihm merkten wir, daß er an den äußersten Punkt seiner Beherrschung gelangt war. Er wagte nicht, sich zu entblößen, kein einziges Mal ist das Wort Krebs gefallen. Wir haben ihn nicht danach gefragt, er hat es uns nicht gesagt. Wir haben ihn viel zu gut gekannt und wußten, er wollte keine traurige Figur machen. Lieber wäre er im Bett einer Frau, bei einem Flugzeugabsturz, nach einem Freß- und Saufgelage, lieber auf einem Fischzug – wie sein Vater – von einem auf den nächsten Augenblick ums Leben gekommen –, es war ihm nicht vergönnt.

O ja, er zweifle an der ärztlichen Diagnose, natürlich auch an der Therapie, die möglicherweise zur Bekämpfung eines ganz anderen Leidens entwickelt worden sei. Da er die meisten Stunden des Tages allein verbringe, allein frühstücke, allein durch die Stadt flaniere, allein seine Nachmittage beim Radiohören auskoste, nach dem allein verzehrten Abendbrot allein zu Bett gehe, falle er niemandem lästig, quäle weder seine Schwester noch seinen Schwager mit Gejammer, bitte nur hin und wieder seinen Neffen Claude, ihm die Tageszeitung und seine Medikamente ins Haus zu bringen. Immer mehr ziehe er sich vor seinen Freunden zurück oder nehme, wenn er sich zu einem Besuch entschließe, eine übergroße Dosis dieser gräßlichen Schmerzmittel, die ihn wenigstens für zwei oder drei Stunden von der ärgsten Pein befreiten. Er spüre die Metallsonde in seiner Harnröhre wie einen glühenden Stab, der ihn tief innen verbrenne – und malte uns seine körperlichen Empfindungen bis zum Überdruß aus. Wir dachten an Rousseaus schreckliche Porzellansonde, die ich mit Brigitte im Museum von Les Charmettes gesehen hatte. Roland beschrieb die seine als eine Röhre, die von einem festgelegten Tag an dazu bestimmt ist, einen Menschen zu Tode zu martern.

Zeit seines Lebens hat er nichts dem Zufall überlassen, hat nicht geheiratet, kein Haus gebaut, keine Kinder gezeugt, die er, alt und krank geworden, hätte zwingen können, ihr eigenes Leben zu versäumen, um das seine zu versorgen. Es befiel ihn eine Vorstellung des Grotesken, würde er jetzt nicht aufhören, seine Tage mit törichtem Getue zu verbringen. Roland sang nicht mehr, pfiff nicht mehr, es gefiel ihm nicht mehr, so abgehackt und frivol zu singen und zu pfeifen wie früher, da ihm nichts lieber war als der lächerliche Kokolores von Bourvil. Er zierte sich, ging wie die Katze um den heißen Brei. Es fiel ihm schwer, uns zu sagen, was ihn bewegte, und so schwieg er lieber, als daß er sich verplauderte. »Was soll ich euch erzählen?« fragte er, »ihr wißt alles aus meinen Briefen. Es fällt mir von Tag zu Tag schwerer, von meiner Krankheit zu sprechen, als darüber zu schreiben. Wenn es nur ein Rumoren in der Magengegend wäre, würde es mich weniger beunruhigen, doch dieses Ziehen und Drücken im Unterleib, irgendwo hinter dem Darm, in Höhe des Schambeins und noch hinter diesem, zwischen Schambein und After –, das verwirrt mich, das gibt mir zu denken.«

Obwohl er genau wußte, daß es für ihn keine Hoffnung mehr gab, er machte den Eindruck, als hoffe er trotzdem. Es war eine Hoffnung, die er der Hoffnungslosigkeit abtrotzte, er sagte: »Vielleicht gibt es im vorletzten Augenblick das rettende Mittel, von dem wir schon vor vielen Jahren gefaselt haben. Erinnere dich, wir waren dreißig oder fünfunddreißig, rauchten wie die Schlote, spuckten und husteten, da schwappte eine Welle der Aufklärung über Lungenkrebs durch Illustrierte, Zeitungen und Rundfunkmagazine. Diese Befürchtung, meinten wir, betreffe aber nur alte Leute, die ihr Leben lang gefluppt hätten, wir seien jung genug, es noch eine Weile treiben zu können, ohne davon krank zu werden. Schau dir die Fortschritte der Medizin an, habe ich damals gesagt, bis wir sechzig sind, ist längst ein Heilmittel gegen Raucherkrebs erfunden.« Ich erinnere mich: Wir verscheuchten den Gedanken an Krankheit und Tod, luden ihn anderen auf, denen schon das Elend im Gesicht geschrieben stand. Amüsiert lasen wir aus den Augen vieler die Angst vor dem Zipperlein, die Panik vor Atemnot und Herzrasen. Den anderen kann von heute auf morgen etwas Schlimmes zustoßen, hohnlachten wir, nur uns nicht! So schauten wir auf unsere Freunde herab, die bei jedem Wehwehchen zum Doktor liefen und nicht eher Ruhe gaben, bis sie schlafende Hunde geweckt hatten. Mit Beschwerden hatten wir nichts zu tun, wir spielten mit dem Feuer, lebten nicht wie die Gesundheitsapostel, die aus Angst vor dem hohen Blutdruck täglich eine Zehe Knoblauch aßen und dreißig Rollen vorwärts und rückwärts vollführten –, wir taten so, als stürzten sich die anderen gedankenvoll in Krankheiten wie in Abenteuer mit Todesfolge. Wir spotteten, bis es bei Roland im Unterleib und bei mir in den Kranzgefäßen zu zwicken und zu zwacken begann.

Was sollten wir tun? Uns hinderte zum Glück ein zweiflerischer Geist, an die Wunder der Natur und an die Wunder vom Himmel zu glauben: Wir richteten es uns ein mit einem Hauch von Fatalismus. Ein Bekannter ließ sich vorsichtshalber eine Krankenmesse lesen, ein Nachbar wechselte von seinem Urologen zu einer Kartenlegerin über, andere zogen das tägliche Horoskop aus der Tageszeitung zu Rate, wieder andere schworen auf die Segnungen der Homöopathie. Wir vertrauten blindlings der Chemie, und wo diese versagte, hielten wir uns an den Galgenhumor. Über unserem Gespräch im Garten war es spät geworden, die Sonne stand schon hinter den Fichten, die Magnolien schlossen ihre Blüten vor der kühlen Abendbrise. Brigitte schenkte ein Glas Wein nach, Roland prostete uns zu und sagte: »Morgen abend beim Festessen werde ich den Freunden meinen Wunderfilter vorführen – keiner braucht zu wissen, wie es um mich steht.« Dann ging er wie sonst auch ins Gästezimmer, zog sich aus, reinigte die Sonde, wusch sich, putzte die Zähne, legte sich aufs Bett.

In der Vorfreude auf den nächsten Tag sei er sofort eingeschlafen, erzählt er anderntags beim Frühstück. Es war sein letzter Besuch.

Am 11. Juli kommt er noch einmal in einem Brief auf die Poesie zurück. Ich war mit dem Schriftsteller Alain-Fournier und dessen Roman *Le Grand Meaulnes* beschäftigt und hatte Roland gefragt, ob er das Buch gelesen und eine Erinnerung an seine Lektüre habe. »Mit zehn oder elf Jahren, 1938 oder 1939, habe ich in meinem Volksschullesebuch zwei Auszüge aus dem *Grand Meaulnes* gelesen«, schreibt er, »und zwar einen kurzen Auszug von der Ankunftsszene Augustin Meaulnes' in Sainte-Agathe wie die Beschreibung des Feuerwerks, und aus dem zweiten Teil das Ende des neunten Kapitels von den Nesträubern. Das ganze Buch habe ich erst mit fünfzehn gelesen, es war der erste Teil, dem ich sofort zustimmte, weil er mich ganz eng mit dem Autor verband.« Die Vorgänge des Romans geschähen nämlich in einer Landschaft, die mehr oder weniger der Landschaft seiner eigenen Kindheit und Jugend vergleichbar sei. Das Verhalten der Schüler untereinander entspräche ziemlich genau seinen eigenen Erfahrungen als Dreizehn- und Vierzehnjähriger, völlig gleich seien die Ereignisse um den Schulofen im Winter. Wie Monsieur Sorel sei ja auch sein Vater Schullehrer gewesen, und er selbst, in ähnlichen Situationen, Schüler dieses Lehrers. Ich habe Rolands Vater vor fünfzig Jahren kennengelernt, er trug einen Schnurrbart wie Monsieur Sorel, war Republikaner, Laizist und überzeugter Pädagoge wie jener. Sogar Monsieur Cazets Angel könnte die Angel von Monsieur Sorel gewesen sein, auch Monsieur Cazet saß am Sonntagmorgen beizeiten schon weit weg vom Dorf am Ufer irgendeines vom Frühnebel verhängten Weihers und fischte nach Hechten. Roland gesteht, ebensogut wie in Epineuil-le-Fleurier könnte auch im Klassenzimmer von Franxault das Lesebuch mit dem Kriegsgedicht aufgeschlagen daliegen und an der Wandtafel geschrieben stehen, daß der Wille die Fähigkeit sei, sich frei zu bestimmen: ›Haben wir nicht alle Freiheit, zu tun und zu lassen, was uns beliebt? Sogar wehtun dürfen wir einander, wenn's uns Spaß macht‹, hat auch mein Freund Roland in Alain-Fourniers Roman gelesen. Auch er war Rädelsführer wie Augustin Meaulnes, auch ich sehe ihn in kindlich ausgeklügelte Soldatenspiele, in Spähtrupps und Überraschungsangriffe verwickelt, aber auch in einen Hinterhalt gelockt, den herumstreunende Zigeunerjungen gelegt hatten. Saß Roland nicht auch mit einem Kampfgenossen in seiner Schlafkammer wie François Sorel mit dem großen Meaulnes, und beide sprachen halblaut über alles, was ihnen zugestoßen war, »wie zwei Waffenbrüder nach einer verlorenen Schlacht«?

Ist Alain-Fourniers Roman trotz feierlicher Beteuerungen der Literaturjünger nicht doch die Geschichte zweier Schwärmer und Schlafwandler zwischen Wachen und Traum, enthusiastisch gebannt von den Reizen einer inneren Welt voller Schönheit und Liebe, voller Zärtlichkeit und Frieden? Ist Rolands eingebildete Schlacht am Ende nicht die verlorene Schlacht seines eigenen Lebens?

Den letzten Brief schreibt er am 31. August 1999, sieben Wochen vor seinem Tod. »Liebe Brigitte, lieber Lude und meine saarländischen Freunde, noch vor einer Woche konnte ich nicht mehr essen, nicht mehr trinken, und vor allem hatte ich große Schwierigkeiten mit dem Atmen. Mein Hausarzt hat mir unverzüglich eine Durchleuchtung der Lunge verordnet: Es gab eine Infektion. Er hat mir Antibiotika verschrieben, und langsam geht es mir besser. Ich habe auch wieder ein bißchen Appetit. Das alles ist die Folge der Behandlung durch Anandron, die mein Urologe mich erdulden läßt. Und trotzdem war mein P.S.A., der unter 4 sein sollte, am 18. Juni auf 42 und am 19. August auf 89 gestiegen! Seit einigen Tagen fühle ich allmählich eine Besserung. Meine Cousine Nadia Richard de Gourey hat mich für ein paar Tage der Genesung nach Bévy in ihr Haus auf dem Land eingeladen. Ich fahre morgen dorthin. Das sind, liebe Freunde, meine letzten Nachrichten. Nicht gerade berauschend, oder? Ich hoffe, daß die nächsten wieder besser sein werden und wünsche euch allen die möglichst beste Gesundheit.«

Roland starb am 20. Oktober, in der Nacht auf einen Donnerstag. Er starb in seiner kleinen Wohnung in Dijon, mutterseelenallein. Sein Tod, von den nächsten Verwandten Tag für Tag befürchtet, kam dennoch urplötzlich. Donnerstag war Arzttag, nun war er nicht mehr imstande, Dr. Castelneau aufzusuchen, der wöchentlich einmal die Metallröhre gründlich reinigte und, wenn nötig, durch eine neue ersetzte. Roland fühlte sich den ganzen Mittwoch über kotzübel, saß spätnachmittags in seinem winzigen Studio und dachte nach, was aus alldem geworden ist, das er hat und was aus dem Bißchen werden soll, das er noch besitzt. Er telefonierte noch einmal mit seinem Neffen Claude und ging dann zu Bett. Claude schreibt uns: »Ja, er verbrachte die letzten Tage seines Lebens in gewohnter Umgebung inmitten seiner unzähligen Papiere und Dokumente. Er arbeitete weiter an seinen Lebenserinnerungen, schrieb seine Korrespondenz, telefonierte mit Freunden, soweit seine Kraft es zuließ. Er bat mich sogar, die in der darauffolgenden Woche geplante Kurzreise zu seiner Cousine in den Südwesten Frankreichs nicht zu annullieren, und gab vor, unsere häufigen Besuche nicht mehr zu brauchen. Ich verließ ihn zum letztenmal am Sonntag, den 17. Oktober. Meine beiden Brüder übernahmen die Aufgabe, ihn bei verschiedenen Schritten zu unterstützen, ihn zum Arzt zu fahren, Einkäufe zu tätigen. Anläßlich eines solchen Besuchs fand mein Bruder Daniel seinen Körper. Der Tod war einige Stunden früher eingetreten. Roland war wieder aufgestanden, hatte in eine dafür bereitstehende Schüssel erbrochen und war wahrscheinlich zur Toilette gegangen. Nach unserer Feststellung denken wir, daß er entweder wieder zu seinem Bett gelangen oder sich zum Telefon begeben wollte, um jemanden zu alarmieren. Womöglich war ihm schlecht, und er fiel hin. Wir fanden ihn zusammengesunken gegen eine Ecke der Zwischenwand, an der er sich am Hinterkopf verletzt hatte.«

Dutzende Mal lese ich Claudes Brief, ich schließe die Augen. Immer deutlicher sehe ich Rolands letzte Lebensminuten hinter meinen Lidern vorüberziehen. Ich sehe ihn im Bett liegen, wie gewohnt mit dem Hinterkopf erhöht auf zwei Kissen. Eine Erschlaffung der Nasenmuskulatur zwang ihn schon seit vielen Jahren, stets mit aufgerichtetem Kopf zu atmen, rief allerdings ein fürchterliches Schnarchen hervor, das ihn jetzt mehr und mehr hinter den Atem kommen läßt. Ich sehe ihn aufstehen, er beugt sich kotzend über die Schüssel, geht zur Toilette, kommt zurück, greift sich an die Brust, stolpert, taumelt und fällt hin. Ich sehe das schweißnasse und aufgewühlte Bett, sehe die zerdrückten Kopfkissen und die geknautschte Bettdecke – und sehe den hingestreckten, seitlich verdrehten Körper am Boden liegen. Da ich das enge Zimmerchen kenne, kann ich mir vorstellen, in welch verzwickter Haltung sich der hingestürzte Körper befindet: Da liegt er nun tot auf seinem geknüpften Teppich, den er aus Syrien mitgebracht hatte, ein Blutfleck, den die Sonde aus seinem Penis gepreßt hat, verunziert das damaszenische Muster. Rolands Kopf liegt in einer noch größeren Blutlache. Sowohl an der Wandecke wie am Bettpfosten sehe ich Blut, es ist aus dem klaffenden Spalt seiner Schläfe ausgetreten und am seitlichen Rand des Teppichs zu einem Fleck von der Größe einer Handfläche aufgetrocknet.

Eine Verärgerung, ja vielleicht sogar ein Zusammenbruch seiner peniblen Lebensart wäre die Folge gewesen, hätte Roland sich so daliegen gesehen. Der quer zwischen Toilettentür und Bettpfosten hingestreckte Körper, der den Durchgang versperrte und es schwer machen würde, den Leichnam ordnungsgemäß zu bergen, ohne ihn noch schlimmer zu beschädigen, hätte ihn empört. Die verbogene, blutverschmierte Sonde, die herumlag wie ein häßlicher Gegenstand, der Gummihandschuhe nötig macht, ihn anzufassen! Und obendrein der besudelte Teppich! Wäre es nicht möglich, ihn ordentlich zu reinigen, würde er an Wert verlieren und nicht zum Erbstück taugen!

Claude schreibt die Tatsachen auf, er bleibt kurz angebunden, läßt mir aber alle Möglichkeiten, über seine Angaben hinaus die Wahrheit hinter den Fakten zu suchen. Ich habe Glück: Rolands Dossier, Claudes Briefe, Emélinas Aufzeichnungen lassen meiner Einbildungskraft genügend Spielraum, mir hinter dem wirklichen Leben sein mögliches zweites Leben vorzustellen. Wir Deutschen behaupten gern, der Weg sei das Ziel. Dieser Spruch hat für Roland zeitlebens nach fernöstlichem Hokuspokus geklungen –, was uns Deutsche von jeher als tiefe Weisheit beeindrucke, sei für ihn der faule Zauber buddhistischer Yogis. Wenn man Roland reden hörte, hatte man stets den Eindruck, er würde sich eines Tages die Schuhsohlen ablaufen, sein vorgesetztes Ziel zu erreichen. Es war ja sein Wunsch, das Dschungelgesetz der Ebene von Bilen zu erfüllen: »Wenn ich einmal meine letzten Tage kommen fühle, werde ich zum Sterben dorthin reisen und meine Leiche den wilden Tieren zum Fraß vor die Zähne werfen lassen.« Schon als er uns in den achtziger Jahren davon erzählte und ich eine Geschichte darüber schrieb, war er nicht mehr ganz überzeugt von diesem Vorsatz aus seiner äthiopischen Zeit. Er war entschlossen, diese Reise so lange wie möglich aufzuschieben und meinte: »Die Hyänen sind in ein paar Jahren immer noch dort, und die Geier fliegen auch nicht von heut' auf morgen davon.« Es ist anders gekommen, und doch bleibt der Grundton seiner Wünsche in unseren Köpfen zurück.

Im Krematorium von Mirande wurde Rolands Leiche verbrannt, die Urne mit der Asche steht vor dem Grabstein seiner Eltern auf dem Friedhof von Seurre. Als wir mit Hermann und Gertrud zum erstenmal hin- und zwei Jahre später mit Benno und Irmgard wiederkamen, las ich laut seinen Namen und zitierte aus dem Rolandslied den Vers, in dem Rolands Freund Olivier ausruft: »Roland, mein Kumpel, blas den Olifant, Karl wird es hören bis ins Baskenland!« Stumm lauschten wir einem eingebildeten vergeblichen Blasen, dachten an unseres Freundes Nachhutgefechte, die hoffnungslos geblieben waren und auch keine Wiederholung haben würden –, doch Brigitte sagte: »Ich habe das Gefühl, als wäre er gar nicht gestorben.« Auf dem Grabstein gibt es kein Bild von ihm wie von Verstorbenen auf anderen französischen Gräbern, es gibt nur Namen und Lebensdaten. Rolands Urne ruht in einem gelbgrauen, zartgemaserten Marmorblock, oben links über den Lebensdaten ist ein Rosenzweig eingemeißelt. Ein grelles Sommerlicht überstrahlt die Gräber, blaue künstliche Phantasieblumen strotzen in Plastikkörbchen, ein verschwenderischer Aufwand an Schleifen und Bändern aus Polyester, doch kein lebendiger Baum, kein blühender Strauch. Am Wegrand außerhalb des Friedhofs hat Irmgard ein paar Goldrauten gepflückt, die sie auf die Grabplatte legt.

Zwei Jahre lang stand Rolands Urne im Haus seiner Schwester auf dem Vertiko. Suzanne wartete auf eine Nachricht aus Italien: Jackie Bottini wollte seine Asche, würde es mit ihm einmal zu Ende sein, wie verabredet, mit der Asche seines Freundes Roland vermischen lassen. Es kam kein Bescheid, so bleibt es ungewiß, ob die Asche der beiden Freunde eines Tages vielleicht in der Ebene von Bilen ausgestreut wird. Doch wäre Roland, auf diese merkwürdige Weise der Friedwaldanhänger eins geworden mit der Natur, am Ziel seiner Wünsche angelangt? Oder hatte er mit seinem Wahlspruch nicht handfestere Absichten im Sinn? »Ich nehme meins, wo ich es finde«: Mit gleicher Betonung aus dem Französischen ins Deutsche übersetzt, klingt der Spruch knüppelhart, durch und durch egoistisch, ja menschenverachtend – und ist trotzdem gang und gäbe geworden, jedem Realisten in Fleisch und Blut übergegangen und geistert sogar durch verfilmte Romane. »Ich nehme mir, was mir gehört«, sagt Tony Curtis zu Charles Bronson in dem Abenteuerstreifen von den zwei Kerlen in Granit, er nehme sich rücksichtslos, was ihm zustehe, sagt der Hoteldiener zu Greta Garbo, umarmt sie und stiehlt ihr in enger Umschlingung ihre Perlenkette.

Bei allen guten Geistern der französischen Zivilisation, an so etwas Abscheuliches konnte Léon Cazet nicht gedacht haben, als er seinem Sohn Roland diese Worte ans Herz gelegt hat. Überdies stammen sie aus der Feder des Dichters Molière, der die Gunst seines Königs genoß und die Erlaubnis hatte, in seinen Lustspielen die Lasterhaftigkeit der Zeitgenossen zu geißeln. Ich gab mir die Mühe und suchte nach diesen ominösen Worten, ich konnte sie in keinem seiner Stücke finden: Weder dem Raffgierigen noch dem Geizigen, und auch nicht dem Heuchler legt er sie in den Mund: Mit einem lapidaren Satz spricht Molière für sich selbst, doch in welcher Absicht, in welchem Zusammenhang? Er hatte gerade eine witzige Redewendung bei Cyrano de Bergerac geklaut, und was macht er? Er weist die Vorwürfe des Plagiats mit der Bemerkung zurück, dieses Wortspiel gehöre ihm deshalb, weil er allein etwas damit anzufangen wisse, er lasse es aufleuchten in seinen Dialogen im Unterschied zu denjenigen, die nichts Gescheites daraus machen können. Und so schreibt er selbstbewußt und kühn: »Ich nehme mir das Meine, wo ich es finde!« Das Wort eines Dichters, der alle Lasterhaften verhöhnt, entpuppt sich als Rechtfertigung eines Spitzbuben. Jean Baptiste Poquelin, genannt Molière, ein Dichter, wie er leibt und lebt! Schaut man hinter die Kulissen, geht einem ein Licht auf: Ein echter Dichter läßt nicht zu, daß man ein Wort von ihm als Lebensmaxime mißbraucht!

Und ich, was hab ich mit alldem zu tun? Ich habe eine Geschichte erzählt, worin dieses Wort von Molière eine entscheidende Rolle spielt. Wenn ich dabei an mich selber denke, bilde ich mir ein, im Erzählen das Meine gefunden zu haben.

Inhalt

Ludwig Harig

Und wenn sie nicht gestorben sind

Aus meinem Leben

Band 16212

»Also begann ich, Geschichten meines Jahrhunderts zu erzählen, Geschichten, die sich aus der Kindheit heraus bis heute fortsetzen und nicht aufhören, so daß ich sie weitererzählen muß, solange ich am Leben bin. Es sind Geschichten von Menschen, die ich erzähle, damit sie in der Erinnerung fortleben. Ich habe mich einen Märchenerzähler genannt. Obwohl es in all meinen Geschichten um wahre Begebenheiten aus einer historischen Wirklichkeit geht, schwingt im Erzählen das Ungewisse erfundener Möglichkeiten mit.« Ludwig Harig

Ludwig Harig, dessen Chronik des deutschen zwanzigsten Jahrhunderts begeisterte Leser fand, setzt die Erzählung seines Lebens fort.

Fischer Taschenbuch Verlag

fi 16212 / 1

Stephan Wackwitz
Ein unsichtbares Land
Familienroman
Band 16430

Eine alte Kamera bringt Stephan Wackwitz auf die Spur seiner Familie: Es ist die Familie des Pastors und Kriegsveteranen Andreas Wackwitz, der in unmittelbarer Nähe von Auschwitz lebte, bevor er 1933 in das ehemalige Deutsch-Südwestafrika auswanderte. Aus der dramatischen Geschichte seines Großvaters entwickelt Stephan Wackwitz den brillanten Lebensroman dreier Generationen und ihres Landes.

»Stephan Wackwitz schrieb aus der brillanten Vermischung eigener und fremder Biografie seinen Familienroman. Daraus ist schließlich doch ein wirklicher Roman geworden – weil Wackwitz erzählen kann.«
Der Spiegel

»›Ein unsichtbares Land‹ ist ein schönes, melancholisches und gehaltvolles Buch, das den Leser in die Erkundung einbezieht.«
FAZ

Fischer Taschenbuch Verlag

fi 16430 / 1

Günter de Bruyn

Zwischenbilanz

Eine Jugend in Berlin

Band 11967

Günter de Bruyn erzählt von seiner Jugend in Berlin zwischen dem Ende der zwanziger und dem Beginn der fünfziger Jahre. Die Stationen sind: seine Kindheitserfahrungen während des Niedergangs der Weimarer Republik, die erste Liebe im Schatten der nationalsozialistischen Machtwillkür, seine Leiden und Lehren als Flakhelfer, Arbeitsdienstmann und Soldat, schließlich die Nachkriegszeit mit ihrem kurzen Rausch anarchischer Freiheit und die Anfänge der DDR. Der Autor beherrscht die seltene Kunst, mit wenigen Worten Charaktere zu skizzieren und die Atmosphäre der Zeit spürbar zu machen. Das Buch spiegelt den Lebenslauf eines skeptischen Deutschen wider, der sich nie einverstanden erklärte mit den totalitären Ideologien, die sein Leben prägten. Er macht allerdings auch kein Hehl daraus, daß er nie ein Umstürzler war, der sich lautstark gegen die Machthaber erhob. So ist dieses Buch, allem Ernst zum Trotz, auf wunderbare Weise gelassen und heiter.

Fischer Taschenbuch Verlag

fi 2028 / 8